For Charlie,
with much love ~
Beverley
Lee
x

Beverley Lee

LA CREACIÓN DE GABRIEL DAVENPORT

Traducción de María Pérez de San Román

LA BIBLIOTECA DE CARFAX

2017

Primera edición: octubre, 2017
Título original: The making of Gabriel Davenport

Ilustración de cubierta: © Rafael Martín Coronel

Publicado por La biblioteca de Carfax
Calle Olivar 5, 28012 Madrid

www.labibliotecadecarfax.com

ISBN: 978-84-946682-4-1
IBIC: FK
Depósito Legal: M-26696-2017
Impresión y encuadernación: Cofás
Impreso en España — Printed in Spain

Dedicado a Joshua y Violet, con amor.
Seguid siempre vuestros sueños.

PRIMERA PARTE

Capítulo uno

Sus sueños eran grises, del mismo color que la miseria.

Los enterradores depositaron su ataúd en la sepultura. Ella aporreó la tapa, clavó las uñas en la madera haciendo sangrar sus dedos. Pero no estaba intentando salir del ataúd. Estaba intentando entrar.

Beth Davenport miró al techo, el sueño flotaba todavía en los límites de su consciencia. A través de un pequeño hueco en las cortinas se filtraban las primeras luces del día. Parecían reírse de ella, anunciando el final de las vacaciones, un saludo despiadado e intimidante.

Stu estaba tumbado a su lado, aparentemente ajeno a cualquier suceso extraño. El sueño no se despegaba de la mente de Beth, estaba allí clavado, como si su somnoliento cerebro hubiera apretado el botón de pausa. Sabía que ya no podría volver a dormirse. Era el momento de preparar el primer café de la mañana, antes de que Gabriel se despertase y demandara su atención. Su precioso bebé. En seis meses, que habían pasado rápidamente y con una considerable falta de sueño, él había completado un hueco en su interior que antes no sabía que existía.

Salió de la cama sintiendo el frío suelo de madera en sus pies descalzos mientras los colores del amanecer se disculpaban por su anterior crueldad. Cogió una chaqueta de la mecedora que estaba bajo la ventana, y se envolvió en ella al tiempo que pasaba delante de la silenciosa habitación de Gabriel. Sonrió. El bebé había llorado todo el camino de vuelta a casa la noche anterior, algo extraño ya que normalmente el movimiento del coche le incitaba a dormir.

En la planta de abajo el silencio era tan denso que casi podía sentirlo, pero había algo más. Un nudo de intranquilidad se formó en su estómago y sintió un escalofrío a pesar de la chaqueta.

Inició su rutina de las mañanas. Hervidora de agua. Café soluble. La fuerza de la costumbre la llevó a abrir el armario de debajo del fregadero donde guardaban las galletas del perro. La imagen del torpe labrador persiguiendo su propio rabo en el jardín le vino a la mente por un momento, pero Jake ya no estaba. Lo habían perdido demasiado pronto. El veterinario les dijo que el tumor era inoperable... A lo mejor debería hablar con Stu sobre adoptar un cachorro.

El vapor del agua hirviendo flotó delante de sus ojos y se sirvió una muy necesitada dosis de cafeína. Se quedó quieta de repente. Vio un pequeño escarabajo corriendo deprisa a lo largo de la encimera hasta que desapareció por un hueco entre las baldosas. El nudo de su estómago se deshizo y se extendió por el resto de su cuerpo. El latido del corazón le palpitaba en los oídos. ¿Se lo habría imaginado?

Tenía que haber una explicación lógica para esto. La parte sensata de su cerebro le requería atención. Seguramente estaba poniéndose enferma. Sería algo típico justo después de las vacaciones, con Stu trabajando tantas horas y con Gabriel inquieto porque le estaban saliendo dos dientes nuevos.

Beth se agarró al fregadero. Cerrar los ojos no parecía la mejor idea, pero lo hizo de todas formas, deseando que una robusta ama de llaves entrara y salvase su cordura.

Cuando abrió los ojos, el reflejo del cristal de la ventana le mostró a una mujer de pelo oscuro recogido en un descuidado moño, con restos de rímel bajo los ojos y con las primeras líneas de expresión comenzando a marcarse. También le mostró a su propia madre, tal y como ella la recordaba cuando era pequeña. Exhaló un «oh» de sorpresa. De repente, sintió un nudo en la garganta y tuvo que esforzarse para no empezar a llorar. Se dio cuenta de que era uno de esos momentos definitorios de la vida que te golpea en las costillas sin previo aviso, la juventud va quedando atrás y el tiempo, de alguna manera, pasa más deprisa. Ella lo conocía perfectamente, el año pasado había escrito sobre ello con detalle (y sin demasiada seriedad) en su columna. La vida no se acaba cuando cumples los treinta, pero ciertamente se acelera.

Quería sentir los brazos de Stu a su alrededor, o el dulce olor que su hijo tenía por las mañanas. Esto debía ser la depresión posvacacional o, si no, algún virus; se sentiría mejor después de un abrazo y, quizá, de una larga ducha caliente, si Gabriel se portaba bien.

La barandilla de madera de la escalera brillaba a la luz del sol. Deslizó su mano por ella mientras subía, sintiéndose reconfortada por su calidez. Pensó en la opción de volver a meterse en la cama y despertar a Stu de la mejor de las maneras. Sonrió. La escalera desembocaba en un largo pasillo de paredes blancas que ella estaba deseando repintar. Pero solo llevaban seis meses viviendo allí y estos habían pasado en un torbellino de mudanzas, exploraciones, falta de sueño y los cuidados del bebé. Cuando Gabriel nació, ambos querían que el niño creciera en una casa espaciosa, así que vendieron su pequeño piso a las afueras de la gran ciudad y se mudaron a este viejo caserón en el campo, al que los agentes inmobiliarios se empeñaban en llamar «un hogar para siempre». También deberían haberles hablado de los ratones, ya que tres días después de instalarse tuvieron que llamar al control de plagas. Cuatro habitaciones desembocaban en el pasillo. Su dormitorio, que estaba a la derecha y al lado del baño; la habitación de Gabriel, contigua a la de ellos, y un pequeño cuarto al final del pasillo que planeaban convertir en estudio, cuarto de costura o habitación para invitados. Ahora mismo, era la habitación de los trastos que contenía una desvencijada cama extra y cosas que todavía no sabían donde guardar.

Beth se detuvo en lo alto de las escaleras intentando ignorar el hecho de que la puerta de la habitación del fondo estaba entreabierta. Era una puerta que siempre mantenían cerrada ya que ella odiaba el desorden que había en el interior de la habitación. Si la puerta estaba cerrada podía fingir que ese caos no existía.

La sensación de que todo estaba fuera de lugar le recorrió la espalda como agua helada. Si esto era un sueño quería despertarse. Aunque en realidad todo lo que tenía que hacer era acercarse a la puerta, coger el pomo y cerrarla. Podía hacerlo. La parte racional de Beth Davenport, de treinta y tres años de edad, esposa, madre, periodista y la mejor jugadora de Scrabble de todos los tiempos, la impulsó a moverse. Una fría corriente se deslizó alrededor de sus pies desnudos y anudó sus helados dedos a sus tobillos. Se acercó a la puerta extendiendo una mano temblorosa, como si esta pudiera morderle.

A través de la pequeña abertura pudo ver sus maletas apiladas sobre la cama. Stu debía de haberlas metido allí mientras ella acostaba a Gabriel. Dos maletas, una grande y una pequeña, aunque solo habían estado fuera una semana. Encima de la maleta pequeña descansaba una caja. Era una caja que habían comprado en una pequeña tienda de antigüedades en la calle principal de Oakenshaw. «Menuda ganga», le había susurrado Stu mientras el hombre de detrás del mostrador se la acercaba. Beth recordaba que este se había puestos unos guantes blancos como si no quisiera tocar la caja. «Solamente es un gesto que demuestra que es un propietario cuidadoso», había pensado.

«Cuida mi tesoro». Una imagen ridícula apareció en su mente: Gollum, con guantes blancos.

Necesitaba cafeína con urgencia. Y posiblemente que alguien le cantara las cuarenta.

Una hora más tarde y después de haberse bebido una buena taza de café, Beth determinó que sus nervios mañaneros se habían debido a la mala noche y a tener demasiada imaginación. Stu estaba cambiando a Gabriel en el piso de arriba lo que le hizo sonreír. Normalmente él llegaba a casa del trabajo cuando Gabriel llevaba ya tiempo acostado y por ello insistía en ocuparse de la rutina de las mañanas. Beth le quería mucho más por ello.

El chirriante timbre del tono de la Blackberry de Stu interrumpió las risas de Gabriel. Unos minutos más tarde, Stu apareció en la puerta de la cocina llevando al bebé en brazos. Su hijo gorjeó contento mientras ella extendía sus brazos para cogerlo. Le hizo cosquillas en la mejilla y el bebé se echó a reír mostrando su sonrisa desdentada.

—Hola, precioso. ¿Le has contado a papá toda la diversión que vais a tener hoy?

—Lo siento, Beth. Voy a tener que ir a la oficina. Me ha llamado Dan, ese potencial cliente del que te hablé. No quiere hablar con nadie más que conmigo.

Ella sabía que lo sentía de verdad, pero no pudo evitar que la decepción se le notara en la cara.

—¿No puedes hacerlo por Skype? Esperaba que pudiéramos tener un día más juntos antes de que tuvieras que volver a la cueva de los leones.

Stu suspiró.

—Sabes que lo haría si fuera posible. Pero están anunciando una tormenta de nieve para más tarde y nuestra conexión de internet ya es bastante mala. Intentaré ser lo más rápido posible. A lo mejor luego podemos ir a esa nueva cafetería francesa en Crickley y tú puedes pretender que no la estás estudiando para incluirla en el número del mes que viene.

Estaba bromeando con ella, intentando sacar lo positivo de una mala situación. Lo que hizo que Beth se sintiera aún peor. Estaba a un paso de tener un ridículo berrinche.

—Cariño, no estés tan triste. —Él le deslizó un brazo alrededor de su hombro y, por un momento, lo reconfortante de su tacto le resultó casi doloroso—. Vosotros dos pasadlo bien. Y quién sabe, si finalmente nieva podemos hacer para Gabriel su primer muñeco de nieve. —La besó con suavidad y Gabriel le agarró del pelo—. Cuida de mamá campeón —le susurró.

El sonido de sus zapatos resonó en la escalera de madera. Después, el crujido de ese horrible armario de pino naranja al abrirse. Lo habían dejado los anteriores dueños, «demasiado pesado como para pedirle a alguien que lo mueva, querida».

Una parte de ella quería correr escaleras arriba y suplicar a Stu que se quedara, pero a la mujer independiente que había en su interior, aquello le sonaba como una estupidez. Quizá realmente estaba cogiendo algún virus. Gabriel lloriqueó y ella lo atrajo hacia sí, acariciándole la espalda con la mano. Su pequeña boca empezó a masticar el borde de su jersey. Beth abrió la puerta del frigorífico y sacó el mordedor con forma de jirafa. Stu se movía en la planta superior, el suelo de madera crujiendo bajo su peso, y Gabriel miró hacia arriba con sus ojos azules llenos de curiosidad.

—Solo es papá —le dijo. Al instante, un pensamiento se apoderó de su mente, cerniéndose sobre ella como una tormenta. ¿Quién iba a ser si no?

Capítulo dos

Beth observó el Range Rover hasta que este desapareció al final de la carretera. Todavía pudo entreverlo a través de los arbustos desnudos mientras se dirigía hacia la carretera principal del pueblo. El cielo gris amenazando nieve sofocaba la claridad de la mañana. Parecía que el hombre del tiempo había acertado por una vez.

Hacia las once de la mañana Gabriel estaba cansado y lloriqueante, su estado de ánimo a tono con la tristeza del día. Normalmente no dormía mucho rato, solo lo suficiente para reunir energías para la hora de la comida. Beth bajó la persiana de su habitación mientras miraba el cielo encapotado. Estaban empezando a caer los primeros copos de nieve que flotaban levemente antes de acabar derritiéndose en la tierra, en las oscuras y retorcidas ramas de los árboles y en los maderos apilados al lado del manzano. Beth tenía la esperanza de poder plantar un huerto de verduras en la primavera. De pronto, esa perspectiva le parecía muy, muy lejana.

Salió con cuidado de la habitación de Gabriel, que estaba vigilada por leones naranjas. Ella había sido quien había decidido la decoración y todo iba a juego: las sábanas de la cuna, el cambiador, incluso la lamparita de noche. Stu había dicho que le recordaba al Serengueti, y que iba a hacer que su hijo quisiera ser cuidador del zoo cuando fuera mayor. Se acordaba de la noche que habían terminado de pintarlo, los dos llenos de salpicaduras de pintura, con Gabriel dormido en su moisés en el dormitorio. Eso había sido en pleno verano, rodeados del sonido de los tractores que recogían el heno a lo lejos y el de las golondrinas que entraban y salían continuamente de los aleros para alimentar a sus crías. La casa dormitaba, calentada por el sol que creaba sombras en los suelos y en las paredes interiores debido al irregular tejado. Todo había sido tranquilo, y dorado, y seguro.

Beth se estremeció mientras cerraba la puerta. Sintió una helada corriente de aire de nuevo alrededor de los tobillos y no tuvo que investigar para saber exactamente de donde provenía. A lo mejor Stu había abierto la ventana antes de irse a trabajar, pero no se le ocurría ninguna razón para ello. Era mediados de enero, con temperaturas apenas por encima de los cero grados, y la casa ya tenía demasiados agujeros y aberturas por las que se filtraba el aire.

Ahora parecía el momento perfecto para vaciar la maleta y ordenar las cosas que habían comprado en su viaje. La parte organizadora de su cerebro se puso en marcha. Se paró delante de la puerta y escuchó. Silencio. Ni siquiera podía oír el zumbido del viejo quemador de carbón que calentaba la casa. Quería retroceder, volver a la habitación de Gabriel para vigilarlo mientras dormía. Sus dedos se cerraron sobre el viejo picaporte de hierro. Era como si estuviera tallado en hielo. Retiró la mano con rapidez como si algo le hubiera picado.

—Contrólate —susurró.

Tuvo que usar toda su determinación para volver a agarrar la manilla. Lentamente tiró de ella hacia abajo. Estaba rígida, inflexible, como si no quisiera dejarle entrar. Beth trató de recordar si siempre había sido así. Con el corazón palpitándole fuertemente en el pecho abrió la puerta y esta cedió con facilidad. Echó un vistazo rápido a la ventana, estaba cerrada. La corriente alrededor de sus tobillos había cesado.

Sus maletas y bolsas de viaje estaban encima de la cama, junto con su abrigo de lana y el paraguas para golf que Stu había comprado en la tienda de artículos de segunda mano que estaba al lado del anticuario. Ella se había reído de él ya que ni siquiera jugaba al golf. «Ahora vivimos en el campo —le había dicho—, tenemos que hacer lo que se espera de nosotros. Lo próximo serán unos palos…». Y fue entonces cuando sus ojos se habían posado en la caja, que estaba situada desapercibidamente al lado del escaparate, escondida tras un cuadro de caza en un marco dorado.

Y aquí estaba ahora. Encima de la maleta pequeña, una ordinaria caja de madera, sucia, con una especie de blasón desgastado tallado en la tapa. Era aproximadamente del tamaño de una caja de pañuelos, pero bien podía haber sido tan grande como una cómoda. Beth deseaba haber dicho en su momento lo poco que le gustaba, antes de que Stu pagara por ella. Podría esconderla. Este pensamiento se escurrió en su mente con la limpieza de la hoja de un escalpelo. Se mordió una uña. Era la mejor idea que había tenido en todo el día. Se acercó lentamente a la cama. Tenía la boca seca, como papel de lija, y parecía que sus brazos estaban rellenos de plomo. Cogió la caja entre las manos, sintiéndose a la vez enferma y nerviosa. Pero al levantarla solo notó que era un trasto sin valor. Estudió el blasón de la tapa; el tiempo había desgastado cualquier detalle de la sucia madera. Mirando a su alrededor se preguntó dónde podría meterla. Ojos que no ven, corazón que no siente, ¿no? Y Stu era un hombre ocupado. Seguramente no volvería a entrar en esta habitación en varias semanas. Investigó posibles escondites. ¿Debajo de la cama? No, demasiado evidente. La única otra pieza de mobiliario era una librería de sus tiempos de estudiante, pero ahí no se podía esconder nada. Unas cortinas de flores colgaban sobre la ventana, aunque eran demasiado estrechas; las ventanas de la granja eran más anchas que las de cualquier otra casa en la que hubieran vivido y como tantas otras cosas, eran un asunto pendiente. Puso la caja sobre el alféizar, detrás de las cortinas de la izquierda y retrocedió. Eran viejas, pero lo suficientemente gruesas para resolver su problema.

Oyó un murmullo proveniente del cuarto de Gabriel anunciando que su hijo se había despertado de la siesta. Pediría su comida en un momento. Con la caja escondida, sus recelos sobre la misma desaparecieron y el estado de ánimo de Beth mejoró notablemente. Se le había quitado un peso de encima. Sonrió mientras cerraba la puerta tras de sí. Misión cumplida.

La nieve caía incesantemente mientras bajaba las escaleras con un Gabriel todavía adormilado en brazos. Una vez en la cocina, lo sentó en su trona. El bebé se restregó los ojos con sus pequeños puños y soltó un grito lastimero.

—De acuerdo, pequeñín, espera un segundo. —Cogió un potito de la alacena y abrió la tapa—. Pollo y calabaza. Ñam.

Beth olfateó la comida y arrugó la nariz. ¿Por qué toda la comida para bebés olía igual? Sacó de un cajón la cuchara favorita de Gabriel, que tenía forma de cabeza de león, y acercó una silla a la trona.

—Ahora es cuando me entra la culpabilidad, bebé, de que te estoy dando esta porquería procesada y no una comida casera en condiciones.

Gabriel le sonrió y golpeó la bandeja de la trona con entusiasmo. El potito de pollo fue todo un éxito, seguramente más que cualquiera de sus posibles esfuerzos en la cocina. El bebé engulló todo su contenido en menos de cinco minutos. Dejó la cuchara en el fregadero y rellenó con agua de la filtradora la botella de Gabriel. Se la dio y el bebé cogió las dos asas con concentración, acercándose la tetina a la boca. Beth aclaró la cuchara. Afuera, el cielo había adquirido un tono acerado que significaba que seguiría nevando todo el día. Estaba empezando a cuajar y ya solo asomaban unas cuantas piedras y unas pocas briznas de hierba. Dentro de poco parecería una alfombra.

Beth contuvo la respiración y formuló un deseo. Era un hábito de su niñez, igual que el de no quedarse parada encima de las grietas del pavimento si quería que su deseo se cumpliese. «Deseo que Stu vuelva hoy pronto a casa». Si seguía nevando hasta el anochecer, las carreteras se convertirían en un infierno. Solo haría falta que un coche se saliera de la carretera para provocar un atasco. Ni siquiera su Range Rover sería capaz de pasar si eso sucedía.

Por lo menos tenían la nevera repleta ya que habían parado en el supermercado de camino a casa el día anterior. No quería arriesgarse a tener que coger el coche ya que la imagen del accidente se reproducía en su mente siempre que hacía mal tiempo.

La última nevada fuerte había caído hacía tres años, a finales de marzo. Todo el mundo había pensado que lo peor del invierno ya había pasado, así que fue una sorpresa levantarse un día para encontrar el exterior cubierto de blanco, y nadie había estado preparado. Ella tenía una reunión con su editora y el jefe de esta en Londres y no quería cambiar la fecha. Era una conductora cuidadosa y ese día condujo por las carreteras secundarias a paso de tortuga. Pero justo cuando llegó a la carretera principal, que desembocaba en la gasolinera en una curva cerrada, un coche salió desde un acceso escondido y apareció justo delante de ella. Instintivamente pisó el freno, el coche dio un bandazo sobre el hielo mientras luchaba por mantener el agarre, y entonces, empezó a deslizarse con lentitud hacia un lado. Ella cerró los ojos, lo que probablemente no era de las cosas más sensatas que podría haber hecho. Después de lo que pareció una eternidad, el coche dio una sacudida y se detuvo al chocar contra una señal de *stop* que estaba al final de la carretera. Había tenido suerte. Solo había rozado el poste y el lado del pasajero había recibido la mayor parte del impacto. Apagó el motor y se quedó mirando fijamente el volante. Fuera, una figura envuelta en una parka verde y un gorro negro se encaminó hacia ella y golpeteó la ventanilla. Ella apretó el botón para bajar el cristal.

—¿Estás bien? Eso ha sido lo que yo llamo un deslizamiento elegante —el conductor del otro coche se asomó al interior del vehículo—. Soy Stu. ¿Qué puedo hacer para ayudarte?

La caja dormitaba bañada en la luz grisácea que se filtraba por la ventana. Un roble, con sus ramas desnudas y salpicadas de nieve, ejercía de vigía en el exterior. Detrás de él se veía una destartalada caseta, que se mantenía en pie por pura suerte, y el cobertizo del jardín, con el césped alrededor escondido bajo un manto blanco. A lo lejos, un rebaño de lanudas ovejas se acurrucaba bajo un arbusto cubierto de nieve.

Era un paisaje idílico. Esa era la palabra para describirlo. ¿Pero de qué servía describirlo así cuando todo podía ser aniquilado en un momento? La inocencia resultaba más dulce cuando podía ser devorada.

Por demasiado tiempo, la caja había permanecido olvidada y quieta en la ventana de la tienda de antigüedades. No obstante, había estado esperando. Esperando a esa persona que se fijaría en ella, esa persona que admiraría la elegante madera y la pura e intemporal artesanía. La caja no elegiría a la persona. Sería la persona la que debería elegir la caja. El tiempo que costara era inmaterial ya que la caja disponía de un interminable número de minutos. Años. Siglos.

El hombre había servido a sus propósitos. Sabía que pronto se olvidaría de su existencia. Pretendía hacer algo con la caja en algún momento, pero carecía de la determinación y la convicción necesarias. Pero la mujer, la mujer era otra historia. Su instinto era poderoso. Había percibido la oscuridad y tenía curiosidad, miedo. Pronto volvería, porque tendría que hacerlo. Todo lo que tenía que hacer era levantar la tapa.

Se encargaría de ella pronto. Cuando cayera la noche. Lo único que la caja quería era al niño.

Capítulo tres

Beth se despertó sobresaltada. Su teléfono estaba sonando en alguna parte, el timbre discordante en la quietud de la casa. Se sentía adormilada y confusa. Medio corrió a la cocina y cogió el teléfono, viendo que era Stu el que llamaba.

—¿Beth? Hola, pensaba que iba a saltar el buzón de voz... —La voz de su marido se perdía mientras hablaba.

—He debido quedarme dormida en el sillón después de comer. ¿Estás de camino a casa? —dijo con voz esperanzada mientras se masajeaba el cuello rígido.

—Lo siento, Beth, voy a tener que quedarme aquí esta noche. ¿No has puesto las noticias? La nieve ha caído más rápido de lo que nadie esperaba. Ha habido una colisión múltiple en la autopista y los atascos son ya de más de cinco kilómetros. —De fondo podía oír a alguien disputándose su atención. Beth se imaginó a Stu haciendo señas de que solo sería un minuto.

—Quiero que vengas a casa —dijo con un nudo en la garganta.

—Bethie, vas a estar bien. Solo asegúrate de que todo esté bien cerrado antes de irte a dormir. Oye, me tengo que ir. Dale un beso a Gabriel de mi parte. Te llamo luego, ¿vale? Te quiero.

Y colgó.

Beth se quedó escuchando el silencio un momento antes de dejar el teléfono encima de la mesa. Dos gruesas lágrimas cayeron por sus mejillas y, molesta, se las limpió rápidamente. Se sentía enfadada con la vida misma. «Contrólate de una jodida vez, ¿quieres?». El sentido común le decía que no había nada dentro de la casa que pudiera hacerle daño a ella o a Gabriel. Tenía comida y tenía agua. Lo peor que podía pasar es que la vieja caldera se estropeara, pero la habían mandado revisar nada más mudarse y el técnico le había dado el visto bueno. «Esto funcionará hasta el día del Juicio Final», había dicho riendo mientras se limpiaba la grasa de las manos con un trapo. «Antes construían las cosas para que duraran, no como ahora».

Beth miró el reloj. Eran las tres de la tarde, pero la oscuridad ya estaba cayendo, ayudada por los acerados y densos nubarrones llenos de nieve. Echó un vistazo por la ventana. El exterior era un completo manto blanco. Ya no se veían las macetas de lavanda que estaban en el borde del patio, lo que significaba que la nieve tenía que tener por lo menos medio metro de alto. ¿Cómo podía estar nevando tanto? La carretera estaba desierta, lo cual era raro porque a esa hora solía estar llena de padres recogiendo a sus hijos de la escuela de primaria de Becket Lane. Habrán mandado a los niños antes a casa… ¿mientras ella dormía?

Llenó la hervidora de agua y puso una bolsa de té de menta en una taza. Después le preparó a Gabriel sus biberones. Ya iba siendo hora de que se dejara de tonterías. Jugaría con Gabriel, le daría la cena y un baño. Ella cenaría algo reconfortante, como un sándwich de queso gratinado, se daría un baño tomando una copa de vino y se iría pronto a dormir. Una buena noche de sueño haría que viera las cosas de otra manera al día siguiente. Y entonces, Stu estaría de vuelta.

La verdad era que su casa era cálida y muy acogedora, pensó mientas observaba el resplandor de la madera quemándose en la estufa. Mejor que estar atrapada en el tren o en el autobús volviendo a casa en un día de nieve. Con su taza de té en una mano, se acercó de puntillas al cochecito de Gabriel. Se encontró con los grandes ojos azules de su bebé mirándola.

—Hola, pequeño. ¿Cómo es que no has gritado para que viniera mamá?

El labio inferior de Gabriel tembló anunciando lágrimas. Beth lo envolvió en la manta y lo cogió en brazos, meciéndolo de camino a la cocina para coger el biberón. Llevaba medio bebido cuando de repente paró y empezó a llorar. No podía acordarse de la última vez que el bebé había hecho algo así. Normalmente se bebía todo de golpe, agarrando el biberón con una mezcla de instinto y codiciosa determinación.

—Vale, vale, shhhhh —murmuró, colocándolo con práctica sobre su hombro. Tuvo que andar de un lado a otro de la cocina durante más de cinco minutos hasta que consiguió calmarlo. Esperaba que él no estuviera poniéndose malo también. Debería comprobar si tenía fiebre.

El termómetro estaba el bolso cambiador desde las vacaciones, y balanceando a Gabriel sobre su rodilla, lo abrió para buscarlo. Ahí estaba, en el bolsillo lateral.

De repente, se oyó un portazo en el piso de arriba, y casi al mismo tiempo, todas las luces de la casa se apagaron.

En la casi total oscuridad, Beth estrechó con fuerza a Gabriel contra sí. El termómetro se le escurrió de entre los dedos y cayó al suelo rompiendo el silencio. Su corazón martilleaba con tanta fuerza contra su pecho que parecía un animal enjaulado, pero pensar en Gabriel le hizo mantener la calma. Necesitaba velas. ¿Dónde había guardado las velas?

Las luces volvieron tan de improviso como se habían ido, parpadearon un momento o dos, y permanecieron encendidas. Solo había sido el efecto del exceso de nieve en el tendido eléctrico, nada más. Pero el corazón de Beth seguía palpitando con fuerza.

El sonido del portazo había retumbado en toda la casa. Se dijo a sí misma que eso era porque todo estaba demasiado tranquilo y silencioso. Tenía dos opciones. Abrigarse ella y a Gabriel y tratar de llegar andando hasta la casa más cercana, o comportarse como una adulta y subir a comprobar el piso de arriba. Lo primero requeriría la fuerza de Thor porque la casa más cercana tenía que estar por lo menos a dos kilómetros. Stu y ella habían elegido su nuevo hogar precisamente porque querían tranquilidad y no tener vecinos alrededor. Ahora mismo le parecía que era la peor decisión que habían tomado nunca.

Beth no quería dejar a Gabriel solo en el piso de abajo y tampoco quería llevarlo arriba, pero la verdad es que no tenía más opciones. Susurrándole al oído y abrazándolo con fuerza atravesó la puerta y miró hacia las escaleras. El piso superior estaba sumido en la oscuridad. Tragando saliva encendió la luz del rellano que se iluminó con la mortecina claridad de una bombilla de bajo consumo. Subió las escaleras lentamente, conteniendo la respiración a cada paso y sujetando a su bebé con firmeza. Se detuvo en lo alto, buscando algo fuera de lo común. Todas y cada una de las películas de terror que había visto a lo largo de su vida se agolparon en su cabeza. Este no era un buen momento para dar rienda suelta a su imaginación.

Las puertas de su dormitorio, del baño y del cuarto de Gabriel estaban cerradas. Pero la puerta de la habitación del fondo estaba abierta de par en par y ella sabía con certeza que la había cerrado antes. Un grito de sorpresa se le escapó de la garganta, un sonido vacilante y agudo que hizo que Gabriel empezara a lloriquear. Tenía que entrar en esa habitación porque si no iba a volverse loca. Cogería la caja y la tiraría fuera de la casa. Le importaba poco si Stu terminaba enfadándose con ella, solo quería esa cosa fuera de su hogar. Puede que sonara irracional, pero desde el momento en que la habían traído a casa, habían estado sucediendo cosas extrañas. La odiaba con una pasión que no sabía que tenía.

Gabriel empezó chillar. No un simple lloro o grito, sino un alarido de disgusto en toda regla. Beth sintió una punzada de culpa en el estómago.

—Muy bien, cariño, mamá va a arreglar esto.

Valientes palabras, aunque no se sintiera valiente en absoluto cuando encendió la luz de la habitación. Otra bombilla de bajo consumo, de solo veinticinco vatios. Pensó que ya le podían dar al planeta y que iba a sustituirlas todas en cuanto tuviera la oportunidad.

La habitación estaba exactamente como la había dejado, ¿qué se esperaba? Alargó la mano para mover la cortina, pero dio un paso atrás sobresaltada cuando Gabriel se movió inquieto entre sus brazos. Tenía que dejarle en su cuna. Entonces podría coger la caja, bajar corriendo y tirarla afuera, donde le correspondía estar, para que se pudriera en la nieve. A Gabriel no iba a hacerle ninguna gracia, pero ella no podía arriesgarse a caer por las escaleras mientras le llevaba en brazos. Entró en la habitación del bebé y lo colocó con cuidado en su cuna. Encendió el móvil musical que pendía sobre ella y *Los animales iban de dos en dos* empezó a sonar. Ignorando los lloros de su hijo, Beth volvió a entrar rápidamente en la habitación del fondo y agarró la caja de encima de la repisa de la ventana. Su tacto le provocó escalofríos. Corrió torpemente escaleras abajo, apretando los dientes con terror hasta llegar a la entrada. La puerta tenía los pestillos echados. Se colocó la caja debajo del brazo y descorrió ambos, uno en la parte superior de la puerta y el otro en la inferior. El fuerte viento del exterior le hizo perder el agarre y la puerta le golpeó con fuerza en el pecho. La caja cayó ruidosamente chocando contra las baldosas del suelo y su tapa se abrió de golpe. Beth se encogió, alejándose de ella, como si esperara que hubiera algo abominable en su interior. Pero estaba vacía. Solo era un viejo y sucio cascarón de madera. Le entraron ganas de reírse a carcajadas.

La nieve que se había colado por la puerta empezó a acumularse a sus pies, pero casi ni se percató del frío. Con un grito triunfal lanzó la caja a la negrura de la noche. Aterrizó silenciosamente a unos metros de distancia y desapareció engullida por la nieve. Sus rodillas no pudieron sostenerla más y cayó al suelo sintiendo un gran alivio. La nieve se filtró a través de sus vaqueros, pero no le importó; Beth se sentó en la casi completa oscuridad, con la espalda apoyada contra la puerta abierta y lloró. Estaba rodeada de quietud, de ese silencio que trae la nieve. Rodeada de una belleza abrumadora. Pero lo único que quería era volver a estar en la ciudad, lo deseaba tanto que le dolía solo pensarlo.

Al cabo de unos minutos se levantó entumecida y con las piernas mojadas y cerró la puerta echando de nuevo los dos pestillos. Se quitó las botas empapadas y las dejó al lado de la caldera, siendo muy consciente de que sus manos no paraban de temblar. La temperatura había descendido drásticamente en el interior de la casa. Iba a tardar un rato en calentarse de nuevo después del vendaval ártico que había golpeado la puerta.

Entonces se dio cuenta de lo callado que estaba Gabriel. Subió las escaleras a toda velocidad, con el corazón saliéndosele por la boca. Su bebé estaba tranquilamente tumbado dentro de su cuna en la oscuridad. Tenía algo agarrado entre sus manos regordetas y emitía ruiditos mordisqueándolo con fruición. Beth buscó el interruptor con torpeza —¿no había dejado antes la luz encendida?—, la luz parpadeó un instante y se encendió del todo.

Gabriel estaba chupando con entusiasmo la punta del mismo termómetro que se le había caído a ella en el piso de abajo. Se lo quitó con brusquedad soltando un grito. El bebé se quedó mirándola con estupefacción y sus ojos empezaron a llenarse de lágrimas. Ella lo cogió entre sus brazos, abrazándolo y meciéndolo ligeramente, como si el hecho de poder confortarlo fuera a disipar su propio miedo. Le dolía todo el cuerpo y las sienes le palpitaban con un dolor punzante. Era bastante probable que estuviera perdiendo la cabeza.

No estaba segura de cuánto tiempo permaneció allí parada. La casa estaba en silencio, cualquier sonido del exterior amortiguado por el manto de nieve. En otras circunstancias habría sido un momento hermoso, pero ella solo se sentía atrapada. Se obligó a sacar a Gabriel de la habitación. La puerta de la habitación del fondo estaba abierta pero cualquier inquietante vibración que hubiera podido sentir antes había desaparecido. Ahora simplemente era un cuarto vacío.

Las piernas le temblaban al bajar lentamente las escaleras. Esto tenía que ser el principio de la gripe, ¿no? Después de dar de comer a Gabriel revisaría la caldera, todavía se sentía frío en el cuarto de estar. Rebuscó entre la reserva de potitos que guardaba para emergencias hasta que encontró uno que sabía que le gustaba, espaguetis a la boloñesa. Era curioso, pero a Gabriel le gustaba tomar su comida a temperatura ambiente, cuando se dio cuenta de esto por primera vez, no pudo evitar reírse: «¡Igual que tu padre!». Stu tardaba tanto en comer su cena que a la fuerza tenía que estar fría cuando la terminaba. Pensar en Stu hizo que se le formara de nuevo un nudo en la garganta. Mientras alimentaba a Gabriel directamente desde el potito, cogió el teléfono y desbloqueó la pantalla para llamar. No había señal. Lo intentó de nuevo y esta vez apareció un mensaje de «Red ocupada». Un escalofrío le recorrió la espina dorsal. Estaba completamente aislada.

Peló un plátano y le dio la mitad a Gabriel, sabiendo que la gran mayoría iba a terminar embadurnando su cara y la bandeja de la trona. Pensó en el termómetro otra vez. ¿Era posible que realmente lo hubiera llevado arriba y se le hubiera caído en la cuna? Le parecía una posibilidad remota, pero estaba abierta a cualquier opción. A través de la ventana de la cocina se veía la nieve acumularse en la repisa, parecía una postal de navidad. Beth observó la oscuridad, casi no podía distinguir el seto que estaba al lado de la carretera, era una sólida montaña de nieve. Sus ojos se movieron hacia el lugar donde había caído la caja. No había rastro de ella. ¿Pero entonces por qué todavía sentía que ese objeto le había arrebatado la cordura?

Lo que él era no tenía un nombre en lenguaje humano. En algún momento había sido un ser con vida, pero todo lo que quedaba ahora era una esencia corrompida, algo que solo podía razonar y conspirar.

Se sentía exultante al disfrutar de su recuperada libertad. Libertad en el interior de la casa. Se había librado de su prisión de madera. Durante demasiados años, siglos, se había consumido de rabia en su interior, sobre-

viviendo solo por la certeza de saber que su trabajo no estaba terminado. Los humanos le habían encerrado en esa cárcel y un humano sería su huésped, lo que le permitiría llevar a cabo su plan. La mujer estaba empezando a ponerse nerviosa. No tardaría mucho en hacer algo... imprudente. Pero primero, tenía que alimentar su miedo. Apoderarse del niño le exigía fortaleza, y nada mejor que acompañarla con una buena dosis de terror.

Dejaría que ella se recuperara un poco. Podía esperar hasta que fuera noche cerrada.

Capítulo cuatro

Eran ya las seis de la tarde cuando Beth terminó de limpiar los restos de plátano que Gabriel había dejado esparcidos por la cocina. Normalmente a esas horas se oía el continuo ronroneo del tráfico en la carretera, los faros de los coches atravesando la oscuridad, pero esa tarde nada perturbaba la calma que procuraba la nieve, el mundo exterior se había quedado dormido.

La temperatura había vuelto a estabilizarse en el interior de la casa, y Beth se sorprendió a sí misma tarareando una nana mientras le preparaba el baño a Gabriel. Había descubierto que con lo que tenía en el congelador podía prepararse una cena más apetecible que un sándwich y con las cortinas de la casa cerradas sus anteriores miedos le parecían el producto de una imaginación excesiva. Ensayó para sí lo que le diría a Stu si este preguntaba qué había sucedido con la caja: «Se me cayó al suelo y se hizo pedazos». O: «La he enviado a que la restauren». Pero no importaba, cruzaría ese puente cuando llegara a él.

A Gabriel le encantaba jugar en el agua y ella terminó más mojada que él. El bebé volvía a ser él mismo, y disfrutó chapoteando entre las burbujas soltando grititos de alegría cada vez que ella recuperaba su patito de goma amarillo y lo traía de nuevo a la superficie. Beth le cantó una nana desafinada y él se rio sin importarle que cantar no fuera su fuerte.

La esencia de lavanda del baño invadió toda la planta de arriba mientras le ponía a Gabriel su pijama. Era un pijama de franela navideño, con un estampado de copos de nieve plateados. No quería arriesgarse a que el bebé cogiera frío si la temperatura volvía a descender por la noche. Se habían dado cuenta de que era mejor dejar la caldera encendida todo el tiempo, aunque fuera con el termostato bajo, porque si no costaba mucho que volviera a encenderse por las mañanas.

Cogió a Gabriel en brazos mientras él agarraba con fuerza su león de peluche amarillo favorito, y lo llevó al piso de abajo; la casa arropándoles con calidez y seguridad. Le dio su biberón, los dos acurrucados debajo de un chal de *mohair*, y el sueño pudo con él antes de que se lo terminara. Con delicadeza, sacó el biberón de su boca mientras él seguía succionando suavemente. Beth sonrió; todavía era su bebé. Sopesó durante un momento acostarle en su cochecito, pero no quería despertarlo más adelante al llevarle a su habitación. Bostezó. A pesar de haber estado convencida de que no iba a poder dormir esa noche, el pensamiento de irse a la cama era muy apetecible.

Llevó al niño de nuevo al piso de arriba y lo arropó en su cuna. Los pequeños leones de su edredón saltaban y retozaban como corderos. Era una tontería, pero ella siempre pensaba que de algún modo lo protegían. Buscó su león de peluche sin encontrarlo por ningún lado, se le habría caído al quedarse dormido. Todavía canturreando, bajó a la planta inferior con la mente puesta en su cena. El chal estaba tirado sobre uno de los brazos del sillón y debajo de él se entreveía un mechón naranja de la cola del peluche. Levantó el chal para recoger el juguete y la sangre se le heló en las venas.

La cabeza del león estaba arrancada por completo.

Un gemido se le atoró en la garganta. Retrocedió sin creer lo que veían sus ojos. Todos sus instintos le gritaron que era el momento de huir.

Capítulo cinco

Las luces temblaron de nuevo.

Beth se giró para echar a correr, pero solo consiguió tropezarse y caer al principio de las escaleras. Agarró el pasamanos y se levantó con esfuerzo, su mente fija en una sola cosa: Gabriel. Una sombra parpadeaba en el descansillo de la escalera; no pudo ver qué la causaba hasta que no alcanzó el piso superior. La solitaria bombilla del techo del pasillo se balanceaba con suavidad. Se tapó la boca con las manos para acallar el grito que pugnaba por salir. No quería hacer ruido.

La puerta de Gabriel estaba cerrada. Estaba segura de que no la había dejado así. Su corazón se desplomó en su interior igual que un ascensor en caída libre. Agarró el picaporte de hierro sintiendo como si cada segundo estuviera siendo reproducido a cámara lenta, moviéndose fotograma a fotograma. La puerta estaba atascada y Beth lanzó todo su peso contra ella; cuando finalmente se abrió, trastabilló y cayó al suelo sobre sus manos y rodillas. Gabriel yacía en su cuna dormido, con un pulgar metido en la boca. El alivio que la invadió fue tan enorme que casi hizo que cayera de rodillas de nuevo. Lo cogió en brazos y se dirigió a la puerta. Una de las tablas de madera del suelo crujió y se oyó cómo algo corría a lo largo del pasillo. Esta vez, Beth no pudo reprimir el grito. Solo podía salir de la habitación por la puerta; intentar bajar por la ventana sería un suicidio. Se dirigió hacia el rellano lentamente. La asustaba lo que pudiera encontrar allí, pero la aterrorizaba más aún aguardar en la habitación. Sus ojos recorrieron toda la longitud del pasillo deteniéndose en las esquinas cubiertas de sombras, pero no había nada extraño.

Con el corazón martilleándole en el pecho se deslizó escaleras abajo con la espalda pegada a la pared. Gabriel se revolvió en sus brazos. En el absoluto silencio de la casa, sus latidos le resonaban en los oídos. Alcanzó la puerta del salón intentando establecer un plan de escape, pero el miedo había inundado su mente con arenas movedizas. Cualquier pensamiento racional terminaba hundiéndose en la ciénaga.

La temperatura descendió de golpe como si alguien hubiera abierto la puerta de un congelador. Beth se dio la vuelta. Volvía a oírse un sonido de pisadas, esta vez bajando lentamente por las escaleras, que crujían bajo el peso de las mismas. Pero allí no había nadie.

Tambaleándose, atravesó el salón para coger el atizador de hierro de la chimenea. Lo blandió como una espada mientras se daba la vuelta, medio paralizada de terror, pero dispuesta a hacer cualquier cosa para proteger a su hijo. Una gélida corriente le lamió los tobillos y un extraño aroma invadió sus sentidos. Un dulzor empalagoso y pútrido envenenado con sangre rancia. Tuvo una fuerte náusea y se apartó hacia atrás, golpeándose los talones con la piedra de la chimenea.

—¡Aléjate de mí! —chilló mientras enarbolaba el atizador contra una amenaza que solo podía oler y no ver lo que, en cierto modo, era todavía peor.

Gabriel emitió un murmullo y Beth hincó una rodilla en el suelo para equilibrarle. Un sonido como de miles de insectos escabulléndose se extendió por el suelo y una brisa helada pasó tan cerca de su cara que le levantó el cabello de la frente. Retrocedió con horror enterrando su rostro junto a la cabeza de Gabriel.

Las luces se apagaron. Y se quedaron apagadas.

En la completa oscuridad comenzaron a oírse unos arañazos; era el lento arrastre de los muebles por el suelo del salón. El sonido del millar de insectos estaba súbitamente en todas partes a la vez, en las paredes, bajo el suelo, en la chimenea a sus espaldas. Lo único que podía hacer era abrazar a Gabriel con fuerza y rezar. De repente el sonido cesó. Beth contuvo la respiración y Gabriel dejó de llorar. La primera luz que se encendió fue la de la cocina, después la del recibidor. Beth jadeó, una cortante respiración que hizo que Gabriel sollozara quedamente. Todos los muebles estaban colocados en una torre en el centro de la habitación. Una pila de sillas, mesas y lámparas desafiando las leyes de la gravedad y la razón. Una mesita auxiliar estaba colocada sobre una silla mientras que el sofá se balanceaba sobre una de sus esquinas. A cada lado, como si fueran alas, colgaban las dos butacas de respaldos altos que solían estar a cada lado de la chimenea. Una lámpara de pie se mantenía boca abajo con su cable flotando en el aire. Pero estaba encendida. Beth clavó sus ojos en lo que tenía delante, sin poder creérselo, medio esperando que todo se derrumbara sobre ellos. Miró a Gabriel y, al ver que el bebé estaba observando fascinado la chimenea, se giró para hacer lo mismo. Desde el interior del hogar emergían dos finas columnas de humo, dos tirabuzones que se unían y se separaban, ondulándose el uno sobre el otro, saboreando el aire con desgana.

Las piernas le temblaban, pero Beth se obligó a ponerse en pie. El humo se elevó extendiéndose como una marea controlada, parecía que respiraba. Ella estaba ahora más allá del miedo, atrapada en ese estado de contradicción primigenio de luchar o huir. Corrió hacia la cocina donde había dejado su teléfono en la encimera. Lo agarró y se lo metió en el bolsillo mientras se dirigía a la puerta. Mejor arriesgarse en el exterior que quedarse con lo que fuera que había infectado su casa. Pero el nerviosismo y la desesperación aplastaron esa diminuta esperanza. Había echado el doble pestillo antes, cuando pensó que tirar la caja a la nieve lo arreglaría todo.

Gabriel se revolvió en sus brazos y la miró con sus grandes ojos azules rebosantes de miedo. Era su trabajo mantenerlo a salvo; en su interior algo encajó en el lugar que debía y consiguió deslizar el pestillo superior de un fuerte empujón. Por el rabillo del ojo vio cómo el artero humo ondeaba a través de la cocina, sus espirales tanteando el vacío como esqueléticos dedos. Le dio una patada al pestillo inferior. Un dolor agudo le recorrió el tobillo, aun así, golpeó el pasador de nuevo. Cedió a regañadientes y Beth abrió la puerta de un tirón. Allí, delante de ella y bloqueándole el paso, había una pared de casi metro y medio de nieve. Se le encogió el corazón. No iban a ninguna parte. Sacó el teléfono, pero se le escurrió entre los dedos y cayó con estrépito sobre las baldosas de piedra, la pantalla haciéndose añicos. Esto era todo entonces. Beth se había acorralado a sí misma en una esquina y la nieve les había encerrado en una tumba helada.

—Por favor, por favor —suplicó esta vez, sus opciones se habían agotado—. No le hagas daño a mi bebé. —Las lágrimas descendieron por su rostro y Gabriel intentó cogerlas, a punto de empezar a llorar también.

El humo se oscureció y se elevó hasta convertirse en una densa columna. Ella permaneció en pie con la puerta abierta a sus espaldas, una mano cubriendo el rostro de Gabriel. Había dejado de nevar. En algún lugar del bosque, aulló un zorro.

Beth Davenport observó las profundidades de la columna, segura de que estaba mirando de frente a su propia muerte.

Capítulo seis

El reverendo Noah Isaacs maldijo en voz baja, lo cual no era muy apropiado considerando su profesión. La nieve se amontonaba en la parte de arriba de sus botas de agua, derritiéndose y llenándolas de una aguanieve helada. Se ajustó mejor la capucha de su parka alrededor de la barbilla y continuó su laborioso y empinado camino por la carretera. Su coche lo había dejado tirado en la cuneta un kilómetro atrás y empezaba a pensar que no había sido la mejor decisión intentar llegar a casa andando. Cualquiera que dijera que Dios cuida de los suyos evidentemente no tenía ni idea.

El aviso para visitar a la señora Langley había llegado temprano. El teléfono de la vicaría sonó mientras él estaba desayunando una tostada y viendo las noticias locales. Tenía que ser uno de sus parroquianos más mayores ya que todos los demás le llamaban al móvil. Joan Seymour, que siempre iba a ayudar a la señora Langley a salir de la cama, estaba muy preocupada:

—¿Podría venir ahora, padre? No creo que le quede mucho.

Noah le transmitió su simpatía mientras masticaba su tostada en el otro lado de la boca y rumiaba el porqué la señora Seymour se dirigía a él como «padre» cuando no era católico. De todas formas, debería haberse imaginado lo de la señora Langley, un frente frío como este normalmente acababa con los más frágiles de su rebaño.

Irene Langley había abandonado este mundo a las cuatro y diez de la tarde, y hasta las siete, él no había terminado todos los arreglos necesarios. Para entonces la nieve se había acumulado lo suficiente como para disuadir a cualquiera de hacer un viaje en coche, pero a Noah no le entusiasmaba la idea de pasar la noche en la misma casa que su difunta parroquiana. Solo porque la muerte formaba parte de su profesión no significaba que fuera algo con lo que se sintiera cómodo.

Observó con detenimiento la oscuridad a su alrededor mientras la luz de su linterna rebotaba en la blanca superficie. Maldita fuera la normativa de no encender las farolas por la noche. Algún día encontraría un trabajo cerca de la civilización. Los setos se cernían sobre él como si fueran mamuts albinos dormidos. No tenía ni idea de cuánta distancia había avanzado porque el buzón que solía ser su punto de referencia había sido engullido por la nevada como todo lo demás. La carretera parecía tomar una curva… ¿o solo era su imaginación cegada por la nieve? Se restregó los ojos con el dorso de su frío y rígido guante.

En mitad de la oscuridad brilló una solitaria luz. Noah se apartó el cabello húmedo de la frente y el gélido viento endureció sus cejas y pestañas. No sabía de dónde procedía aquella luz, aunque tenía esperanzas de que quienquiera que estuviera en el interior de la casa se apiadaría de un clérigo medio congelado y empapado hasta los huesos. Animado por la idea de una buena taza de té, o incluso de algo un poco más fuerte, siguió adelante. Parecía que llevaba horas tratando de avanzar con la nieve por las rodillas y cada músculo de su cuerpo gritaba quejándose; no podía sentir sus pies ni su cara, pero por lo menos había parado de nevar.

Las constelaciones parpadeaban por encima de él con infatigable desinterés. Se quitó la capucha y levantó la cabeza emitiendo pequeños vahos blancos al respirar con dificultad. Orión, la Osa Mayor, Casiopea… las conocía todas. Cuando estaba eligiendo una carrera profesional se echó a cara o cruz ser astrónomo o religioso. Dios había ganado, sin embargo a veces se seguía preguntando si su vocación no habría sido en realidad una ebria decisión basada en la cantidad de vacaciones que él creía que tenía el clero.

La luz parecía estar cada vez más cerca y ya podía distinguirse el contorno de un caserón. Debía de ser la antigua granja que había comprado aquella pareja de Londres el verano pasado. La mujer que limpiaba la vicaría, Eleanor Grimsby, le había contado que también tenían un bebé, pero que no iban a la iglesia.

Noah se detuvo y se masajeó el cuello, los finos cabellos de la nuca se le habían erizado. Había algo que no estaba bien pero no era capaz de definir qué era. A estas alturas de su vida y rozando la cuarentena sabía que cuando el instinto te golpea en las tripas más vale hacerle caso. Sin poder separar los ojos de la puerta de entrada abierta, casi se chocó con la verja al lado del seto. Su estómago se revolvió por algo que no tenía nada que ver con el dudoso sándwich de pollo que Jane Seymour le había preparado para comer.

—¿Hola? —su voz sonó extraña en la quietud invernal. ¿Por qué estaría la puerta abierta en una noche como aquella?

Parpadeó fuerte dos veces. ¿Aquello era humo? Observó, paralizado por un momento, y se le puso piel de gallina aunque no por el frío. Deslizó la mano en su bolsillo y la cerró alrededor de un pequeño libro de salmos. A Irene Langley siempre le habían gustado mucho los salmos.

—¿Hola? ¿Va todo bien?

Empujó la verja varias veces sin que esta cediera. Dándose por vencido la trepó, maldiciendo de nuevo cuando sus pies trastabillaron al aterrizar sobre un montón de nieve. «Botas para la nieve», pensó, «cuando esto se acabe, voy a comprarme unas botas para la nieve. No estoy lo suficientemente en forma como para andar así».

Sacó el libro de salmos y lo introdujo en el bolsillo interior de su parka, reconfortado de alguna manera por su cercanía. Desde el interior del caserón le llegó el llanto de un bebé. Era un sonido de intensa angustia. Una inyección de adrenalina le dio fuerzas para atravesar la nieve amontonada con las piernas a la vez entumecidas y ardientes. Noah no creía que el humo se estuviera comportando de manera errática. Parecía que estaba creando la forma de…

Sacó el libro de salmos y lo mantuvo en alto.

—¡Esta es la palabra de Dios! —gritó.

La columna de humo cesó de moverse. En algún lugar de su interior a Noah le pareció distinguir el brillo de un ojo al abrirse, pero eso tenía que ser una ilusión óptica, ¿no? Un terrible murmullo resonó y se elevó sobre la nieve y el llanto del bebé se hizo más fuerte.

—¡Deja al niño! —Noah se arriesgó y apostó, el libro de salmos en su mano dándole calidez y confianza—. Es un miembro de la Iglesia cristiana. ¡No lo corromperás!

Todo podía ir terriblemente mal. El bebé podía ser una niña y no estar bautizado. Después de todo ya no era una tradición. ¿Y qué pasaría si los padres no eran cristianos? Estos pensamientos revolotearon por la mente de Noah, pero él los apartó y los mandó de vuelta a su subconsciente.

A mitad de camino se tropezó con algo oculto en la nieve. Cayó al suelo, tosiendo y farfullando, muy consciente del silencio a su alrededor mientras la nieve lo engullía. El libro se le escurrió de entre los dedos y lo buscó con desesperación, sus dedos congelados cerrándose sobre el lomo como si este fuera una línea directa con el cielo. Sobre él, las estrellas se mantenían vigilantes. Con dificultad, intentó ponerse en pie, elevando la cabeza y los hombros por encima de la nieve. El humo se lanzó directo hacia él, como una nube de aire pernicioso, e invadió su nariz y sus pulmones sofocando la respiración en su pecho. Dentro de su mente una voz siseó unas palabras ininteligibles pero llenas de veneno, como una frustrada y malograda lengua de serpiente.

Justo cuando Noah pensaba que iba a desmayarse, recuperó la respiración. Unas luces blancas destellaron detrás de sus ojos y luego se sumieron en la oscuridad. El humo planeaba sobre él, bloqueando su vista de las estrellas. Entonces, con un sonido como de aire absorbido por una botella, se concentró en una pequeña bola negra y desapareció.

Noah se desperezó dentro de los confines de su agujero en la nieve sin querer creer lo que acababa de presenciar. ¿Estar cercano a la hipotermia puede hacerte alucinar? Pero su instinto le decía que aquello no había sido una alucinación. Los llantos del bebé sonaban ahora más débiles. Sobresaltado, Noah se puso finalmente de pie abriéndose camino a través de la última pared de nieve antes de la entrada de la casa. Una mujer encorvada estaba sentada en el suelo de espaldas a la puerta abrazando a un bebé en pijama. Noah se arrodilló a su lado con brazos y piernas temblorosos.

—Ahora estás a salvo —murmuró tocando la mano de la mujer. Estaba helada.

Ella levantó la cabeza, su cabello oscuro estaba moteado con copos de nieve. Sus ojos le atravesaron sin verle. Noah soltó una bocanada de aire. El bebé empezó a llorar otra vez, su labio inferior temblando ante la visión de un extraño. La mujer no se movió. Estaba en un profundo estado de *shock*. Noah lo había visto en otra ocasión cuando estudiaba en la universidad y un alumno había saltado al vacío desde el cuarto piso de un colegio mayor. La joven que lo había presenciado había tenido la misma expresión. Pero no podían quedarse en la entrada; se congelarían. Aunque hubiera parado de nevar, un gélido viento del norte silbaba sobre los campos. Noah cogió con delicadeza al bebé de los brazos de la mujer, pero este se revolvió a pesar de todos sus intentos por tranquilizarle. No tenía ninguna experiencia con niños aparte de los bautizos que le tocaba oficiar de vez en cuando. Para él eran versiones en miniatura de adultos sin ningún sentido de la razón. Sujetó al bebé con firmeza, en la que esperaba que fuera la forma correcta, y entró en el salón sintiéndose un tanto incómodo al estar en casa de unos desconocidos sin haber sido invitado. Se paró en seco anonadado.

Todo el mobiliario estaba apilado formando una improvisada torre en medio de la habitación, como si alguien, o algo, estuviera planeando una hoguera gigantesca. Vio un cochecito de bebé pasado de moda que estaba tumbado de lado cerca de la chimenea. Lo enderezó con una mano y alisó la arrugada ropa de cama en su interior, recogiendo también un conejito de fieltro azul del suelo. Entonces era un niño, al menos esa parte de su suposición había sido acertada. Con cuidado depositó al bebé en el interior del coche solo consiguiendo que este llorara más fuerte aún. Pero Noah sabía que tenía que conseguir que la mujer entrara en calor. Un chal estaba tirado junto a la puerta que daba al recibidor, lo recogió sin ser capaz de dejar de mirar la montaña de muebles. ¿Qué, en nombre de Dios, había provocado aquello? Pero sabía que Dios no había tenido nada que ver.

La mujer continuaba al lado de la puerta sin moverse. Noah deslizó el brazo a su alrededor y la ayudó a levantarse. Ella no hizo ningún intento de ayudarle o de disuadirle. Sus ojos, fijos y desamparados, miraban sin ver. Dejó que la condujera a la cocina, aunque se quedó un momento paralizada al pasar por la sala de estar y ver el aspecto que presentaba. Noah la ayudó a sentarse en una de las sillas de la cocina y la envolvió en el chal. Volvió al recibidor, sus botas chapoteaban sobre la nieve medio derretida que cubría las baldosas del suelo, y apoyando todo su peso contra la puerta, consiguió cerrarla. Los restos de un teléfono móvil descansaban esparcidos por todas partes, trocitos de la pantalla rota flotando en el agua como pequeños barcos. Noah corrió los dos pestillos y encendió la caldera, que se puso en marcha con un tranquilizador chasquido. Por lo menos ahora la casa empezaría a calentarse.

De nuevo en la cocina, se arrodilló al lado de la mujer y tomó una de sus frías manos entre las suyas.

—No tienes nada que temer —le dijo—. Mi nombre es Noah Isaacs, soy el reverendo de la iglesia de St. Jude, que está en lo alto de la colina. Tu bebé está a salvo. ¿Puedes decirme tu nombre?

La mujer no dio muestras de haberle oído, parecía que ni siquiera era consciente de que él estaba allí con ella. Noah miró a su alrededor. Sobre la encimera, al lado de la cafetera, había unas cuantas cartas sin abrir. Las ojeó y descubrió una postal con la foto de un chalet suizo en lo alto de una pintoresca montaña. Sintiéndose como un mirón, le dio la vuelta:

«Queridos Stu, Beth y Gabriel,
Tiempo perfecto para esquiar. El chalet es estupendo y las niñas nos cocinan un banquete cada noche. Es una lástima que no pudierais venir este año, ¿a lo mejor el que viene? ¡Gabriel podría aprender a esquiar antes que a andar!
Besos,
Amy y Steve»

Saber cuáles eran sus nombres le hizo sentirse mejor. El bebé (Gabriel) se había calmado un poco. Se acercó al cochecito de puntillas y se lo encontró chupándose el pulgar. Tenía mejor color que antes.

Noah buscó por todas partes, pero no pudo encontrar un teléfono y él había perdido su móvil, seguramente se había caído del salpicadero cuando su coche cayó en la cuneta. Suspiró mientras se quitaba el abrigo y las botas empapadas, haciendo que más montoncitos de nieve cayeran al suelo. Los muslos comenzaron a picarle en cuanto su entumecida piel entró un poco en calor. Subió al piso de arriba y cogió una toalla del cuarto de baño. La puerta del dormitorio principal estaba abierta; era una bonita habitación, con unas antiguas cortinas florales y una cama de hierro color crema sobre la que pendía un dosel. Vio una fotografía enmarcada de la mujer el día de su boda, sonriente, con su oscuro cabello recogido en un elegante moño. El hombre que estaba a su lado era unos centímetros más alto que ella y la miraba con adoración. La mujer que estaba en la cocina en ese momento parecía una copia en cartón de esta otra imagen.

Una tabla de la madera del suelo crujió bajo sus pies y Noah se detuvo conteniendo la respiración. Lo que fuera que había estado en la casa había huido pero la sensación de maldad persistía en el ambiente. Anduvo a lo largo del pasillo estudiando las otras habitaciones. Había un cuarto de bebé, con familias de leones anaranjados saltando en las paredes, y un móvil sobre la cuna representando a una jungla con jirafas y loros de brillantes de colores. No parecía que nada malo hubiera ocurrido. La otra habitación estaba llena de maletas y otros cachivaches y daba la sensación de ser una estancia que no era usada habitualmente. Bajó de nuevo al piso de abajo mientras su mente intentaba sacar un pensamiento racional del lodazal en el que se había metido.

Beth no se había movido de sitio, y Noah consiguió llevarla al salón solo a duras penas. Se paró en seco, sus ojos fijos en los muebles apilados. El reverendo no quería obligarla a moverse, aunque era evidente que el caos de la sala de estar la desestabilizaba. La dejó de pie en mitad de la habitación, su rostro color ceniza, mientras él cogía sillas y enderezaba las mesas del montón. El sofá pesaba una barbaridad y lo empujó por el suelo como un cangrejo para después acercar a él con delicadeza el cochecito con Gabriel dormido en su interior. Beth lo observaba con los brazos colgando lánguidos a ambos lados del cuerpo. Noah la condujo al sofá y tuvo que mover sus hombros y levantarle las piernas para conseguir que se tumbara, pero finalmente ella aceptó. La cubrió con el chal y recordando el libro de salmos que había dejado en la cocina, lo recogió y se lo puso debajo del brazo. Esperaba que le ayudara a encontrar un poco de paz.

Estaban completamente aislados del mundo exterior. Todo lo que podía hacer era esperar y confiar en que por la mañana alguien pasara por la casa. Se preparó un poco de té y una tostada, todavía intentando encontrarle el sentido a lo que acababa de suceder y queriendo olvidarlo al mismo tiempo. Solo había una persona a la que podía acudir en estas circunstancias, el único hombre al que cuando se lo contara no iba a pensar que se le había ido la mano con el güisqui o que había tenido alucinaciones por el frío.

Capítulo siete

La monótona voz del camarero trajo a Stu Davenport de vuelta a la tierra.

—¿Le pongo otra, caballero? —Le preguntó con un tono de voz que evidenciaba que no le importaba en absoluto si Stu contestaba que sí, que no, o si le preguntaba si había marcianos en el restaurante.

Stu golpeteó el borde de su vaso con los dedos. Vio su reflejo en el espejo de detrás de la barra; un hombre con el cuello de la camisa desabrochado, los ojos cansados y un pelo que necesitaba un buen arreglo le devolvió la mirada.

—No, gracias —contestó mientras se bajaba del taburete del bar.

No podía quitarse de encima la sensación de que algo no iba bien. Durante todo el camino al trabajo le estuvo dando vueltas a lo tensa que había estado Beth por la mañana. No era habitual en ella actuar así. Habían sido su independencia (y su peculiar sentido del humor) lo que más le atrajeron de ella desde el principio.

No se había dado cuenta del mal estado del tiempo hasta que salió de su reunión y para entonces la policía ya estaba aconsejando a la gente que no se desplazara si podía evitarlo, lo que era estupendo si te encontrabas arropado en casita y no mirando al exterior desde los ventanales de una oficina, sopesando las posibilidades de poder llegar a casa de una pieza. Stu se disponía a salir de la oficina, con la decisión ya tomada de arriesgarse a conducir para reunirse con su mujer y su hijo, cuando Alan King, uno de los contratistas de su último proyecto, lo llamó desde otro despacho.

—¡Stu, espera! —Una reluciente calva apareció junto con su dueño en el marco de la puerta—. Acaba de llegar el informe de tráfico. La autopista está atascada. Algún idiota se ha chocado contra la parte de atrás de un camión y ahora solo hay un carril abierto. No creo que tengas muchas posibilidades de poder pasar. —Alan era un tío majo, pero tendía a ser un tanto dramático. Stu maldijo entre dientes.

—Podría coger un atajo, ir por carreteras secundarias. —En su mente ya estaba saliendo por la puerta.

Alan hizo una pausa, para darle más efecto a sus palabras:

—La carretera de circunvalación está cerrada de todas formas porque están arreglando el puente, y mi mujer me acaba de llamar para decirme que las carreteras secundarias hacia tu casa son un infierno. Las máquinas quitanieves todavía no han salido. Típico pánico británico con el tiempo —sonrió.

—Gracias, Alan —contestó Stu por cortesía, preguntándose cómo su compañero se habría convertido en ese dechado de optimismo…

Stu llamó al ascensor y se unió a tres personas más en su interior, todas ellas con las cabezas inclinadas sobre sus teléfonos móviles. Este era uno de esos días en los que la idea de abandonar el caos de la ciudad y convertirse en apicultor resultaba increíblemente seductora.

Tenía toda la intención de meterse en el coche e intentar el viaje de vuelta a casa, hasta que la visión del exterior desde el vestíbulo hizo que se parara en seco. Estaba nevando con tanta fuerza que apenas podía ver el otro lado de la calle.

Capítulo ocho

Nada sabía tan bien como la libertad. Pero la libertad envenenada con el resquemor del fracaso era un trago amargo. Dando vueltas y volando como una bandada de pájaros al anochecer, el demonio descargaba su frustración en cualquier cosa que se encontrara a su paso. Un pedazo de manzanar protegido por el lateral de un granero yacía chamuscado y roto sobre la nieve. Un tractor estaba volcado en una zanja. Un pequeño poni que buscaba refugio junto a un seto había sido lanzado a la nieve, llegándole esta hasta la barriga. Se mantenía de pie, con los ojos desencajados y sudando, una de sus patas traseras herida. Los pájaros observaban vigilantes desde la seguridad de sus nidos en las aberturas de los árboles y las criaturas reptantes permanecían inmóviles entre los matorrales.

Durante décadas había aguardado encarcelado dentro de la caja, esperando la llegada de un hombre como Stu Davenport. Casi había conseguido apoderarse del niño. Había estado tan cerca que había podido saborear la carne y la sangre, la inocencia esperando ser mancillada. Demasiados años habían pasado desde que tuviera el control de un huésped de carne y hueso. Demasiados años desde que había usado ese huésped para sus propias necesidades.

El cura pagaría por su intromisión. Pero, por el momento, debía descansar. Enroscado en la negrura de las profundidades de un roble, rumió y devoró su odio.

Capítulo nueve

El sonido de un llanto de bebé despertó a Noah de un desapacible sueño. Pesadillas de su infancia habían acosado sus sueños. El recuerdo de su padre barriendo los contenidos del altar de un manotazo y lanzándolos al suelo. El tintineo del metal chocando contra el metal. El olor a polvo y a cera de las velas invadiendo sus sentidos mientras Noah se escondía detrás de un banco de la iglesia, demasiado asustado como para moverse. Sintió un sabor metálico en el paladar cuando abrió los ojos. El llanto se hizo más fuerte y se levantó de la silla donde se había quedado dormido, su espalda protestaba dolorida. Gabriel estaba despierto del todo y Beth continuaba en la misma posición en la que él la había dejado la noche anterior, parecía estar profundamente dormida.

Unos rayos de luz atravesaban los cristales de la cocina. Noah miró el reloj, las nueve menos cinco de la mañana. Gabriel se había despertado solo una vez durante la noche, tomándose medio biberón antes de volver a quedarse dormido. Gracias a Dios que Beth había dejado algo de leche en el frigorífico, aunque Noah quería creer que hubiera sido capaz de haber seguido las instrucciones del recipiente de la fórmula si hubiera sido necesario.

El sol se reflejaba en la blanca superficie y su ferocidad le hizo parpadear. Un cielo azul glaciar le sonreía con desdén, como si la ventisca de ayer hubiera sido un lapso momentáneo. Miró hacia la carretera y pudo distinguir el surco que él mismo había creado al abrirse camino la noche anterior. Más nieve había suavizado los marcados bordes de su esfuerzo. Vio a un petirrojo posado en las ramas bajas del manzano, esperando que algo se atreviera a salir a la superficie.

Metió un biberón en el microondas, ignorando su reflejo en la puerta de cristal. A pesar de haberlo dejado hace cinco años, Dios, le vendría bien un cigarrillo. El microondas emitió un sonido metálico y se detuvo. Noah sacó el biberón, sacudiéndolo mientras los lloros de Gabriel alcanzaban nuevas cotas. No parecía que hubiera nada malo con el bebé, pero Beth le preocupaba. Algo ahuyentó al petirrojo y Noah se detuvo en mitad de una sacudida del biberón, desde algún punto de la carretera se oía el torpe ruido de unas pesadas ruedas. Se apresuró a entrar en el salón y sacó a Gabriel de su cochecito. Estaba enrojecido de tanto llorar, pero tenía la suficiente hambre como para calmarse en cuanto la tetina tocó sus labios. También estaba empapado, Noah no se había parado a pensar en los pañales.

El ruido del exterior creció, definitivamente era el resoplido de un motor diesel. Una profunda sensación de alivio se extendió por todos sus miembros. Con Gabriel en brazos chupando el biberón con fruición corrió los pestillos de la puerta. Trató de permanecer en calma, pero lo único que quería era dar saltos de alegría. Una fría corriente le barrió la cara cuando abrió la puerta. Nubes de humo negro se dejaban ver por encima de los setos y, por unos segundos, su garganta se quedó seca pero poco después se dio cuenta de que ese humo provenía de un tractor. El potente resoplido del motor rompía el silencio de la nevada mañana; Noah pensó que nunca había oído un sonido tan dulce. Esperó a que la cabina del tractor estuviera a la vista para empezar a hacer gestos con la mano frenéticamente.

A Tom Jacobson le había costado salir de la cama aquella mañana de lo calentito y cómodo que se sentía debajo del edredón. En la cocina en el piso de abajo oía trabajar a su mujer Betty. Pronto el aroma del beicon se elevaría por las escaleras tentándolo a salir.

Era un granjero de cuarta generación, pero no había heredado el gen de levantarse temprano. Su bisabuelo había comprado la granja manteniendo las reses y un pequeño rebaño de ovejas, pero su padre había diversificado y orientado el negocio hacia la agricultura que era lo que Tom había heredado, aunque él también había comprado una pequeña manada de Gloucester Old Spots porque le gustaban los cerdos. Ahora tenía casi sesenta años y todo se le hacía más cuesta arriba cada año, así que cuando Betty sugirió que renovaran el antiguo establo de las vacas y lo convirtieran en un café para vender la mermelada casera que ella elaboraba, Tom aprovechó la oportunidad. Seguramente su bisabuelo se estaba retorciendo en su tumba, pero Tom tenía toda la intención de seguir viviendo unos cuantos años más.

—¡Thomas Jacobson! Baja ahora mismo y cómete el desayuno antes de salir y limpiar el camino.

El hecho de que Betty usara su nombre completo significaba que no podía pararse a discutir. Además, justo en ese momento, el aroma del beicon se filtró escaleras arriba lo que ayudó a que Tom se levantara entre quejas y se vistiera con gruesas ropas.

En la cocina, Betty le colocó delante un sándwich rebosante y una taza de té después de secarse las manos con un paño de cocina. Era una mujer menuda, con abundante cabello gris recogido en una trenza. Llevaban casados más de cuarenta años y Tom la seguía queriendo tanto ahora como el primer día. Betty nunca había dejado que saliera de casa sin desayunar en todo su matrimonio. Ella le puso las manos sobre los hombros y depositó un beso en la pequeña calva que tenía en la coronilla.

—Es de buenos vecinos despejar el camino. Sabes que tendríamos que esperar hasta navidades antes de que apareciera una máquina quitanieves porque las envían todas a Lower Grassendon donde viven los concejales. —Arrugó la nariz con disgusto. Les tenía poco cariño a los políticos locales después de los problemas que habían tenido al remodelar el establo.

Una hora más tarde, Tom estaba sentado en la cabina de su tractor girando a la izquierda en la carretera y adentrándose en el pueblo. Solo había un puñado de casas a los lados ya que la mayor parte de la vida rural de la zona estaba al otro lado del río. Un par de nuevas promociones urbanísticas habían aumentado el número de habitantes a casi tres mil; Tom todavía se acordaba de cuando la población era de menos de quinientas personas, pero eso fue hacía mucho, cuando el río todavía era caudaloso y se desbordaba con cualquier tormenta prolongada.

Meadowford Bridge era un pequeño y curioso pueblo enclavado en lo alto de una pendiente de una cordillera de colinas, lo que hacía que la carretera fuera bastante empinada en algunos puntos. Cuando era niño, su padre le dijo una vez que las ovejas tenían dos patas más cortas en un lado de pastar en las colinas. El recuerdo le hizo sonreír mientras observaba el paisaje desde la cabina; era un día maravilloso para estar en el exterior incluso a pesar del frío.

El tractor no tuvo problemas en apartar la nieve y cortarla como un cuchillo en un bizcocho, aunque de vez en cuando chocara contra un pedazo de hielo donde el gélido viento había golpeado los campos. Tom se subió la bufanda y tarareó una canción; por lo menos estaba seguro de que no iba a encontrarse con otro vehículo viniendo de frente, no como en verano, cuando los turistas le ponían mala cara al cruzárselo en la carretera por atreverse a acaparar el camino durante sus vacaciones.

El techo de paja del caserón vecino apareció ante sus ojos al girar una curva. En tiempos de su padre había sido una granja lechera y Tom se acordaba de haber ayudado a ordeñar las vacas y de beber la leche directamente de la lechera en una jarra de metal; por aquel entonces no les preocupaba toda aquella tontería de la pasteurización y él todavía seguía vivo. La casa era todavía un edificio bonito y la nueva pareja que lo ocupaba no lo había estropeado añadiendo chismes modernos. Inspeccionó el techo cubierto de nieve y los amplios ventanales. Sintió una repentina punzada de melancolía por las gentes que había conocido en aquellos pasados y felices días de veranos interminables. Pero la ahuyentó enseguida cuando vio que alguien en la puerta de entrada le hacía gestos con un paño de cocina de cuadros rojos.

Capítulo diez

Tom y Noah estaban de pie en la cocina de Beth bebiendo tazas de té fuerte y caliente.

—No te hacía como una persona particularmente tecnológica Tom, pero gracias a Dios que llevabas tu teléfono encima.

Tom enarcó una de sus pobladas cejas y observó a Noah a través del vapor que se elevaba de su taza de té. Noah hizo una nota mental para recordarse que a veces debería mantener la boca cerrada.

—Betty no me dejaría salir de casa sin él. «Qué harías si un día terminaras en una zanja», me dice. Yo le digo que me levantaría y volvería a casa andando como he hecho siempre, pero ya conoces a las mujeres… —la voz de Tom se apagó de repente y Noah escondió una sonrisa. La gente más mayor no sabía cómo meter a curas y a mujeres en la misma frase.

Noah echó un vistazo por la ventana al oír el sonido de maquinaria pesada avanzando por la carretera. Entrecerró los ojos intentando ver a través de los rayos de sol de la mañana.

—Es una máquina quitanieves —dijo—, ¿te lo puedes creer? Bueno, mejor tarde que nunca.

—Seguro que eso es cosa de Betty —contestó Tom—. Tiene una línea directa de comunicación con esa mujer concejal. Discuten mínimo tres veces al año por un asunto u otro, pero creo que a las dos les gusta.

La mujer de Tom no había hecho más que subir puestos en la estima que le tenía Noah desde que Tom la había llamado por primera vez. Al oír que una madre y su bebé estaban en problemas, no había tardado más de veinte minutos en llegar a la granja, enfundada en una parka azul y en un gorro gris estilo islandés con trenzas de lana, regalo de Navidad de una de sus nietas. Había cogido a Gabriel, lo había alimentado y cambiado de pañal, para después dejarlo a cargo de los dos hombres mientras ella recogía ropa y unos cuantos juguetes de la habitación del bebé en caso de que este tuviera que quedarse a su cuidado un tiempo. Beth era quien más le preocupaba. Noah no le había contado nada sobre el humo, diciéndole simplemente que la había encontrado en la puerta de entrada.

—He llamado al doctor Hardcastle y le he explicado lo que pasa —comentó Betty mientras empaquetaba la fórmula de Gabriel y unos cuantos potitos que había encontrado en la alacena—. Beth no parece estar herida físicamente, pero de todas formas me ha pedido que la lleve a su consulta en una hora. Es por eso que me he puesto en contacto inmediatamente con Joanne Daley para que limpie las carreteras. —Se colocó con facilidad a Gabriel sobre una cadera y el bebé alcanzó rápidamente una de las trenzas de lana del gorro y se la metió en la boca con glotonería—. Y ya que voy aprovecharé para que le hagan un chequeo a este pequeño también —limpió las babas de la barbilla de Gabriel y este hundió su cara en el abrigo de Betty—. ¿Puede alguno de vosotros encontrar las llaves del coche de Beth para sacar la sillita del bebé? Cuando hayáis terminado vuestro té, por supuesto.

Noah sonrió para sí mientras Tom se terminaba el té de un trago. El último comentario de su mujer era una orden definitiva.

Noah encontró las llaves del coche de Beth dentro de su bolso al lado de la cama. También encontró una tarjeta de visita de Stu dentro de su cartera y decidió llamar primero al número de las oficinas centrales. Al cabo de un par de minutos pudo contactar con SK International y un hombre llamado Alan contestó la extensión que había solicitado.

—Lo siento, no se encuentra aquí —le informó—. Puede intentar llamarle a su teléfono móvil, pero está conduciendo de camino a casa. ¿Espero que no haya sucedido nada malo? —Su tono evidenciaba que, si algo en efecto había ocurrido, no iba a tardar en contar las noticias por toda la oficina. Noah decidió que era mejor ser prudente. Iba a pedirle a Alan que por favor hiciera que Stu les llamara de vuelta en caso de que fuera una de esas personas que no contestaban llamadas de números desconocidos, pero Betty no iba a consentir esas tonterías. Le arrebató a Noah el teléfono de las manos y en menos de diez segundos había confirmado el móvil de Stu. Noah casi sintió lástima por Alan; aquella mujer desde luego era una fuerza de la naturaleza.

Betty montó a Beth y a Gabriel en su ranchera y se puso en camino después de que Tom despejara la nieve de la entrada. Noah se quedó solo en la casa con el teléfono de Betty y estrictas instrucciones de permanecer allí hasta que ella le llamara. Aquella casa desconocida ejercía una presión sobre él que le hacía estar alerta ante cualquier ruido o crujido. En el piso de arriba, un reloj dio la hora con demasiado estruendo; el frigorífico y el congelador tintineaban y zumbaban y el grifo de la cocina goteaba lentamente en el fregadero. Sus pensamientos volvieron a lo sucedido la noche anterior, parecía algo irreal.

Paseó arriba y abajo por el salón con el teléfono de Betty firmemente sujeto entre los dedos ensayando en su cabeza lo que iba a decirle a Stu, intentando componer un discurso reconfortante que tuviera el correcto equilibrio entre verdad y consuelo. Se fijó en un mechón de pelo naranja que sobresalía por debajo de la silla en la que había pasado la noche y se agachó para recogerlo. Era la mitad de un león de peluche, la de la cola, la parte de la cabeza no se veía por ninguna parte. A Noah se le secó la boca; por mucho que quisiera racionalizar lo que había sucedido la noche anterior sabía que había sido algo que estaba más allá del alcance de su entendimiento y que no existía ninguna explicación sensata para ello.

Apretó el botón de llamada del teléfono.

Stu contestó después de tres tonos, su voz sonaba profesional y un tanto distante, Noah podía oír el zumbido del tráfico de fondo.

—Señor Davenport. Mi nombre es Noah Isaacs de la parroquia de St. Jude en Meadowford Bridge —se preguntó si Stu conocería el nombre de su iglesia local—. Estoy en su casa. Su mujer Beth no se encuentra bien, pero en estos momentos está de camino al médico. Por favor, no se preocupe, el teléfono de ella no está funcionando y yo acabo de conseguir este número.

—¿Qué ha pasado? ¿Gabriel está bien? —ahora tenía toda la atención de Stu.

—Sí, Gabriel está bien. Betty Jacobson está con él y eso significa que está en buenas manos.

Stu maldijo entre dientes y el estruendo de la bocina de un coche resonó en el oído de Noah.

—Lo siento, reverendo… las carreteras son un infierno. —Noah se lo imaginó apretando el volante con fuerza—. ¿Beth está herida? Maldita sea, sabía que tenía que haber intentado llegar a casa ayer.

—Por favor, no se culpe. —Una parte de Noah quería decirle que el hecho de que él hubiera estado en casa la noche anterior no habría podido prevenir el estado en el que se encontraba su mujer. Aquello no estaba en ningún manual médico.

—Estaré en casa en un par de horas si las carreteras mejoran. Dígale a Beth…

Su voz se perdió en un repentino y terrible sonido de frenos chirriando seguido de un estremecedor chillido y un pesado estallido de metal rompiéndose. El teléfono en la mano de Noah se quedó en silencio.

Capítulo once

Noah esperaba sentado en el elegante estudio de la Casa Meadowford, la cual tenía la distinción de ser la más antigua de Meadowford Bridge, aunque nadie de los alrededores la llamaba por el nombre que estaba grabado en piedra sobre su puerta principal; simplemente era conocida como la Mansión.

El sacerdote sentía que había envejecido diez años en solo un día. ¿De verdad solo habían pasado veinticuatro horas desde que se había abierto camino en la nieve?

Un golpeteo en la puerta le sacó de su ensimismamiento y antes de que pudiera decir nada, la puerta se abrió de par en par para dejar paso a una mujer regordeta de sonrojadas mejillas y con el cabello recogido en un moño del que se escapaba algún rizo gris, que llevaba una pesada bandeja. Ela Rodgers le sonrió y depositó la bandeja sobre el escritorio.

—Parece que no haya comido en todo el día así que le he preparado un sándwich. Espero que le guste el rosbif. Si tan solo hubiera llegado una hora antes hubiera podido cenar con todos; lo cierto es que el señor Carver no tiene demasiadas visitas —dijo sirviéndole té a Noah de una tetera de porcelana y tendiéndole una servilleta de lino.

—No tenía que haberse molestado… —comenzó Noah, pero Ela le acalló al instante.

—No es ninguna molestia. No puedo tener a un hombre medio muriéndose de hambre en la casa. ¿Qué le haría eso a mi reputación? —le sonrió mientras le ofrecía el azúcar—. El señor Carver le envía sus disculpas. Solo tardará unos minutos. Si necesita algo más toque la campana —le señaló una campana de latón que descansaba sobre la mesa y que parecía que había sido robada de la recepción de un hotel de los años 30.

Noah sonrió para sí, era evidente que Edward Carver no había cambiado en absoluto. Se habían conocido en un funeral (no en uno del que Noah fuera oficiante) y habían encajado de inmediato a pesar de que Carver era diez años mayor que él y sus intereses fueran polos opuestos.

El cura cogió el plato y atacó el sándwich con gusto. Se preguntó si debería procurarse una Ela, alguien que se asegurara de que su cena no consistía solamente en una tortilla de queso y un lingotazo de güisqui, alguien que se asegurara de que no iba a regresar a una casa oscura y vacía todos los días. Sin embargo, le parecía que era el típico cliché, un reverendo y su ama de llaves, y Noah no estaba preparado para que lo etiquetaran tan pronto, aún sabiendo que sus escasos feligreses querían moldearle a la imagen de su predecesor.

Una voz familiar resonó en el pasillo y Noah se incorporó justo cuando la puerta se abría de un bandazo.

—¡Noah! Dios mío, ¿cómo estás, hombre? Pensé que tus parroquianos te habían devorado. —Carver le golpeó la espalda con fuerza haciéndole toser.

Edward Carver era un hombre imponente, de cabello grisáceo y cuidada barba, y estaba impecablemente vestido y acicalado como siempre. Noah no recordaba haberle visto sin traje o sin americana.

—Sí, lo sé. Siento no haber mantenido más el contacto —estrechó con fuerza la mano que Carver le ofrecía. ¿Por dónde empezar? De repente las palabras se secaron y se atascaron en el fondo de su garganta junto con las migas del sándwich.

A pesar de que los dos hombres vivían solo a un par de kilómetros, habían pasado meses desde su última visita. Eso era culpa de Noah, que siempre había declinado las numerosas invitaciones para cenar usando la excusa de que su vida parroquial le mantenía muy ocupado. Pero en realidad sabía que el verdadero motivo había sido la casa en sí y lo que allí se hacía.

Carver observó su rostro y sus facciones se tornaron serias.

—Ven al salón —dijo—, el fuego está encendido y nadie nos molestará—. Guio a Noah a través del pasillo hasta una habitación mucho más grande en la parte delantera de la casa.

Noah esbozó una sonrisa burlona, esa estancia podía estar sacada directamente de una novela de Sherlock Holmes. Un acogedor fuego ardía en una ornamentada chimenea de hierro fundido y dos grandes sillones de orejas tapizados en piel verde descansaban a ambos lados del hogar; el cuero brillaba debido a la edad y al uso. Unas pesadas cortinas de terciopelo rojo enmarcaban el ventanal y cada superficie disponible se encontraba repleta de libros. Desde la repisa de la chimenea, un pequeño busto de mármol les observaba; quienquiera que hubiera sido tenía una considerable verruga en la nariz y Noah no podía evitar mirarla constantemente.

Se sentó, sintiéndose agradecido por la calidez que proporcionaba el fuego, ya que desde la noche anterior no había conseguido entrar del todo en calor. Una gran aspidistra se alzaba detrás de su hombro derecho. Carver le entregó un vaso de cristal lleno hasta la mitad de brandi.

—Estoy asumiendo que todavía bebes, ¿cierto? Y si no lo haces, desde luego vas a hacerlo esta noche. Tienes un aspecto deplorable, Noah.

El sacerdote contempló su bebida, haciendo girar el dorado líquido alrededor del vaso. Apretó los labios y un escalofrío le recorrió el cuerpo a pesar de la calidez de las llamas.

—Necesito tu ayuda, Carver. Hay algo maligno en mi comunidad.

Capítulo doce

Eran casi las diez de la noche cuando Noah terminó de relatar sus últimas veinticuatro horas. Carver le había escuchado pacientemente, haciendo alguna que otra pregunta si Noah se atascaba en su narración. El vaso del sacerdote había sido rellenado en más de una ocasión así que, cuando terminó, no estaba seguro de si la cálida sensación que lo invadía era por haberse desahogado, por el fuego o por el alcohol.

Carver permaneció pensativo por unos momentos, sus dedos golpeteando el lateral de su vaso.

—¿El bebé está con los Jacobson? —preguntó.

Noah asintió. Beth había sido ingresada en la unidad neurológica del hospital de la ciudad vecina y seguía sin emitir palabra alguna. Nadie le había dicho lo de Stu; su marido no había sobrevivido al accidente.

—¿Hay más familia?

—No lo sé —dijo Noah encogiéndose de hombros—, la policía está investigando.

—Puedo tirar de un par de hilos si se necesita —contestó Carver—. Tengo un contacto en los servicios sociales que suele ayudarme con mis estudiantes.

Noah se le quedó mirando.

—¿Quieres decir que mira para otro lado?

Carver soltó una seca carcajada.

—Quiero decir que ella misma fue una estudiante aquí. Sabe cómo funcionan las cosas y que a veces hay ciertos niños que necesitan más de lo que ofrece una educación estándar.

Noah se revolvió en la silla y se puso en pie de mala gana.

—Maldita sea, me había olvidado por completo de mi coche. No llegué a llamar a la grúa. —Esperaba que el cambio de tema no le hubiera resultado tan obvio a Carver como le resultaba a él.

—Esta noche no vas a ninguna parte, Noah. Será mejor que te quedes a dormir aquí. Tu coche seguirá estando en la cuneta mañana cuando vayan a sacarlo. Además, Ela ya te ha preparado una habitación. Esa mujer ha vivido conmigo tanto tiempo que siempre va un paso por delante de mí.

Una parte de Noah quería rechazar el ofrecimiento, pero una parte más grande estaba contenta de poder quedarse y eso lo confundía. Sabía que esa casa era un refugio y que niños que no encajaban en los parámetros que la sociedad consideraba como normales eran bienvenidos allí. Carver era un excelente profesor, aunque algunas de sus asignaturas podían considerarse un tanto peculiares.

—Veremos que nos trae el nuevo día. Pero sí te digo que quiero que Beth y Gabriel se queden aquí, por lo menos hasta que pueda investigar lo que me has contado.

—¿Crees que están en peligro? —preguntó Noah humedeciendo sus resecos labios.

—No voy a precipitarme a sacar ninguna conclusión hasta que no haya visitado esa granja por mí mismo. Esperemos que Beth pueda contarnos algo más dentro de poco.

Noah asintió y terminó el contenido de su vaso de un trago. Se estiró, sintiendo cómo el alcohol había suavizado el dolor de sus riñones por haber dormido en una silla la noche anterior.

—Muchas gracias por tu ayuda. No sabía a quién más acudir —hizo una pausa y dejó su vaso sobre la mesa—. A veces parece que lo he soñado todo. Lo siento distante y a la vez ocupa todos mis pensamientos.

Carver permaneció en silencio y Noah se preguntó qué estaría pasando por su brillante y compleja mente. Fuera, en el pasillo, se oyeron unos rápidos pasos.

—Noah —Carver se había levantado y ahora estaba arrodillado delante del hogar moviendo un leño medio quemado con el atizador—, no todo puede ser explicado por el conocimiento que poseemos. Tu fe puede ayudarte a superar esto, pero no puedes continuar ciego.

Ela esperaba al pie de las escaleras con una taza de chocolate caliente en la mano. Noah cerró la puerta del salón y la siguió escaleras arriba hacia el ala de la casa donde se encontraban las habitaciones para invitados. El ama de llaves le indicó una sencilla habitación con una cama doble de madera oscura. La colcha y las almohadas era color crema rematadas en encaje. Los dibujos de tres siluetas colgaban de la pared sobre la cama, dos hombres y una mujer, sus perfiles capturados para la eternidad. Al lado de la cama había una pequeña mesilla redonda de caoba sobre la que descansaban una solitaria vela en un candelabro de cristal y un libro encuadernado en piel. Noah sonrió. Aunque la casa existiera en este siglo, Carver no quería que se olvidara de donde procedía.

Estaba exhausto, tan cansado que incluso el hecho de pensar le resultaba un esfuerzo. Se quitó las botas de goma y suspiró. Ni siquiera había rezado desde aquella mañana, esperaba que Dios pudiera perdonárselo.

El sonido de una radio proveniente de otra habitación y los rayos del sol de la mañana sobre su rostro despertaron a Noah. Se sentó en la cama con un respingo y puso sus pies en el suelo sin estar muy seguro por un momento de dónde se encontraba, y de si debería estar en otro lugar. La taza de chocolate seguía intacta sobre la mesilla donde la había dejado la noche anterior. Oyó voces en el pasillo mientras se pasaba los dedos por el pelo, lo tenía más erizado que un puercoespín.

—¿Padre Isaacs? —llamó Ela golpeando ligeramente la puerta.

Él le abrió y el ama de llaves le entregó una pila de ropa doblada con esmero.

—De parte del señor Carver —dijo con una sonrisa e ignorando con elegancia el desaliñado aspecto del cura—. Dice que deberían servirle a no ser que haya estado comiendo demasiados de esos pasteles que le hacen sus feligresas.

Noah cogió la ropa y le dio las gracias. Sí, le quedarían bien. Sí, había dormido estupendamente. Sí, un desayuno caliente sería maravilloso. Sí, ¿en media hora?

Cerró la puerta con el firme convencimiento de que tendría que contratar a alguien como Ela. La mujer era definitivamente el aceite que mantenía la maquinaria de aquella casa engrasada.

Capítulo trece

Edward Carver estaba leyendo el periódico matinal cuando Noah apareció recién duchado y desayunado, vestido con unos vaqueros gris oscuro y un jersey amarillo limón. Le miró por encima del periódico y sonrió.

—Tienes casi el mismo aspecto que tenías hace diez años, amigo mío. Solo que con mejor gusto en el vestir.

Noah soltó una carcajada y miró hacia abajo:

—Hasta los mocasines me valen. ¿Ha sido casualidad o buena preparación? Aunque debo de decir que el amarillo es un poco llamativo. —Sus pies le parecían demasiado informales y su jersey era digno de alguien mucho más joven.

—Nunca olvido los detalles, ¿o te habías olvidado de eso? Y ese color es perfecto. Llevar negro a todas horas te termina demacrando. Vive un poco —había un tono de burla en la voz del profesor—. Asumo que Ela ha usado su magia y te ha dejado como nuevo para empezar a trabajar.

Noah sabía que no era una pregunta.

—Espero que no te importe —continuó Carver—, pero me he tomado la libertad de llamar a la grúa para que saquen tu coche de la zanja. El taller que está al lado de la oficina de correos se va a quedar con él hasta que puedas solucionar los pormenores con la compañía de seguros.

—Gracias, pero ahora mismo mi coche es la última de mis preocupaciones —contestó Noah—. Mi memoria ha sido refrescada, y mi estómago alimentado. Ela me ha dado tanto beicon como para agotar las reservas de cerdo de todo el condado. ¿Has sabido algo del estado de Beth?

—Ha llamado Tom Jacobson. Aparentemente la policía estaba esperándole en la puerta de su casa con un intermediario de los servicios sociales. ¿Sabías que los Jacobson solían ofrecer su casa como hogar de acogida? Así que la policía ha aceptado que Gabriel se quede con ellos por unos días, hasta que le den el alta a Beth en el hospital. Dicen que físicamente no tiene nada malo. —Los labios de Carver dibujaron una línea recta.

—¿Familiares?

—Los dos pares de abuelos han fallecido y ambos, Beth y Stu, eran hijos únicos. Una vez que la policía haya registrado los contenidos de la granja se pueden empezar a preparar los arreglos para Stu. Noah, ¿crees que su muerte ha sido un accidente?

Los músculos de Noah se tensaron. Ese pensamiento no le había cruzado por la mente y no le gustaba la manera en la que le hacía sentirse.

—Es lo que pensaba, al menos hasta este momento —suspiró—. El pronóstico para Gabriel no parece muy esperanzador. Beth no puede ocuparse de él en el estado en el que se encuentra.

—Que es precisamente la razón por la que quiero que se queden aquí, aunque sea por poco tiempo. Beth puede encontrar toda la ayuda que necesita para recuperarse y Gabriel estará bien atendido. Ela tiene muchos talentos y podría contratar a una niñera si fuera necesario. En esta casa se suele trabajar hasta altas horas de la noche así que no creo que vaya a mantenernos despiertos.

Noah contempló el ventoso paisaje a través del ventanal. Una tela de araña pendía entre dos arbustos salpicados de escarcha.

—Si puedes hacer que eso suceda —dijo—, creo que sería la mejor solución. No quiero que se lleven a Beth y a Gabriel y terminen perdiéndose en el sistema.

Por una razón que no llegaba a explicarse creía que Dios le había puesto en el camino de Beth a propósito y no quería que nadie les hiciera más daño.

—Pondré la maquinaria en marcha. Y Noah, también te necesito a ti. Por lo que me has contado sobre cómo conseguiste ahuyentar a esa entidad usando tu libro de salmos, voy a necesitar un punto de vista religioso en este asunto. Confío en tu juicio.

Se oyó un alboroto de pasos resonando en las escaleras, seguido de la severa voz de Ela diciendo que el interior de la casa no era un patio de recreo y que todos conocían las normas.

Noah enarcó una ceja y comentó:

—Veo que todavía juegas a ser Dios en tu propia casa.

Su anfitrión se rio a carcajadas, un profundo y cálido sonido.

El reloj sobre la mesa debajo del ventanal dio once campanadas. En el exterior, un pájaro negro posado en un espinoso arbusto comía bayas rojas de entre sus ramas. El sol hizo resplandecer la carrocería de un coche en movimiento más allá de los setos.

Noah sintió, desde lo más profundo de su ser, cómo algo estaba cambiando su existencia, al igual que cuando sintió la llamada de la Iglesia. Sabía que nada volvería a ser igual.

SEGUNDA PARTE

Capítulo catorce

El chico estaba sentado en la oscuridad, la única fuente de luz era el resplandor de la pantalla de su ordenador portátil. Un mechón de pelo cayó sobre sus ojos y él lo apartó con impaciencia sin dejar de leer. Su cama estaba apoyada contra la pared debajo de la ventana y ahí era donde estaba sentado, rodeado de cojines y de migas de pan tostado. Seguro que Ela le diría un par de cosas si se enterara de que había metido a hurtadillas los restos de la cena en su habitación, pero ya eran pasadas las diez de las noche y a esas horas el ama de llaves ya estaba acostada.

Gabriel Davenport se había mudado a esa habitación hacía solo unas semanas y todavía le costaba acostumbrarse a sus cuatro paredes rectas y a la cantidad de luz que la invadía. Su anterior habitación estaba situada en la zona abuhardillada de la Mansión y su cama había ocupado un pequeño espacio bajo el inclinado techo. Le encantaba quedarse tumbado en la cama, despierto, mientras escuchaba el sonido de la lluvia repiquetear contra las tejas y el gorgoteo de los pequeños riachuelos cayendo por los canalones. Pero esa habitación se le había quedado pequeña y ahora necesitaba más espacio.

La habitación de la buhardilla solo tenía una pequeña ventana y a veces se había escurrido por ella y gateado por el tejado recubierto de musgo hasta llegar a la gran chimenea, para sentarse apoyando la espalda contra los ladrillos y contemplar las estrellas. Sabía que aquello no era algo seguro o sensato, pero tampoco nadie le había prohibido hacerlo.

Gabriel era un adolescente del siglo XXI un tanto peculiar; se sentía más a gusto rodeado de una pila de libros que siguiendo un hilo en Twitter. ¿Y a quién iba a tuitear de todas formas? Todas las personas que le importaban vivían bajo su mismo techo aparte de Noah, pero el cura les visitaba tan a menudo que, en realidad, ya no era un invitado.

La luz del pasillo brilló bajo su puerta cerrada y unas quedas pisadas se detuvieron al otro lado.

—Estoy casi dormido —dijo, en lo que esperaba que fuera una voz somnolienta.

—No, no lo estás. Estás conectado a internet, a no ser que ese resplandor que se ve bajo la puerta sea de origen extraterrestre. —La puerta se entreabrió con un crujido y se asomó una cabeza barbuda.

—Solo quiero terminar este diseño —rogó Gabriel minimizando la ventana del navegador—, estoy ayudando a Ollie.

—Y Ollie corroboraría tu versión, ¿verdad? —La cabeza estaba teniendo problemas para mantener la seriedad.

—Sin lugar a dudas.

—Cinco minutos, Gabe. Y me refiero a cinco de mis minutos, no a esos minutos que se alargan en el tiempo. A veces creo que deberías estudiar física cuántica.

Gabriel esperó a oír el ruido de una puerta cerrarse al fondo del pasillo y una tenue música clásica llenó el silencio cuando Carver encendió la radio. El chico maximizó de nuevo la ventana del navegador y continuó donde lo había dejado. El icono de su conexión wifi lo observaba con un solitario ojo rojo. Su conciencia le aguijoneó; odiaba tener que esconderse y navegar en secreto pero si Carver se enteraba de cuáles eran las páginas web que había estado visitando rodarían cabezas.

Gabe no conocía nada del mundo fuera de esa casa. Le había sorprendido mucho enterarse de que otros niños acudían al colegio; él iba a clase dentro de la Mansión y nunca le había importado no tener a nadie de su edad para jugar. Sin embargo, en los últimos años, la necesidad de descubrir qué le había sucedido a su familia biológica le carcomía por dentro. Empezó como una comezón que se colaba en su mente varias veces al día pero, poco a poco, se había transformado en una bestia hambrienta que demandaba que se le alimentara más y más.

Conocía a Carver demasiado bien y sabía que cualquier mención a ese invierno desembocaría en un sutil y rápido cambio de tema. ¿Por qué? ¿Era porque pensaba que Gabe era demasiado joven para conocer la verdad, o porque no sabía exactamente cuál era esa verdad? Gabriel sabía que Carver odiaba ser derrotado.

Gabe se dio cuenta de que había estado leyendo el mismo párrafo durante los últimos dos minutos y cerró el portátil. Sabía que debería dormir, pero en ese momento su cerebro bullía con demasiada actividad. Se sentía desorientado, como si en un punto hubiera dejado atrás la niñez pero todavía no se las hubiera apañado para subir por completo al tren de la madurez, al que veía acercarse por el horizonte, deslizándose dentro y fuera de la niebla. Y tampoco quería soñar. Porque, últimamente, solo tenía pesadillas. Sería mucho más fácil decir «que le jodan a todo» y seguir adelante pretendiendo que las cosas van bien. Cuando jugaba a los videojuegos podía ser quien él quisiese, y el héroe siempre vencía. Además, allí no le faltaba de nada, así que ¿por qué arriesgarse a sacudir el barco o, mejor dicho, el endeble velero en el que flotaba ahora mismo?

En el exterior la noche era cálida y bochornosa con una suave brisa que mecía las copas de los árboles y la luna, a la que le faltaban tres días para estar llena, resplandecía sobre la Mansión como lo había hecho durante cientos de años. Empezaron a pesarle los párpados mientras los rayos de luna cubrían su cama y el aroma de la madreselva que crecía en los muros exteriores se colaba por la ventana abierta. Las flores rutilaban en el jardín atrayendo a los insectos y, en la buhardilla, una familia de ratones se escabullía entre las vigas en busca de comida. Finalmente, Gabriel se quedó dormido.

Pero, en mitad de la tranquilidad de la noche, algo estaba al acecho.

Capítulo quince

Era un jueves por la tarde a mediados de septiembre y el verano no quería dar paso al otoño. Se encontraba tan a gusto que había roto todos los récords en temperaturas alcanzadas y en falta de lluvia para esa época del año. Los periódicos estaban encantados porque era el tema perfecto sobre el que ser poéticos un día para el siguiente dar paso al alarmismo sobre cáncer de piel y la posibilidad de cortes en el suministro del agua.

Habían cenado temprano porque a Ela le inquietaba que no fueran a comer en condiciones si ella no estaba presente. También les había dejado un jamón asado en el frigorífico y no había parado de dar instrucciones mientras Carver la acompañaba hasta su coche.

—Ela, podemos sobrevivir un día sin ti. Te prometo que no nos moriremos de hambre. A tu hermana ya le caigo lo suficientemente mal como para que encima llegues tarde —dijo dejando la maleta del ama de llaves en el asiento del copiloto—. ¡Vamos, vete! —enfatizó sus palabras dándole una pequeña palmada al coche como si se tratara de un poni.

—¿Es ahora cuando pides comida a domicilio? —dijo Noah con una sonrisa cuando las huellas del coche de Ela todavía se dejaban ver en el polvo del camino.

—¿Comida a domicilio? —preguntó Gabe desde las escaleras del porche con una expresión de falsa inocencia en la cara. El sentido del humor de Noah no tenía misterios para él.

Un rayo de sol vespertino se abrió paso entre los árboles e iluminó el rostro de Gabriel. Tenía el cabello oscuro y los ojos azules, como los de su madre, pero en esa luz había algo en él que hizo que Noah diera mentalmente un paso atrás. La barbilla del chico estaba erguida y, a pesar del tono jocoso de sus palabras, no había rastro de humor en sus ojos.

—¿Darías un paseo con este anciano, Gabe? —le preguntó Noah. Podía sentir los ojos de Carver fijos en él aunque el profesor fingiera estar inspeccionando un rosal en busca dc pulgones.

Gabe bajó al camino y en un instante estaba al lado de Noah.

—¿Anciano? —dijo con sorna—, tú nunca serás viejo, solo estarás un poco desgastado por las esquinas.

Noah rodeó con su brazo los delgados hombros del muchacho.

—Pues deberías verme después del pícnic anual de la catequesis. Un hombre solamente puede sobrellevar una cantidad limitada de niños menores de cinco años y osos de peluche pegajosos. Y no me hagas empezar a hablar de los padres.

Desaparecieron por un lateral de la casa en dirección al ala más antigua que ocupaban la desbordada biblioteca y el sótano. Noah siguió sintiendo la mirada de Carver sobre ellos hasta que giraron la esquina.

—¿Estás contento aquí, Gabe? —Noah decidió no andarse por las ramas. El sol pendía en el horizonte arrojando largas flechas de luz que se filtraban por las ramas de los árboles.

—La mayor parte del tiempo —contestó Gabe enarcando las cejas.

El corazón de Noah se aceleró, era inevitable que llegara este día.

—¿No te apetecería salir con otros chicos de tu edad?

—Nunca me ha apetecido, ¿por qué iba a empezar ahora?

Noah sonrió.

—Solo quería estar seguro. Sé que Carver asume que nadie nunca quiere dejar sus sagrados salones pero no siempre tiene razón.

Esta vez fue Gabe el que se echó a reír.

—Se lo diré —se detuvo cuando una sombra les sobrevoló—. Mira, milanos. ¿No sería increíble poder planear sobre las corrientes de aire de esa manera? —Gabe estiró el cuello hacia atrás para observar a las grandes aves elevarse sobre ellos con sus inmensas alas.

—¿Así que si pudieras tener un superpoder elegirías poder volar?

—Eso molaría. Pero cogería cualquier superpoder que estuviera de oferta —estiró sus brazos en el aire como si estuviera intentando alcanzar las plumas de los pájaros—. A veces es duro, ¿sabes? —su voz se apagó.

—¿Qué es lo que es duro, Gabriel?

Noah usaba el nombre completo del chico en contadas ocasiones para asegurarse de que este le prestaba toda su atención cuando lo hacía.

—Ser el único aquí que no tiene una línea directa con lo paranormal.

—¿Y yo no cuento?

—Tú tienes una conexión directa con Dios. Es una habilidad *premium*. —Gabriel se mordió el labio.

—Yo no lo llamaría un superpoder —replicó el cura—, más bien es una llamada que no puedo ignorar. ¿Has hablado con alguien sobre esto?

—Se lo comenté a Ollie pero me dijo que estaba siendo ridículo. Pero él puede mover cosas con la mente si se concentra lo suficiente, y Olivia puede ver a los muertos antes de que pasen al otro lado —hizo una pausa—. Y luego estoy yo, que lo único que me hace famoso es una noche con una caja de humo que nunca significó nada.

Noah se quedó quieto un instante. No era habitual que Gabe hablara de sus sentimientos y era evidente que llevaba tiempo con esto en mente. No contestó hasta haberse asegurado que el chico había terminado de hablar.

—Ese episodio aislado, que te sucedió hace mucho tiempo cuando eras un bebé, no te define. Es posible que lo que se manifestó en tu casa estuviera allí por pura casualidad y que simplemente esperase la oportunidad de liberarse.

Gabe se encogió de hombros y le dio una patada a una pidrecita del camino.

—Supongo —contestó—, pero quiero estar aquí por ser capaz de ofrecer algo, no porque la gente crea que necesito una niñera.

—Hablaré con el jefe. Con Carver quiero decir, no con Dios.

El chiste pareció sacar a Gabriel de su mal humor. ¿O podía ser que sintiera que ya había dicho suficiente? De una manera u otra, Noah no iba a olvidarse de ello.

Capítulo dieciséis

—¿Que quiere hacer qué? —la voz de Carver resonó a través de la biblioteca. Había permanecido encaramado en una de las escaleras que usaba para acceder a los libros de los estantes más altos mientras Noah le comentaba la conversación que había mantenido con Gabe.

—Creo que es algo razonable. Es un chaval despierto y sensato y quiere ser útil. Eso le daría algo en lo que centrarse.

Noah observó a la figura en lo alto de la escalera. A la vestimenta de Carver no le faltaba detalle alguno, desde el corte de su ligero traje de verano al suave ante de sus mocasines.

—¿Te estás escuchando a ti mismo? —le contestó el profesor con el rostro ligeramente encendido—. El principal motivo de traerle aquí en primer lugar fue para mantenerlo apartado de cualquier cosa que puediera arrastrarse entre las paredes.

—Ya lo sé. Pero no ha vuelto a suceder nada desde la noche que lo encontré, ¿cierto? Aquello, fuera lo que fuese, se ha esfumado. ¿Qué daño puede haber en que os eche una mano?

—¡Ajá! —Los dedos de Carver se cerraron sobre el lomo de un libro—. Para ser un sacerdote tienes la mente muy abierta, Noah Isaacs —dijo mientras descendía la escalera.

—Creo en Dios, creo en la bondad y en el poder de la oración. Y también soy lo suficientemente mayor para saber que tiene que haber un yin para el yang, y ese es tu lado de la moneda por el que siento un sano respeto —replicó Noah mientras estudiaba unas marcas en el suelo de madera. Le había costado bastante tiempo reconocer que lo que se hacía en aquella casa tenía un valor.

—Estás desperdiciándote en la Iglesia amigo mío —apuntó Carver.

—¿Significa eso que dejarás que Gabe colabore en tus investigaciones? —insistió Noah ignorando el intento de cambiar de tema de su amigo.

—Me lo pensaré —dijo Carver examinando el índice del libro que tenía entre las manos. Noah permaneció en silencio y sin moverse—. ¡Por el amor de Dios, de acuerdo! ¿Es lo que querías oír? Le pediré a Ollie que encuentre algo prosaico para Gabe. Te aseguro que se aburrirá pronto.

—¿Pedir a Ollie qué? —El mayor, por seis minutos, de los gemelos Taverner se asomó por la puerta de la biblioteca cargando una gastada bolsa de deporte.

—Te han ascendido —se apresuró a contestar Noah antes de que Carver tuviera la oportunidad de cambiar de idea—, ahora tienes un ayudante al que cargar con todas esas pequeñas tareas que odias.

—Bueno, en realidad no odio ninguna de las tareas —señaló Ollie con una sonrisa que exhibía el hueco entre sus dientes frontales—. ¿Viene algún estudiante nuevo? —se quitó las gafas y las limpió con el borde de su camiseta.

—No exactamente —Gabe apareció detrás de él y le hundió un dedo en las costillas—. ¡Te toca cargar conmigo! —dijo con alegría.

Carver soltó un suspiro:

—Deduzco que has estado merodeando por ahí fuera durante un buen rato, ¿no es así, Gabriel?

—Desde que Noah entró. Pero es que he crecido en esta casa y si no merodeas te pierdes todo lo interesante.

—Pues yo no tengo tiempo de merodear —dijo Ollie perplejo.

—Y Gabriel tampoco lo va a tener de ahora en adelante —corroboró Carver—. Que trabaje duro, Ollie, pero empieza solo con lo básico.

A Noah no se le escapó la mirada que compartieron Carver y Ollie, que decía más que mil palabras.

Al día siguiente, Ollie Taverner se conectó a su cuenta de la Mansión mientras Gabriel se removía inquieto a sus espaldas. Ahora que por fin había llegado el momento no veía la hora de empezar a trabajar, aunque sabía que iban a mantenerle apartado de cualquier cosa que no fuera «segura». El hecho de que Ollie estuviera tardando tanto en terminar todas sus comprobaciones no ayudaba a su frustración.

Ollie se detuvo y se giró para mirar a su aprendiz.

—Espacio personal, Gabe —le dijo—, no ayudas a nadie pegándote tanto a mi espalda —se giró de nuevo hacia la pantalla y abrió un archivo.

Gabriel se separó apenas unos centímetros. Desde que le habían dado el visto bueno para poder ayudar, incluso aunque fuera con asuntos sencillos, no había podido contener su excitación. Le debía una a Noah. Ollie podía tratarle como a un bebé si quería, pero él tenía la intención de aprender todo lo que pudiera mientras fingía que todo era confuso. Si Carver supiera lo que realmente quería hacer... Gabriel cogió ese pensamiento y lo encerró tras una puerta en un rincón de su mente.

—Vale, pues esto es en lo que estoy trabajando ahora —dijo Ollie mientras abría dos fotos de una misma cocina. Una de ellas parecía estar sacada de las páginas de una revista de decoración mientras que en la otra todo el contenido de los armarios y la encimera estaban diseminados por el suelo—. La mujer que vive aquí cree que tiene un *poltergeist*. Pero no podemos fiarnos solo de su palabra, hay un montón de gente que de repente cree que su casa está encantada. Ven un programa de la tele sobre eso y después quieren sus quince minutos de fama. Cuando Carver da sus conferencias acuden todo tipo de personas y te aseguro que al cabo de un par de días tenemos el buzón de entrada del correo electrónico a punto de explotar.

Gabe se inclinó para acercarse más a la pantalla.

—Pero ¿cómo puedes saber solo mirando una foto si ella está mintiendo o no? —preguntó.

—Con un buen ojo, y algunas veces algo de matemáticas —Ollie se echó a reír al ver la expresión de Gabriel—. Todas esas horas con tu tutor no eran solo para hacerte morir de aburrimiento. Mucha gente no se da cuenta de que en realidad tenemos criterios con los que podemos trabajar. Si sospechamos que el dueño de la casa no se lo está inventando, intentamos sacarle algo de pasta a Carver para poder ir y echar un vistazo en persona. De hecho, eso es lo que está haciendo Olivia ahora. Está en Somerset investigando las afirmaciones de un granjero que dice ver a toda una legión del ejército romano marchando por su granero una vez al mes.

—Bueno, ¿y yo qué puedo hacer entonces? —preguntó Gabe con impaciencia clavándose las uñas en las palmas de las manos.

—Pues puedes estarte quieto, sentarte aquí y examinar estas fotos. Usa el cerebro y tu intuición para decirme si crees que esto es un fraude o no.

Ollie se levantó de la silla para dejarle sitio a Gabe.

—Tengo que terminar un tema clasificado para Carver en el otro ordenador, pero volveré para que me digas qué has encontrado en media hora, ¿vale?

Gabe le observó mientras Ollie encendía un ordenador mucho más potente que se encontraba en una esquina de la habitación. No era una decisión decorativa, la pantalla encaraba la pared para evitar el curioseo de ojos no autorizados. Ahí era donde Gabriel quería estar porque ahí era donde encontraría los archivos que le ayudarían a resolver sus incesantes preguntas sin respuesta. En algún sitio tenía que haber archivos con notas y descubrimientos porque era imposible que Carver se acordara de todo de memoria. Era un científico y dejar información para aquellos que vinieran detrás de él era una particularidad que estaba grabada a fuego en su ADN.

Tanto Noah como Carver le habían contado hacía tiempo que lo sucedido había sido producto del azar, una experiencia de otro mundo. Pero saber que aquello que lo había provocado seguía ahí fuera, no le dejaba dormir tranquilo. Y Gabe estaba decidido a encontrarlo.

Capítulo diecisiete

Beth Davenport tenía la mirada fija en el paisaje que se vislumbraba desde la ventana de su habitación, en el jardín y los campos más allá de este. Quedaba poco para que terminara el verano y las golondrinas revoloteaban dentro y fuera de los alerones de la casa alimentando a sus crías. Se oyó un repentino e inconexo clamor de trinos cuando uno de los padres llegó a casa con el pico repleto de insectos. A Beth le gustaban los pájaros y la libertad que tenían de poder ir y venir a su antojo.

Del cielo, anunciando la noche, colgaba una luna rosada que parecía de caramelo y que estaba a punto de convertirse en luna llena. La promesa de otra noche seguida de otra mañana. Pero el paso del tiempo no significaba nada para ella. No tenía recuerdos más allá de vivir en esta habitación, en esta casa; aunque a veces, una imagen pugnaba por salir de entre la densa niebla que enmoquetaba su mente. Beth se escondía y renegaba de esas inoportunas perturbaciones porque la ponían nerviosa, y cuando estaba nerviosa hacía estupideces. Por lo menos eso decía Ela, porque Beth no distinguía entre los conceptos de estúpido y serio.

A veces alguno de los hombres la visitaba. El reverendo Isaacs era uno de ellos. Él y el otro hombre solían hacerle preguntas o eso pensaba ella. No le gustaban las preguntas, hacían que le doliera la cabeza y después tenía que venir Ela y ayudarla a tumbarse. Otras veces venía un muchacho, pero no con los otros hombres. El chico se sentaba con ella y miraba por la ventana, porque sabía que los pájaros la hacían feliz. Y él no cambiaba las sillas de sitio; a Beth no le gustaba que nadie moviera el mobiliario.

El muchacho decía que su nombre era Gabriel. Era un nombre muy bonito. Si ella tuviera alguna vez un bebé se aseguraría de ponerle un nombre bonito. Pero, ¿dónde se podía conseguir un bebé? Había tratado de recordarlo una vez; Ela la había encontrado acurrucada en una esquina dentro del armario a la hora de la cena. Solo quería comprobar si los bebés venían de allí.

Su cabello, antes oscuro, era ahora blanco como la nieve. Unos mechones habían aparecido el día que Noah la trajo a la Mansión y antes de que pasara un año solo le quedaban algunos bucles negros.

Al principio, la habían llevado al piso de abajo a las horas de las comidas y habían intentado incluirla en las conversaciones incluso aunque ella no contestara. Eso había sido antes de que uno de los antiguos estudiantes, pensando que estaba echando una mano, había intentado encender un fuego en la chimenea del salón con madera todavía húmeda. El humo había invadido la habitación rápidamente y unas nubes se habían filtrado hasta el descansillo formando columnas justo cuando Beth bajaba con cuidado por las escaleras. Carver y Ela tardaron más de una hora en conseguir que dejara de chillar. Fue la primera vez que Beth vio al muchacho llorar.

Ahora siempre le preguntaban primero si quería bajar al piso de abajo o salir al exterior. El chico le traía de la biblioteca libros con brillantes y coloridas fotografías: loros con exuberantes plumajes de los bosques del Amazonas, bandadas de flamencos rosados con gráciles cuellos en un océano del color de un cielo de Utah. Beth sabía que debían de ser inventadas; para ella, el mundo terminaba en los límites de la Mansión.

Durante el invierno a veces la llevaban a otra habitación, una sin ventanas, aunque a ella no le gustaba demasiado porque no podía ver los pájaros. Le decían que era porque a lo mejor nevaba. Nieve, esa era una palabra malvada. La nieve se había deslizado con sus helados dedos, como un ladrón en mitad de la noche, y le había robado todos los recuerdos de su vida anterior.

Beth suspiró, una suave exhalación de aire que empañó la ventana por un instante. En un momento había desaparecido. A veces ella deseaba poder desaparecer tan fácilmente.

Capítulo dieciocho

En el piso de abajo, Carver aguardó hasta que todos en la Mansión se hubieran ido a dormir. Había pasado el día inquieto, incapaz de concentrarse en ninguna tarea y esto era algo que le irritaba más de lo que estaba dispuesto a admitir.

Durante este último año, se había despertado en Gabe un agudo interés por las cuestiones de la Mansión que sucedían a puerta cerrada. Tampoco es que Carver lo hubiera mantenido todo en secreto, era imposible no ser curioso al crecer en una casa como aquella. Había sido más fácil cuando Gabriel era más joven y se había conformado con las simples respuestas que obtenían sus preguntas para después irse a jugar con sus videojuegos despreocupadamente. Aunque siempre había sido un niño singular, lleno de preguntas y declaraciones tales como «Creo que se me debería dejar comer todo el pastel porque nunca me pongo enfermo». Sin embargo, Carver nunca le había tratado como a un niño pequeño, probablemente porque Gabriel nunca le había parecido uno. Había sido criado en una casa llena de adultos, así que creció siendo un adulto en miniatura. Tenía, en resumen, un alma vieja. Fue Noah el que notó el cambio. Solía visitarles unas cuantas veces por semana, siempre que sus obligaciones con su parroquia se lo permitían y el lazo entre ambos era fuerte. Noah siempre era capaz de apaciguar a Gabe si Carver le había echado la bronca por algún motivo.

Ollie había pasado a verle antes de cenar para informarle de que Gabriel se había entregado con entusiasmo y sin quejarse a la tarea que le había encomendado. Había hecho las preguntas adecuadas y había encontrado las respuestas pertinentes. Ollie opinaba que Gabe sería de gran ayuda y, al escuchar esto, Carver había intentado mantener una expresión inescrutable en su rostro. Después de desearle a Ollie buenas noches, Carver permaneció en su silla, girándola ligeramente de un lado a otro como si el mero movimiento fuera a resolver todas las dudas que poblaban su mente. Hubiera preferido descubrir que Gabe se había aburrido o frustrado con el trabajo. El hecho de que hubiera encajado tan bien solo hacía que la incomodidad de Carver aumentara.

Había ciertas cosas que Gabe desconocía, cosas que Carver no quería que descubriera nunca. Sin embargo, en los últimos meses había visto la sed de conocimiento en los ojos del chico, una impaciencia por sumergirse en todos los oscuros trabajos de la Mansión. Si era honesto consigo mismo, lo que le preocupaba en realidad era que Gabe se acercara demasiado a la verdad.

Encendió su portátil y se conectó a la red de la Mansión. Una parte de él odiaba el hecho de estar vigilando a un chico que nunca jamás le había mentido. Y no es que Gabe fuera un chaval sumiso, lejos de eso, podía discutir sobre un tema si creía que tenía razón y Carver le respetaba por ello. Abrió el historial de navegación de ese día y ojeó el listado rápidamente. Allí no había nada que no estuviera relacionado con el caso del *poltergeist* que Ollie le había asignado. Sentimientos de alivio y culpa le invadieron mientras apagaba el ordenador. «Quiero protegerlo», pensó, «pero si no le dejo ser un miembro más activo de la casa como él desea, voy a terminar alejándole. No puedo controlar sus movimientos noche y día, así que, ¿dónde me deja eso?». «Deberías confiar en él», la voz de Noah le reprendió dentro de su cabeza. Eso era fácil de decir pero dentro de la casa había una bomba de relojería; ojalá pudiera ser capaz de retrasar el tiempo.

Capítulo diecinueve

En otra casa, Noah Isaacs también estaba despierto. Casi. Amodorrado, alcanzó su teléfono móvil que vibraba como una avispa enfadada encima de la mesilla de noche. Al ver quien era se sentó en la cama de inmediato.

—¿Tom? ¿Va todo bien? —el primer pensamiento de Noah fue que Betty había vuelto a desaparecer. En los últimos años, la demencia senil de la mujer de Tom se había acentuado, convirtiéndola en una sombra de lo que fue. Tendía a deambular «para ir a alimentar a las gallinas» y terminaba perdiéndose.

—Betty está bien, si es a lo que te refieres —le contestó Tom—, y no empieces a decirme que necesito buscar ayuda, estoy bien—. Antes de darle tiempo a Noah a replicar, Tom continuó—: Pensé que te gustaría saber que la antigua granja de Beth está en llamas. Olí el humo antes cuando estaba alimentando a los cerdos pero pensé que sería alguien quemando basura. Me han despertado las sirenas de dos coches de bomberos yendo a toda velocidad por la carretera así que me he levantado y me he vestido. Puedes ver las llamas desde el establo. Imagino que el techo de paja habrá ardido fácilmente.

Noah trastabilló al salir de la cama y corrió las cortinas de su dormitorio. A lo lejos, más allá del cementerio, llamas amarillas lamían el cielo nocturno entremezcladas con los neones azules de los coches de bomberos.

—¿Había alguien dentro? —la preocupación agudizaba sus sentidos.

—No lo creo. La gente que la compró después de Beth no pasaba mucho tiempo allí. Era más como una casa de vacaciones —el disgusto que sentía ante esas circunstancias era palpable en la voz del granjero.

—Voy a coger el coche y me voy a acercar por si alguien necesita ayuda —dijo Noah mientras empezaba a vestirse.

—Me imaginé que eso es lo que me ibas a decir. Por eso te estoy esperando fuera en el Land Rover. Date prisa.

Noah olió el humo en cuanto salió por la puerta. Una fuerte brisa movía las copas de los viejos olmos en el cementerio. Hizo una mueca. El viento no ayudaría a aplacar el fuego.

Tom permaneció imperturbable mientras conducía su viejo y cascado vehículo en dirección a la granja. A los bomberos se les habían unido un coche de la policía, pero no se veía ninguna ambulancia lo que hizo que Noah murmurara una breve oración de gracias mientras salía del coche.

—Reverendo; Tom —un fornido hombre vestido de uniforme asintió en su dirección a modo de saludo.

—Andrew —Noah extendió la mano pero el otro hombre ya se había girado de nuevo hacia el intenso fuego. Desde el interior de la casa llegaban sonidos de vigas resquebrajándose. «Sus huesos se están rompiendo», pensó, y sintió un escalofrío a pesar del calor.

—Triste asunto este —dijo Andrew Linton—. El jefe de bomberos dice que ya estaba muy extendido cuando ellos llegaron. Estos viejos caserones son polvorines de madera a punto de explotar y no ha llovido en semanas. De todas maneras, este sitio parece estar maldito.

Noah echó una ojeada en dirección a Tom, los apretados labios del granjero formaban una línea recta.

—¿Están seguros de que no había nadie dentro? —insistió Noah.

Algo en el interior de la casa explotó provocando un torrente de chispas en el aire.

—El agente Cooper lo ha confirmado con el responsable de las patrullas vecinales. Los dueños están en Leningrado por negocios. Dejaron una llave de la casa en la comisaría en caso de que la alarma saltara, que es lo que pasa algunas veces. —Andrew Linton retrocedió mientras dos bomberos apuntaban hacia la granja con otra enorme manguera.

—Va a dar mucha lástima ver esto a la luz del día.

Tom sacó a colación una pregunta que a Noah ni siquiera se le había cruzado por la mente:

—¿Ha sido intencionado?

Linton se encogió de hombros.

—Es demasiado pronto para saberlo. La gente del cuerpo de bomberos tendrá que examinar el lugar cuando se enfríe.

El acre olor del humo invadía la nariz de Noah, recubriéndole la garganta con lo que parecía alquitrán. Sacó un pañuelo del bolsillo para cubrirse la boca. Para él, el humo ya no era simplemente el resultado de un objeto que se quema.

Por encima de los arbustos, los faros delanteros de un coche atravesaron la oscuridad. Quienquiera que fuese tendría que retroceder y dar la vuelta ya que los bomberos habían bloqueado el estrecho camino. El coche rodeó la curva por el lado contrario de la carretera y frenó bruscamente. Una mujer joven de cabello castaño descendió y Noah se giró al reconocer su voz.

—Olivia —el cura sonrió mientras la hermana gemela de Ollie aparecía a su lado.

—Hola, Noah —contestó ella—. Volvía a casa cuando he visto las llamas. Puedes verlas desde el otro lado del pueblo. Pensé en venir y unirme a la fiesta.

Tom no pudo evitar hacer una mueca de disgusto.

Olivia Taverner tenía la misma nariz, ligeramente aquilina, y los ojos castaños de su hermano, pero ahí se acababan todas las similitudes. Ollie era estudioso, tranquilo y, sobre todo, imperturbable; Olivia era ambiciosa, impaciente y con tendencia a perder los estribos cuando la sacaban de quicio. A Tom no le gustaba demasiado y se le notaba, pero ella le respetaba por tener una opinión formada. No es que ello le impidiera decir exactamente lo que pensaba.

Olivia había llegado con su hermano a la Mansión hacía cuatro años y desde su primer encuentro, se había negado a reconocer el título religioso de Noah. Esto dio paso a su primera encendida discusión con Carver, quien exigía respeto y educación a todos los nuevos estudiantes. El profesor les daba a sus alumnos un período de prueba de tres meses y si después de eso, ellos o él consideraban que no encajaban en la Mansión, cada uno podía tomar caminos separados. Y aquel día, todos los que vivían en la casa se dieron cuenta de que, si Olivia se quedaba allí, la vida iba a ser mucho más ruidosa. Sin embargo, a pesar de los gritos y los portazos, Carver fue enseguida consciente de que

Olivia poseía un talento único que todavía no era capaz de controlar por el hecho de que había huido de él toda su vida. La Mansión era el último recurso de muchos padres tan exhaustos por las «cualidades» de sus hijos que estaban dispuestos a intentar cualquier cosa.

Carver enseñaba un curso oficial de administración de empresas junto con las otras clases que estaban enfocadas a ayudar a los estudiantes a perfeccionar sus habilidades. Aunque en realidad era un respaldo, un plan B en caso de que alguien acudiera a él un día y fracasara. Pero Carver sabía que ninguno fracasaba. Si decidían quedarse era porque todos tenían un don y habían sido enviados a él como último recurso desde un sistema educacional que creía que todo el mundo debía encajar en compartimentos bien definidos. A lo largo de los años, muchos habían pasado por las puertas de la Mansión y muchos de ellos habían acudido después a otras «instituciones» privadas, bien cultivados y confiando en sus capacidades. Ahora, solo quedaban los gemelos. Y Gabriel.

Olivia observaba la granja en silencio, el resplandor de las llamas reflejado en su pálido rostro.

—No hay nadie ahí dentro —dijo, y Noah se preguntó cómo podía estar tan segura. Se limpió la boca con su ahora sucio pañuelo. Carver decía que ella podía ver a los muertos, a aquellos que todavía no habían pasado al otro lado. Noah no tenía motivos para no creerle, pero era algo en lo que prefería no pensar demasiado.

Olivia se giró de repente y volvió a su coche sin despedirse. Oyeron el crujido de las llantas sobre la gravilla y el rugido del motor de su Mini azul dando marcha atrás.

—Esa chica necesita que alguien le baje un poco los humos.

Noah pensó que tendría que ser alguien con la paciencia de un santo y los santos no abundaban en el siglo XXI.

—Es joven e impulsiva, Tom. Dale un par de años, terminará calmándose.

Tom soltó una corta y brusca carcajada.

—Apostaría mi buen dinero contra eso reverendo, si fuera un hombre que apostara.

—Me vuelvo a la comisaría —dijo Linton con un suspiro—. No hay nada más que pueda hacer aquí y tengo que empezar con el papeleo.

—Sí, creo que nosotros también hemos terminado aquí —comentó Tom, y dirigiéndose a Noah—, ¿te llevo de vuelta?

Noah le siguió mientras el granjero se encaminaba hacia su Land Rover, deseando tener un poco del arrojo de Olivia. A veces era demasiado blando.

Capítulo veinte

Olivia Taverner aparcó fuera del arco de entrada de la Mansión. A ambos lados sobre la pared de piedra, dos faroles le dieron la bienvenida a casa. La Mansión dormitaba bajo un cielo ligeramente nublado debido al humo negro que se extendía por los campos. Salió del coche y se estiró. El camino de vuelta desde Somerset había consistido en un sinfín de retenciones por obras en la carretera y accidentes menores.

La legión romana fantasma había resultado ser un fiasco. Después de pruebas exhaustivas y entrevistas con el anciano, había desestimado el caso y él no había quedado satisfecho con su actitud. ¿Había llegado a decirle que había desperdiciado su tiempo? No, no a la cara. Pero eso era lo que había hecho. La legión romana había aparecido convenientemente justo en el momento en que el granjero había terminado de convertir sus viejos establos en dos cabañas para el turismo rural. Sin duda, un desfile fantasmal era un buen reclamo para los turistas ya que aquella zona era popular en las rutas cazafantasmas y estaba cerca de Glastonbury. A pesar de la reputación que Olivia se estaba ganando en los alrededores como alguien a quien no se le podía engañar fácilmente, la gente no dejaba de intentarlo.

No había querido coger este caso para empezar, pero Carver había insistido en que fuera, defendiendo que cada declaración debía investigarse por separado. Dijo que podía ampliar sus habilidades. Olivia le repitió que los suyos eran muertos muy frescos, a los que prácticamente no les había dado tiempo a enfriarse, y que dudaba que un ejército romano encajara en esa descripción.

Estaba físicamente agotada pero su cerebro se negaba a aceptar eso como una excusa. Había mentido a Noah antes. En realidad, había llegado poco después de las nueve y había aparcado fuera del camino al otro lado del pueblo, junto a la escuela infantil. Usando senderos como atajos, se había abierto camino a través de los campos recién arados, saltando sobre la cerca de madera que desembocaba en la carretera, desde donde vio el techo de la antigua granja de Beth. Estaba segura de que nadie la había visto. Era un camino que tomaba a menudo cuando quería evitar el bullicio del pueblo. Su idea del infierno era verse obligada a charlar con gente a la que no conocía de nada.

La pintoresca granja estaba apartada de la carretera y sus actuales dueños habían puesto una puerta nueva y habían pintado la madera del exterior de un azul pálido. Unas macetas color lavanda decoraban la entrada. Bonita, compacta e inglesa por antonomasia. Pero para Olivia siempre había estado rodeada de un aire de malevolencia, como una niña bonita que disfruta encerrando mariposas en jarros de cristal. Conocía su historia, por supuesto. ¿Quién no la conocería viviendo bajo el mismo techo que Beth y Gabe? Y Gabe le gustaba, aunque a veces fuera tan molesto como un hermano pequeño. Beth, sin embargo… intentaba mantenerse fuera de su camino. A veces pensaba que en el cerebro de la mujer pasaban muchas más cosas de las que la gente se imaginaba.

Había sido un día increíblemente largo. Olivia metió su llave en la cerradura y empujó la puerta. Un suave resplandor proveniente de la lámpara sobre la consola del piso superior rompía la oscuridad, pero todo estaba en silencio; ese tipo de silencio especial que nunca sucede a la luz del día. Contó los escalones mientras los subía, evitando el sexto y el decimotercero porque crujían como huesos viejos. Deteniéndose delante de la puerta de su hermano, descansó los nudillos contra la madera, pero después se lo pensó mejor. Era preferible guardar el secreto para sí misma.

Su habitación estaba al final del pasillo. Tiró el bolso sobre la cama y bajó la persiana. Tenía el olor a humo pegado al pelo pero ya lo solucionaría con una ducha al día siguiente. Había empezado a sentir un palpitar sordo encima de su ojo derecho y eso solo podía arreglarse durmiendo. Sin quitarse la ropa se tumbó encima de la cama y cerró los ojos.

Sus sueños fueron intranquilos y plagados de fuego.

Capítulo veintiuno

Carver le contó a Gabe lo sucedido en su antigua casa durante el desayuno al día siguiente. Noah lo había llamado a primera hora de la mañana. Era raro que el chico estuviera levantado mucho antes de las diez ya que era un ave nocturna como la mayoría de los habitantes de la casa. Carver lo observó mientras Gabe extendía en silencio una excesiva cantidad de mermelada sobre su tostada. Frunció el ceño ligeramente antes de contestar. «Está decidiendo qué decir», pensó Carver.

—Estoy bien, en serio —murmuró con la boca llena de pan tostado—, ni siquiera recuerdo haber vivido allí.

Carver dobló el periódico y lo dejó sobre la mesa para coger su taza de té.

—Lo sé, pero allí fue donde…

—Donde yo estaba antes de que todo se jodiera —la interrupción de Gabriel sobresaltó un poco al profesor, pero no lo dejó ver y continuó bebiendo el té. El chico podía decir que estaba bien, no obstante, si se hurgaba por debajo de la superficie, la herida todavía estaba en carne viva.

—¿Puedo redactar el informe de mis descubrimientos sobre el *poltergeist* esta mañana? Ollie dijo que tenía que ir al pueblo, pero a mí me gustaría escribirlo mientras todavía lo tengo fresco en la mente.

Carver no encontró nada en aquella declaración a lo que pudiera oponerse aunque una alarma saltó en su cabeza ante la idea de que Gabe se conectara a la red él solo. Pero, en serio, ¿qué daño podía hacer? Todos los archivos clasificados estaban bien escondidos.

—De acuerdo, hazlo. ¿Puedes traerme una copia cuando termines? Me gustaría ver lo que has encontrado.

—Mejor que me ponga con ello entonces —Gabe se bebió el resto del zumo de naranja de un trago y se llevó consigo la tostada al salir de la habitación.

Carver permaneció sentado durante unos minutos más con las manos cruzadas sobre la mesa. Se quedó mirando el intrincado diseño del mantel sin verlo realmente. Gabe se había tomado la noticia demasiado bien. Pero bueno, él tenía otras preocupaciones con las que lidiar. Tenía que contarle a Beth lo del incendio porque no quería arriesgarse a que se enterara por accidente y se disgustara. ¿Se acordaría siquiera de su antigua casa? Había días en los que parecía que apenas estaba despierta dentro de su propia piel.

La puerta de su habitación estaba cerrada como siempre. Llamó con suavidad:

—¿Beth? Soy Carver. ¿Puedo entrar para hablar un momento contigo? —Habitualmente llegado este punto se empezarían a oír sonidos desde el interior y en alguna ocasión ella misma abriría la puerta, mirando al exterior como un conejo asustado. Pero no esta vez. Solo se oyó silencio. Llamó de nuevo golpeando la madera con un poco más de fuerza—. ¿Beth?

Se abrió una puerta detrás de él. Olivia estaba en mitad del pasillo con el pelo húmedo de la ducha.

—¡Beth! —esta vez había una nota de alarma en la voz del profesor.

Agarró la manilla de la puerta y empujó, una vez dentro sus ojos barrieron la habitación.

—¿Está bien? —le preguntó Olivia a sus espaldas.

Carver, palideciendo, se dio la vuelta.

—No está aquí.

Capítulo veintidós

Beth Davenport se encontraba de pie, inmóvil, enfrente de la que había sido su casa. Las nubes se movían con rapidez por el cielo dejando caer una repentina llovizna de finales de verano. El aire olía a humo rancio y a Beth no le gustaba aquel olor. Unas vigas calcinadas asomaban solitarias por lo que una vez había sido el tejado, negros dedos estirados hacia el cielo. Copos de polvo gris revoloteaban sobre los escombros removidos por la brisa. La pintura hinchada se descascarillaba de las paredes. Acercó el dedo a una de las burbujas y esta se desintegró bajo su tacto.

No recordaba cómo había llegado hasta allí. Todo había comenzado el día anterior, al anochecer; las golondrinas habían representado uno de sus especiales bailes, solo para ella, y recordaba haber apoyado las palmas de las manos sobre el cristal queriendo unirse a la danza, queriendo ser capaz de volar. Algo que brillaba abajo en el jardín le había llamado la atención. Era un desfile de leones naranjas que marchaban con sus colas en alto haciendo círculos alrededor de la engalanada fuente al final del parterre. Y fue entonces cuando había oído llorar al bebé. Había intentado ignorarlo escondiéndose debajo de las mantas de su cama con las manos sobre los oídos, pero aun así continuaba escuchándolo. Terminó quedándose dormida pero el lastimero y angustiante sonido había atravesado su sueño como un afilado trozo de cristal. ¿Por qué nadie acudía para confortar al bebé? Finalmente, justo antes del amanecer, Beth no pudo soportarlo más.

No quería abandonar su habitación, pero tenía que encontrar a la criatura. Ni siquiera se le ocurrió pedir ayuda, su mente estaba fija en seguir el sonido del llanto. Parecía provenir de una habitación en la parte de abajo de la casa así que descendió las escaleras lentamente con la espalda pegada a la pared deslizando las palmas abiertas de sus manos sobre la superficie pintada para no perder el equilibrio. El llanto venía ahora de fuera de la casa, y en su cabeza, los fuertes latidos de su corazón le resonaban en los oídos. Por primera vez en quince años, Beth abrió la puerta y salió al exterior.

Se quedó mirando sus propios pies. Sus pantuflas azules estaban empapadas. Un botón de oro refulgía en el desnudo suelo lleno de cenizas, Beth se puso de rodillas para acariciar sus pétalos de satén, parecían..., parecían... la piel de un bebé. Recordó entonces cómo había llegado hasta allí, había seguido los lloros de un niño. Sin embargo, ahora todo estaba en silencio y no sabía qué hacer. Se estremeció. Era una mujer delgada, con unos ojos azul oscuro demasiado grandes para su pálido rostro de los que empezaron a caer lágrimas dejando limpios regueros en sus mejillas cubiertas de polvo.

Un kilómetro y medio más lejos, Carver estaba sentado junto a Olivia en el coche, ambos con rostros serios. Ella apretaba el volante con tal fuerza que tenía los nudillos blancos y el Mini cogía las curvas sin miramientos, haciendo que las llantas se quejaran por el esfuerzo, mientras Carver rezaba para que no se encontraran con otro coche de frente. Habían salido de la casa corriendo, metiéndose en el coche de Olivia a toda velocidad, y habían atravesado las puertas antes de que Carver le hubiera podido dedicar un pensamiento a Gabe. Quizá fuera mejor que él no supiera nada, por lo menos de momento. Solo se le ocurría un lugar al que Beth podía haber acudido e intentó no pensar en las estrechas carreteras y en los coches que no esperaban encontrarse con nadie andando por las mismas. Olivia giró a la izquierda prácticamente sin mirar al otro lado. Incluso después de cuatro años, Carver no había conseguido escalar del todo el muro tras el cual se escondía la chica y ninguno de sus embates habían conseguido derribarlo.

—Si ha ido allí, no se le ocurrirá entrar dentro, ¿verdad? —dijo Olivia intentando mantener la calma mientras tomaban la última curva antes de llegar a la granja.

Carver no respondió. Buscó el hueco entre los arbustos de espinos donde estaba la cancela y saltó del coche antes de que Olivia se hubiera detenido por completo. Sus pies resbalaron en la gravilla de la entrada.

—¡Allí! ¡Allí está! —gritó mientras sus piernas se convertían en gelatina por el alivio— ¡Beth!

Beth se dio la vuelta y levantó la mano en un breve saludo. Carver empujó la cancela, manchándose las manos de polvo negro.

—Beth, gracias a Dios —le echó los brazos alrededor de sus delgados hombros y abrazó su frágil cuerpo con delicadeza, pero ella no le correspondió. Su mirada se perdía en la casa quemada.

—¿Oyes al bebé llorar? —preguntó mientras fruncía el ceño, la frente cubierta de cenizas—. Ya no puedo oírlo.

Olivia estaba de pie al lado de la cancela observando el edificio arruinado por el fuego. Por un momento, a Carver le pareció ver algo extraño en ella, como si la vulnerabilidad estuviera intentando abrirse paso a través de su espinosa superficie. Beth también la miró, sonriendo, antes de volver su atención a los restos de la casa.

—¿Podemos entrar a verle? Él ha estado esperando tanto tiempo —dijo mientras le tiraba a Carver de la manga. Tenía los ojos brillantes y por primera vez en quince años parecía estar viva.

Carver miró hacia las profundidades de la granja, asustado de lo que podría encontrarse allí, pero no había nada más que un roto y quemado esqueleto de madera. Cogió a Beth por el brazo con cuidado, quería alejarla de allí porque no sabía si estar en ese lugar era algo bueno para ella o no. A Beth no pareció gustarle, pero no opuso resistencia a que el profesor la guiara hacia la verja.

—Tú lo ves también, ¿verdad? —preguntó Beth girándose hacia Olivia.

Los ojos de Olivia se ensancharon y su respuesta fue un susurro. Carver se tambaleó mientras el corazón se le subía a la garganta.

—¿Sabes quién es él, Beth?

—Claro que lo sé. Es Stu.

Capítulo veintitrés

Gabe se encontró a sí mismo en una casa vacía. No podía creer que tuviera tanta suerte. Sabía que a Carver no le había hecho ninguna gracia dejarle solo en el estudio de investigación sin Ollie para supervisarle, pero Gabe había planteado la pregunta de tal manera que al profesor le había resultado muy difícil negarse. Sintió un pinchazo de culpa, quería a Carver como quien tiene a un dragón por mascota, con mucho cariño, pero con mucho respeto.

A pesar de que sabía que estaba solo, no podía quedarse tranquilo sin inspeccionar primero la casa. Le resultaba extraño abrir puertas y gritar «hola» en un espacio tan vacío. El coche de Olivia no estaba, así que a lo mejor ella y Carver se habían ido a investigar un caso. De todas formas, era extraño que nadie se hubiera despedido.

Gabriel tenía un nudo en el estómago; ahora que podía poner en marcha su plan empezó a preguntarse si era una buena idea. Iba a balancear su pequeña barca y a lo mejor había tiburones esperándole debajo. Apartó esa idea de su mente. Lo que fuera que le había sucedido a Beth no podía ser un hecho al azar y tenía la fuerte convicción de que la respuesta no se encontraba lejos; tenía que estar en la cámara acorazada que había debajo del ala más antigua y que era el único lugar al que tenía prohibida la entrada. Carver conservaba copias en papel de todos sus casos ahí abajo ya que prefería la seguridad que le daba una habitación forrada de acero a nada que estuviera en algo parecido a una «nube».

Averiguar la contraseña del ordenador de Ollie le había parecido la única forma de encontrar respuestas porque tenía que haber archivos allí, aunque estuvieran ocultos, donde él pudiera buscar algún rastro de información que le ayudara a montar el rompecabezas. Pero nunca había soñado que algún día tendría la oportunidad de visitar la cámara; siempre había alguien más en la casa con él.

El ala original y más antigua de la Mansión databa de los tiempos de los Tudor e incluso se rumoreaba que Enrique VIII había mantenido a una de sus amantes allí. Seguramente, el lugar donde ahora estaba la cámara acorazada había sido una fresquera en aquella época, o puede que incluso un calabozo, solo de pensarlo se le ponía la piel de gallina.

Atravesó el vestíbulo principal rodeando la cocina y la lavandería, dejando el salón a sus espaldas, bajó un tramo de escaleras de piedra y pasó por una pequeña puerta donde tuvo que agacharse para no darse un golpe en la cabeza contra el marco, y después bajó otro tramo de escaleras un poco más largo. Cuanto más descendía, la humedad y el frío aumentaban. El agua se filtraba por el techo de tierra y se oía el retumbar del río que fluía por el lado oeste de la propiedad. Gabe se había preguntado por qué Carver había decidido construir la cámara donde lo había hecho, pero Ollie le había contado que daba igual la temperatura que hiciera bajo tierra porque la del interior de la cámara estaba controlada por un termostato.

Un ruido quebró la oscuridad. Un débil sonido de algo escabulléndose. Se le erizó el pelo de la nuca y se detuvo, respirando con dificultad como un zorro atrapado en un cepo. El interruptor de la luz estaba al final de las escaleras. Maldijo entre dientes, ¿por qué no había traído una linterna? Con cuidado, se obligó a mover los pies en la oscuridad, afinando el oído ante cualquier murmullo. Una fría corriente le acarició la cara y extendió los dedos, deslizándolos por la resbaladiza superficie de piedra hasta que encontró el interruptor de la luz. Lo encendió y una barra de luz fluorescente en el techo reverberó mientras cobraba vida, seguida de cerca por otra al final de la estancia donde la pared giraba hacia una carbonera, ahora en desuso.

La puerta de la cámara se erguía ante él; era una imponente caja de acero diseñada para ser un refugio antitornados que Carver había mandado traer desde Estados Unidos. En el lado derecho, un teclado electrónico desprendía un resplandor verdoso. A Gabe se le cayó el alma a los pies, ¿qué había esperado: una puerta normal con un picaporte? La decepción se desplegó en sus tripas como una serpiente venenosa.

—¿Gabe? —una voz proveniente del piso superior rompió el silencio—. ¿Qué estás haciendo ahí abajo?

Gabe se dio la vuelta notando cómo se le encendía el rostro, Ollie estaba en lo alto de las escaleras y no parecía contento.

CAPÍTULO VEINTICUATRO

Noah Isaacs llegó a la Mansión un poco más tarde de las once de la mañana. Había estado fuera hablando con uno de sus feligreses sobre los arreglos para un funeral y no había escuchado la llamada de Carver. Le llegó un mensaje de texto poco después que solo decía: «¿Puedes venir?» y Noah no había perdido el tiempo. Edward Carver nunca mandaba mensajes de texto, creía que hacerlo era de una vagancia abominable, así que el hecho de que hubiera enviado uno significaba problemas. El sacerdote intentó no imaginarse qué podía haber pasado. Sabía que últimamente dedicaba más tiempo a los asuntos de la Mansión que a los de su iglesia y la culpa le invadía cada vez que se disponía a rezar. Y el fuego de la noche anterior le había inquietado más de lo que debería.

Carver le había dicho que fuera y, sin embargo, no había ningún coche aparcado en el exterior, solo la bicicleta de Ollie apoyada contra el banco de madera que había al lado de los rosales. También era raro no ser recibido por Ela, pero Carver había insistido en que se quedara un poco más con su hermana si quería. Pensó que la Mansión era como un viejo reloj relleno de ruedas dentadas y resortes, y sin Ela todas las piezas se derrumbaban.

Noah dudó antes de entrar; empujó la puerta de entrada con cuidado y se quedó de pie en mitad del vestíbulo un tanto cohibido. El tic tac del reloj de pie parecía más estridente que de costumbre, como si estuviera intentando compensar la falta de otros sonidos. Unos rayos de luz atravesaban las altas ventanas en lo alto de las escaleras creando estampados en las paredes. De las entrañas de la casa le llegaron sordos sonidos metálicos y voces apagadas. Gritó un hola lo que provocó que las voces se callaran en un momento para contestar acto seguido:

—Hola, reverendo —Ollie apareció seguido por un Gabe que parecía avergonzado—. Si viene a ver al jefe, está fuera. No estoy muy seguro de dónde —Ollie hablaba con un forzado tono alegre y Gabe no dejaba de mirar al suelo.

—Quería que me reuniera con él aquí. Me ha mandado un mensaje de texto.

Ollie enarcó una ceja.

—Deberías enmarcarlo —dijo—. Ni siquiera sabía que su teléfono tuviera una aplicación para mandar mensajes.

Noah estudió a los dos chicos mientras colgaba su abrigo en el perchero. Había algo extraño en el hecho de que estuvieran intentando actuar como si todo fuera normal. Se traían un secreto entre manos y esta casa ya tenía demasiado de eso. Se instaló un incómodo silencio entre ellos que vino a romperse con el apagado rugido de un motor y el crujido de la gravilla del camino exterior. El vidrio de los ventanales a ambos lados de la puerta se tiñó de azul cuando el coche de Olivia se detuvo frente a ellos.

Noah no pudo ocultar su sorpresa al abrir la puerta. Carver estaba doblando el asiento del copiloto para ayudar a salir a Beth del asiento trasero y Olivia estaba sentada con las manos en el volante y con la frente apoyada sobre ellas.

—¿Liv? —Ollie lo empujó para abrirse camino hacia el coche. Abrió la portezuela y se arrodilló al lado de su hermana.

—Beth está helada, tenemos que llevarla dentro… —la voz de Carver se perdió cuando sus ojos se encontraron con los de Noah. Se sentía desinflado como un globo.

Las entrañas del sacerdote se encogieron con el recuerdo de un antiguo terror. Gabe también lo empujó cuando salió disparado por la puerta y hubo un momento en el que pensó que el chico iba a abrazar a Beth, pero en vez de eso solo tomó una de sus manos entre las suyas. Los oscuros ojos azules de la mujer miraban a la nada.

—Gabe, ¿podrías acompañar a Beth arriba y buscarle algo más de ropa que ponerse? Responderé a todas las preguntas una vez que ella se encuentre más confortable. —Gabe miró a Carver como si estuviera a punto de objetar algo, pero finalmente no dijo nada y se limitó a guiar a su madre al interior de la casa. A Noah le dolía la mandíbula de apretar los dientes con fuerza—. Noah —continuó Carver—, ¿puedes hacer algo de té? O traer brandi, no me importa cual de los dos. —Carver dirigió su atención a Ollie que estaba ayudando a su hermana a salir del coche—. Ollie, lleva a Olivia al salón por favor, no la dejes sola. Necesito hablar con todos vosotros antes de que Gabe baje.

Noah se apoyó contra el marco de la puerta. Todo a su alrededor parecía moverse de forma antinatural, como si estuviera en otra órbita. Su corazonada de que algo no iba bien al conducir hasta aquí había sido acertada.

Carver hizo una pausa mientras Ollie llevaba a su hermana al salón. La fuerte luz del sol que entraba por el mirador resaltaba las motas de polvo, que flotaban en el aire como diminutos copos dorados, y el brillo de los desgastados sillones de cuero. La habitación parecía estar cansada de pronto, como si hubiera querido morir hacía décadas pero la hubieran obligado a continuar existiendo en un siglo que no terminaba de entender.

Carver tamborileó un dedo sobre sus labios con preocupación.

—Noah, creo que tenemos problemas otra vez.

Capítulo veinticinco

Olivia Taverner se dejó caer en el sofá de cuero enfrente de la chimenea. Sentarse era una tarea sencilla, pero toda la comunicación existente entre su cerebro y su cuerpo se había detenido momentáneamente.

Su hermano estaba arrodillado a su lado, con la cara pálida y acongojada. Olivia no recordaba cómo había llegado allí desde la granja, había conducido en modo piloto automático. Todavía estaba en estado de *shock* y sentía frío hasta en los huesos. En un principio no había querido admitir que había visto al hombre, descartándolo como una ilusión óptica, pero el miedo había convertido su sangre en hielo. Olivia veía a los muertos, pero solían ser personas que habían fallecido recientemente, personas que no habían encontrado su camino para cruzar al otro lado. De hecho, su primer pensamiento había sido que el fantasma de Stu era el de alguien que debía de haber estado en el interior de la casa cuando se inició el fuego. Pero eso era imposible. No estaba segura de si el alivio que sintió al darse cuenta de aquello fue lo que le hizo reconocer que ella también había visto al hombre. Pero el marido de Beth llevaba muerto quince años. ¿Por qué su espíritu seguía existiendo y por qué había elegido este momento para hacer su aparición?

Beth no se había perturbado en absoluto y Olivia estaba muy sorprendida por el hecho de que la mujer entendiera su don, aunque ello reforzaba la punzada de desconfianza que siempre había sentido. Aunque aquella mujer viviera en el mundo de las hadas no dejaba de ser muy intuitiva. Noah y Carver estaban en el vestíbulo hablando en voz baja. El sonido de una risa descendió por las escaleras desde el piso de arriba. Beth, la mujer que apenas había enunciado más de dos palabras seguidas en los cuatro años que Olivia llevaba viviendo allí, se estaba riendo. Ollie le apretó la mano con los ojos llenos de preguntas. La luz llenaba la habitación, como si el sol estuviera intentando por todos los medios convencerles de que todavía era verano y, sin embargo, Olivia sentía como si las persianas se hubieran bajado de golpe sobre todo lo que había creído saber y se estuvieran abriendo poco a poco de nuevo para dar paso a aquello que aguardaba en los oscuros recovecos de su imaginación.

Siempre le había asustado su propio don, no como Ollie que se regocijaba con su habilidad de mover objetos con la mente, aunque fuera a una mínima distancia. Habían crecido en un orfanato y más tarde los servicios sociales les habían buscado diversos hogares de acogida donde, en principio, estaban encantados de criar a dos hermanos gemelos. Esto es, hasta que cosas extrañas comenzaban a suceder. Como en aquella fiesta de cumpleaños donde los padres terminaron cogiendo a sus hijos en brazos y huyendo lo más rápido posible cuando Ollie hizo que su bol de gelatina se elevara sobre la mesa. Unas semanas después de aquello, encontraron a Olivia hecha un ovillo en una esquina de su habitación apretando con fuerza su osito de peluche. Cuando le preguntaron qué sucedía, contestó que no le gustaba la señora que estaba de pie en la otra esquina del cuarto con la lengua azul. Esa misma madrugada las luces y la sirena de una ambulancia despertaron a sus padres de acogida; habían encontrado a la mujer que vivía en la casa de enfrente ahorcada en su cocina. Los gemelos estuvieron de vuelta en el orfanato en menos de un mes. Ollie apenas usaba su don en esos días, y ella se preguntaba si practicaría fuera de la vista de ojos curiosos.

Carver entró en la habitación deteniéndose delante de la ventana. No había hablado mucho sobre lo que habían visto pero, por lo tenso de su barbilla, sabía que dentro de la cabeza del profesor había tantas turbulencias como en la suya propia.

—¿Qué demonios está pasando? —dijo Ollie incorporándose del suelo para sentarse en uno de los brazos del sofá, una de sus manos descansando sobre el hombro de su hermana.

—Espera a que llegue Noah —le contestó Carver. Ollie abrió la boca para replicar, pero su hermana le hizo callar con la mirada.

Desde donde estaban podían oír el ajetreo de Noah en la cocina: el sibilante sonido de la hervidora cuando el agua empezó a burbujear, el abrir y cerrar de los armarios y el metálico tintineo de los cubiertos al chocar unos con otros. Sonidos familiares. «Hagamos té y con eso se soluciona todo». Olivia apretó los dientes.

Después de lo que pareció una eternidad, apareció Noah llevando una bandeja llena de tazas y un paquete de galletas de jengibre. Al tiempo que la dejaba sobre la mesa apareció Gabe. Carver suspiró.

—Está durmiendo —dijo Gabe sin dirigirse a nadie en particular—. Pero está contenta, realmente contenta. ¿Qué ha pasado ahí fuera? —esta última pregunta era para Carver.

¿Cuánto debería contar?

Carver miró las caras expectantes, todas con los ojos fijos en él. Normalmente gozaba con aquellas situaciones, se sentía como un auténtico cabeza de familia y vivía por los momentos en los que podía reunirles a todos a su alrededor, expectantes por escuchar cualquier perla de sabiduría que escapara de sus labios. Pero esta vez era diferente. Parte de él siempre había sabido que este día llegaría, incluso después de tanto tiempo. Su antiguo mentor le dijo una vez que nada sobrenatural sucede porque sí. Siempre tiene una razón de ser y un objetivo.

—Beth no estaba en su cuarto cuando fui a verla esta mañana. La encontramos en la granja —apretó con suavidad el hombro de Gabe—. Escúchame hasta el final, Gabriel. Puedes preguntarme todo lo que quieras cuando termine.

El chico movió las manos en un gesto de exasperación, pero se mantuvo en silencio.

—Ella estaba bien, animada, sobre todo. Nos dijo que había oído a un bebé llorar —Noah buscó los ojos de Gabe—, después le preguntó a Olivia si veía a un hombre entre los escombros de la casa.

Carver mantuvo la mirada fija en Gabe. El muchacho había dicho durante el desayuno que estaba bien respecto al fuego, pero era obvio que ese no era el caso ahora. Le temblaban los hombros y sus ojos azules estaban oscurecidos por la ira.

—Gabe, por favor, dale unos minutos más —le pidió Noah sujetándole del brazo.

—Beth dijo que ese hombre era tu padre, Gabe. Y sí, yo también lo vi —dijo Olivia con un hilo de voz. Con esto pisoteó cualquier recelo que hubiera tenido Carver a la hora de compartir esa información.

Desde luego era un día en el que el tacto había decidido brillar por su ausencia.

Gabe palideció y Noah le ofreció una de las tazas de té.

—Bébete esto —le dijo—, y sí, le he echado una buena porción de brandi. Creo que no es el momento para preocuparse por el alcohol.

Gabe agarró la taza con las dos manos como si estuviera a punto de ahogarse y esta fuera una tabla salvavidas.

—¿Esto significa que deberíamos estar en alerta máxima? —preguntó Ollie. Su habitual expresión estudiosa había sido sustituida por una máscara más calmada, más madura de alguna manera.

—Siempre deberíamos estar en alerta, todos nosotros —la mirada de Carver barrió la habitación de nuevo—. No sé por qué Stu ha decidido materializarse justo ahora, pero no podemos ignorarlo.

—Creo que tengo una idea de por qué lo ha hecho —apuntó Olivia mientras cogía uno de los cojines del sofá y lo apretaba contra su pecho—. El fuego no fue un accidente. Lo provoqué yo.

Una conmoción casi tangible sacudió la habitación. A Gabe la taza se le escurrió entre los dedos; su contenido creó un charco en la desgastada alfombra roja.

—¿Qué te da derecho a hacer algo así? —Gabe escupió las palabras mientras apretaba los puños contra ambos lados de su cuerpo.

—Gabriel… —Noah extendió la mano en su dirección.

—No. ¡No! —Gabriel se dio la vuelta encolerizado.

—Tenía una razón, deja que me explique —intervino Olivia, pero la mirada que le echó Gabe la dejó sin palabras.

Carver sentía como si su seguro y ordenado mundo estuviera volcándose sobre su eje.

—No quiero oír nada, ¿te das cuenta de lo que has hecho? —Gabe estaba ahora a unos pocos centímetros de Olivia, sin importarle las palabras que salían de su boca, consumido por el dolor y la incredulidad—. Me has arrebatado lo único que me quedaba que era normal. El único sitio donde mi familia fue feliz.

Salió a zancadas de la habitación cerrando de un portazo. Olivia se encogió y el ceño de Ollie se hizo más profundo.

—Dejadle que lo digiera —dijo Carver—. Ha sido todo un impacto, y la verdad es que no concebía que algo así pudiera pasar. Pero ahora que lo sabemos, tenemos que lidiar con ello. —Cogió una de las tazas y se bebió el contenido de un trago para dedicar después toda su atención a Olivia, que estaba intentando hacerse invisible detrás de los cojines—: Olivia Taverner. Espero que tengas una razón más que buena para haber provocado ese fuego.

Capítulo veintiséis

Los ojos de Gabe estaban llenos de furiosas lágrimas. Sabía que se estaba comportando como un niño pequeño, pero no le importaba. Subió a su habitación y cerró la puerta con tanta fuerza que los cristales tintinearon. No había sido su intención ser tan desagradable con Olivia, bueno, a lo mejor sí lo había sido... De repente todo su mundo se estaba desplomando en caída libre y él no tenía un paracaídas.

La llegada de Noah había interrumpido las preguntas de Ollie en la cámara acorazada, dándoles el tiempo justo para subir de nuevo a la superficie. Gabe todavía podía sentir sus mejillas ardiendo mientras subía los escalones de piedra detrás de Ollie. No tenía ninguna respuesta que fuera a sacarle del hoyo que se había cavado. En su mente todo le había parecido muy fácil: descubriría qué es lo que realmente le había sucedido siendo un bebé y Carver, Noah y todos en la casa quedarían admirados por su determinación e inteligencia. Vivirían felices para siempre y él encontraría una cura para Beth que la sacara del estado en el que se hallaba.

Se tiró en su cama y lloró con la cabeza enterrada en la almohada. ¿Cómo podría enfrentarse a ellos otra vez? Desde que era pequeño, Carver no había hecho otra cosa más que reafirmar la regla de oro de que en esa casa todos funcionaban como un equipo. Debería haber escuchado lo que Olivia tenía que decir y si su explicación era patética, confrontarla. Una parte de él estaba intentando ser razonable pero, en el fondo la ira le consumía, y dejó que sus pensamientos más oscuros y viscosos afloraran a la superficie.

Durante mucho tiempo se había preguntado por qué su familia había sido atacada. Pero todas las pistas que podía conseguir se chocaban contra el muro que era su madre, la cual se había refugiado en sus propias fantasías. Madre. Gabe nunca la llamaba así, solo en su cabeza mientras ambos observaban el mundo más allá de los ventanales de su habitación. Ella no lo reconocía y esa realidad le laceraba tanto el corazón que bien podía estar separado en dos compartimentos diferentes: una de sus partes se ocupaba de sus tareas del día a día y de cómo la gente le percibía y la otra permanecía conservada en hielo y escondida a los ojos de los demás. Hacía algunos años había escuchado a Ela hablar por teléfono con su hermana: «Ver la forma en la que el pobre niño se revuelve para soltarse de los brazos de su madre te rompe el corazón. Como si supiera que ella ya no es la misma».

La única pista real era la caja de madera que Noah había encontrado cuando la nieve terminó de derretirse; volcada en mitad del jardín como si sintiera pena por sí misma, con sus bisagras oxidadas y rígidas y el barniz de la tapa descascarillándose. Carver dijo que la había inspeccionado minuciosamente, y que había investigado largo y tendido en busca de alguna pista pero que no había encontrado nada. Podía haber sido una caja en la que su madre guardara semillas y que había quedado olvidada en alguna limpieza general. Noah le había contado lo del mobiliario apilado en mitad del salón y todavía recordaba el escalofrío que le había recorrido la columna en aquel momento. Debía de haber tenido como siete años y aunque el hecho de crecer en una casa donde las expresiones «encantamiento inteligente» y «aparición demoníaca» eran tan comunes como «¿qué hay para cenar?» hacía que no fuera tarea fácil perturbarle, aquello era personal.

Y, a pesar de todo, se sentía a salvo y protegido en aquel lugar, aunque Ela estuviera todo el rato encima de él como una vieja tía. Y Carver nunca le había tratado como a un niño o como a alguien demasiado pequeño para entender ciertas cosas. Siempre había sido consciente del peligro que suponían las investigaciones llevadas a cabo en la Mansión y entendía que había ciertas zonas de la casa a las que tenía prohibido el acceso, y eso era algo que nunca le había preocupado en exceso. Era una casa enorme, con infinidad de habitaciones en las que jugar y jardines perfectos para que la imaginación de cualquier niño volara libre.

Un día había preguntado que por qué no acudía al colegio, no porque en realidad quisiera ir, sino porque le picaba la curiosidad. Carver le contestó que había decidido que tener una educación en casa sería más beneficioso para él. Poseía una titulación de profesor que había adquirido en un momento en el que no estaba muy seguro de qué hacer con su vida y había resultado serle muy útil. La educación de Gabe fue diversa. A los cuatro años ya podía leer con fluidez, Carver le inculcó la importancia del aprendizaje y el niño desarrolló un gran interés por el latín y el griego, y por la historia del antiguo Egipto y de las civilizaciones perdidas. No encajaba con niños de su misma edad y Noah dejó de intentar que forjara amistades nuevas.

Gabe había pensado que sería capaz de encontrar respuesta a todas sus preguntas, pero en realidad, ¿qué es lo que habría buscado si hubiera sido capaz de entrar en la cámara acorazada? Sin embargo y pese a todo, saber que una quemada concha vacía era lo único que quedaba del último lugar en el que su familia había estado unida en esta tierra, le producía un dolor tan intenso que podía sentir cómo le aguijoneaba la piel como diminutos alfileres envenenados. Nadie sabía que muchas veces se había deslizado fuera de los muros de la Mansión para visitar la granja, que había pasado horas observando su fachada imaginándose a su madre jugando con él de bebé y a su padre… ¿qué? Todo lo que le quedaba de su padre eran unas cuantas fotografías y unos deslustrados gemelos de plata. Era difícil crear una imagen en su cabeza solo con eso. ¿Cómo sería su vida ahora si nada de aquello hubiera sucedido? Se incorporó en la cama, una parte de él quería bajar al piso inferior y enfrentarse a lo que fuera necesario mientras que la otra parte solo deseaba esconderse bajo las sábanas.

Beth dormía al otro lado del pasillo. Aún escuchaba su hermosa risa. Y hoy también era el día en el que su padre había regresado; si hubiera ido con Carver y Olivia, ¿le habría visto él también? Gabriel hizo un esfuerzo por controlar sus sentimientos. No había ninguna razón para pensar que él hubiera podido verle porque no tenía el don de Olivia.

Una neblina roja de envidia e ira descendió sobre sus ojos disipando cualquier rastro de sentido común. Agarró un pisapapeles de cristal de encima de su escritorio y lo lanzó contra la pared. Este rebotó con un ruido sordo y cayó intacto al suelo. Ni siquiera podía hacer eso bien.

—¡Que les jodan! —su voz resonó por toda la habitación, tan alto como para que le oyeran abajo.

Capítulo veintisiete

En el salón, el furioso portazo de Gabriel todavía resonaba en el aire. Noah se puso a limpiar el charco de té de la moqueta con un trapo, simplemente para mantenerse ocupado.

—Ela se va a pensar que quieres su empleo —le dijo Carver, aunque sin rastro de calidez en su voz.

Olivia estaba sentada muy rígida con la mano de su hermano descansando sobre su hombro y retorciendo los hilos sueltos del cojín entre sus dedos. Acostumbrado a una vida de consolar a afligidos feligreses y de inyectar esperanza en situaciones desesperadas, Noah rompió el silencio:

—Habla cuando estés preparada Olivia. Quizá puedes comenzar explicándonos por qué sentiste que era algo que tenías que hacer. El cómo lo hiciste puede esperar —se preguntó si los bomberos encontrarían algo entre los escombros que la relacionase con el fuego.

Olivia se mordió el labio inferior y respiró profundamente, como para darse valor.

—La casa era un eslabón —comenzó—, aunque ninguno de sus habitantes originales viviera ya allí. —Había recurrido al profesional tono impersonal que Carver le había enseñado—. Revisé tu investigación —continuó dirigiéndose a su mentor, el cual parecía relajado pero, por la tensión de sus hombros, Noah sabía que eso estaba lejos de la realidad—. Por lo que pude deducir, dabas a entender que la entidad siempre podría regresar a su base en caso de que lo necesitara y siempre que la base siguiera existiendo.

—Creo que has leído demasiado entre líneas, Olivia —Carver se inclinó hacia delante apoyando las palmas de las manos sobre sus muslos. Un músculo se crispó en su mandíbula.

—Fue una decisión profesional. La casa era un peligro. ¿Querías arriesgarte a que... lo que fuera, volviese? —el temblor había desaparecido de su voz reemplazado por acero—. La casa estaba vacía y no había peligro de que nadie resultara herido. Ni siquiera era un hogar porque sus dueños casi nunca estaban. Y tienen un buen seguro. Lo comprobé.

Carver negó con la cabeza.

—En esta casa albergo a personas a las que la sociedad denominaría, como poco, extrañas. Pero nunca ha habido un pirómano entre estas cuatro paredes.

La temperatura de la habitación descendió unos grados y Noah contuvo la respiración por un momento.

—Si es lo que deseas, me entregaré a la policía —el tono de Olivia era firme, controlado; era obvio que todo el entrenamiento de Carver había sido aprovechado.

—¡Por supuesto que no vas a hacer tal cosa! —exclamó Ollie enfadado rompiendo su silencio.

—Nadie está sugiriendo algo tan radical —dijo Noah dirigiendo una intencionada mirada a su amigo—. ¿Puedo sugerir que nos tomemos un descanso? No ha sido un día fácil —se levantó de la silla—. Voy a ver cómo están Beth y Gabe.

Carver enarcó una ceja y suspiró. Noah sabía que ni él ni Olivia iban a retroceder un ápice en esta batalla y que todo podría ponerse muy feo en un instante. Así que dejar reposar los ánimos sería solo una solución temporal pero les daría tiempo para calmarse y pensar con claridad. Carver señaló la puerta con la mano.

—Nos reuniremos de nuevo a la hora de la cena. Todos nosotros —dijo, y no era una petición.

Ollie llamó a la puerta de la habitación de Gabe. Olivia había desaparecido en el estudio tan pronto como se hubo separado de los demás y él la conocía demasiado bien como para preguntarle si necesitaba ayuda. Ella quería demostrar que estaba en lo cierto. Ollie sabía que su hermana no le habría prendido fuego a la casa sin estar convencida de que no había otra opción, pero el hecho de que realmente lo hubiera llevado a cabo le había dejado sin palabras.

Suspiró y se mordió el labio inferior. Iba a ser una noche desagradable e incómoda y no estaba seguro de qué haría si Carver le pedía a Olivia que se fuera. Adoraba vivir en la Mansión, adoraba su trabajo y lo que significaba, pero sobre todo, adoraba a las personas que vivían allí con él, por muy disfuncionales que fueran. Era la primera vez en su vida que había sentido que pertenecía a algo y no quería pensar en tener que dejarlo atrás. Pero nunca había estado lejos de su hermana gemela.

Llamó a la puerta de nuevo.

—¿Gabe?

—Vete.

Ollie dudó con su puño descansando sobre la rugosa superficie, no parecía que Gabe estuviera con ánimos de hablar de nada y la verdad es que no podía culparle. De pronto, la puerta se abrió con violencia de par en par y el chico estuvo a punto de caerse. Gabe estaba en el umbral con su pelo oscuro cayéndole sobre la cara y los ojos rojos e hinchados.

—Nada de lo que digas cambiará lo que ha hecho. Nada de lo que ella diga hará que esté bien —dijo.

—Gabe, no sé por qué lo hizo. Pero sí sé que no fue para haceros daño a ti o a Beth —contestó Ollie intentando no mirar los rastros de lágrimas en las mejillas de Gabriel—. Pero no estoy aquí para discutir sobre ese tema. ¿Puedo pasar?

Gabe se encogió de hombros y se apartó con la mano todavía apretando con fuerza el picaporte. Ollie vio el pisapapeles descansando en el suelo y la incisión que había en la pared justo encima. El aire estaba cargado, polvoriento, y los rayos de sol de la tarde se filtraban por la ventana. La ropa de Gabe estaba diseminada por la habitación y su cesto de la ropa sucia estaba lleno a rebosar, un par de desgastadas zapatillas negras asomaban por debajo de la cama y una pila de libros se apoyaba contra la pared al lado del escritorio. La habitación necesitaba sin duda el toque de Ela.

Ollie se sentó con cuidado en el borde de la cama, como si este fuera el filo de un cuchillo. Gabe no se movió y continuó aferrado a la manilla de la puerta. Parecían un par de extraños, no dos chavales que vivían bajo el mismo techo.

—Quería decirte que no le voy a contar a Carver donde estabas antes. No le ayudaría a nadie, sobre todo tal y como están ahora las cosas. —La palabra «cosas» sonó desagradable, como si fuera algo asqueroso que encuentras al final del frigorífico.

—Si te digo la verdad, Ollie, no me importa. Me gustaría que todo el mundo dejara de actuar como si fuera un niño que necesita protección. Es mi pasado de lo que estamos hablando, ¿no merezco saber todo lo posible sobre él? ¿Acaso no me protegería eso más? —la voz de Gabe se elevó un decibelio.

Ollie cambió de postura, incómodo. Lo que Gabriel decía tenía lógica pero no hacía tanto tiempo que había dejado de jugar con sus Legos. En algún punto de este largo y cálido verano algo había cambiado, y Gabe se había adentrado en ese sendero repleto de cavernas que es la adolescencia. Ollie se acordaba de haber tenido esa edad cuando él y Olivia llegaron a la Mansión, tan arrogantes y seguros de sí mismos, convencidos de que tenían la madurez suficiente para enfrentarse a cualquier cosa que estuviera por venir. Y, desde luego, había sido una curva de aprendizaje empinada, pero él había contado con su hermana. El chico que tenía enfrente, con el aspecto de un cachorro al que han abandonado en mitad de la lluvia, no tenía a nadie.

—Si quieres entrar en la cámara yo puedo llevarte. Pero si el jefe se entera de algo de esto, los dos vamos a tener que buscarnos un sitio nuevo donde vivir.

Gabe se quedó con la boca abierta.

Ollie se obligó a esbozar una sonrisa. Si estaba haciendo lo correcto, ¿por qué sentía que estaba socavando todo lo que aquella casa representaba?

Capítulo veintiocho

Edward Carver estaba de pie en mitad del pasillo de la Mansión intentado poner orden en todo lo sucedido en las últimas horas. ¿No debería haber adivinado durante el desayuno que las cosas estaban lejos de ser estables? En realidad, siempre había sabido que la vida no podría continuar eternamente como hasta ahora, aunque él hubiera luchado porque así fuera. La Mansión era un refugio en más de una manera y le reconcomía pensar que se había abierto una grieta que amenazaba a su equilibrio.

Había observado a Noah mientras este subía para comprobar el estado de Beth y se había sentido muy agradecido por la amistad y la diplomacia de aquel hombre. Eran un dúo singular, un hombre de fe y un hombre que hurgaba en las tripas del mundo. Le gustaba pensar que ellos eran como pesos a ambos lados de una balanza, pero lo cierto era que también le había ocultado cosas a Noah.

Carver tanteó el bolsillo de su chaqueta con la tensión recorriéndole la espina dorsal como una barra de acero. Con movimientos rápidos, tomó el mismo camino que había tomado Gabriel hacía unas horas, deteniéndose de vez en cuando para asegurarse de que nadie le seguía. Abrió la puerta que conducía al sótano y una corriente de aire frío salió a su encuentro, enfriando el sudor de su frente; bajó los escalones de piedra sintiendo que el eco de sus pisadas era demasiado alto.

La puerta de la cámara acorazada se alzó frente él al encender el interruptor de la luz. El teclado le dio la bienvenida con su estridente claridad verdosa que resaltaba las venas en el dorso de sus manos. Extrajo la llave electrónica de su bolsillo y la acercó al teclado, la luz verde cambió por una de color ámbar y él introdujo el código de seguridad con rapidez. Una serie de jeroglíficos digitales se iluminaron de uno en uno y pudo oír el ruido sordo dentro de la puerta que indicaba que los mecanismos del sistema de entrada estaban activados. Echó una última ojeada a lo alto de las escaleras y abrió la puerta de la cámara.

El interior estaba iluminado por una hilera de luces ultravioletas a ras del suelo y otra igual en la parte superior de la estancia, que generaban un frío resplandor azulado bajo el cual brillaban los pergaminos, y que permitían la legibilidad de hasta las más diminutas manchas de tinta. Se oía el sordo zumbido del generador incorporado. La habitación estaba repleta de estanterías y entre ellas destacaba una caja fuerte colocada en mitad de la pared del fondo. La atmósfera dentro de la cámara hizo que a Carver se le erizaran los pelos de la nuca. En aquel lugar se guardaban antiguos manuscritos, demasiado frágiles como para poder ser expuestos al aire y a las temperaturas exteriores, y artefactos de civilizaciones perdidas hacía mucho tiempo: un fragmento de un códice escrito en jeroglíficos mayas, dos rollos de papiro egipcio increíblemente bien preservados y otros objetos recordados solo de paso en un párrafo aislado de un volumen polvoriento; todo lo que aquella cámara albergaba estaba escondido para su protección. Excepto una cosa.

Carver apretó el centro de su llave electrónica y un chip plateado saltó en su mano, cubierta de sudor a pesar del frío. Carver cogió la llave por los bordes e introdujo el chip en la diminuta ranura en el frontal de la caja fuerte que se abrió con un quedo chasquido. Una brisa se escapó del interior golpeando su muñeca y sintió náuseas. Una parte de él se preguntaba qué narices estaba haciendo, pero su instinto necesitaba asegurarse de que aquello todavía estaba allí.

Abrió la puerta del todo y buscó en su interior. Las manos le temblaban mientras extraía el objeto y lo colocaba sobre una estantería vacía. Estaba envuelto en una fina gasa de muselina blanca. Retiró el envoltorio, odiando como este se pegaba a sí mismo como ampollas en la piel.

Era la caja.

Capítulo veintinueve

Eran las siete y media en punto cuando Ela les llamó para cenar. Había llegado poco después del mediodía y se había pasado las últimas horas arramplando por la casa y limpiando manchas invisibles de cada superficie. Y de alguna manera se las había apañado para improvisar los ingredientes para un guiso, cuyo aroma flotaba ya por toda la casa. Habitualmente esto tenía el mágico efecto de hacer aparecer a las personas escondidas en cualquiera de las habitaciones de la casa, y era algo común encontrarse al menos a dos sentadas en las escaleras esperando el anuncio de que la cena estaba lista; era una regla no escrita que nadie entraba en el comedor antes de que Ela lo permitiera. Esa noche, sin embargo, la atmósfera era más sombría de lo habitual. El ama de llaves observó a Carver desde detrás de sus gafas ligeramente empañadas por el vapor que emergía de la fuente del guiso. La colocó en mitad de la mesa del comedor y se limpió las manos en su delantal.

—Os dejo con ello entonces —su voz, normalmente alegre, tenía ahora un tono cortante, casi profesional y Noah le hizo una mueca a su amigo mientras se sentaban a la mesa. Ela abandonó la habitación no sin antes chasquear la lengua con desaprobación en dirección a Carver. Este se aclaró la garganta y extendió una servilleta sobre sus rodillas:

—Parece que también he conseguido que Ela se enfade conmigo y no lleva en la casa ni cinco minutos —dijo.

Ollie, Gabe y Olivia entraron uno tras de otro en el comedor mirando de reojo la figura de Ela alejándose.

—Le dije que no necesitaríamos sus servicios durante la cena —les informó Carver antes de que ninguno preguntara.

—¿Y eso fue antes o después de que la preparara? —inquirió Noah.

—A lo mejor deberías bendecir la mesa, por si acaso —interrumpió Gabe mientras se sentaba. En cualquier otra noche ese comentario habría parecido jocoso. Olivia se sentó enfrente de su mentor con la clara intención de defender su postura en todo aquello, y Ollie tomó asiento al lado de Noah.

—Creo que esa es una buena idea, Gabe —contestó Noah mirando a cada uno de ellos para después cerrar los ojos—. Demos gracias por el regalo de esta comida y de la familia con la que la compartimos. Que cada uno de nosotros sienta la gracia de la bendición de Nuestro Señor. Amén.

Todos los ojos se posaron en él.

—¿Qué? —dijo cogiendo un trozo de pan del cesto—. Dadme el gusto, sentía que era algo que todos necesitamos hoy.

El guiso estaba delicioso pero ninguno saboreó o disfrutó los esfuerzos de Ela; tenían la mente puesta en la discusión que seguiría después de la cena. Gabe y Ollie recogieron los platos con restos de comida y los llevaron a la cocina. El ama de llaves ya se había retirado a su habitación. Noah podía escuchar su conversación en el pasillo.

—Deja que Liv cuente su versión de la historia primero —decía Ollie—. Puedes despotricar y gritar después si es lo que quieres.

Siguió una pausa.

—Algo ha cambiado en esta casa, Ollie, ¿no lo sientes?

Noah se limpió distraídamente una miga de pan invisible con la servilleta, intentando encontrar el sentido a lo que fuera que preocupaba a Gabe, pero aparte del ambiente gélido que rodeaba a Carver y a Olivia, no podía sentir nada más.

—Solo estás disgustado —prosiguió Ollie—, las cosas volverán a la normalidad mañana, espera y verás—. Dejó que Gabe entrara primero en el comedor y ambos ocuparon de nuevo sus sitios. Gabe no parecía estar convencido de nada.

Olivia no perdió el tiempo y se lanzó en su propia defensa:

—Decías en algunas de las notas de tu investigación que, en casos similares a los de los Davenport, la entidad había vuelto a su base porque era allí por donde había tenido acceso a esta dimensión. En conclusión, si no hay base, se vería obligado a buscar otro refugio —hizo una pausa buscando signos de entendimiento o reproche en las caras de los otros—. Por lo tanto, Beth y Gabe estarían más seguros con la base destruida porque la entidad dejaría de tener un camino hacia ellos.

Noah miró de reojo a su amigo, quien tenía la mirada fija en un punto de la mesa, perdido en sus pensamientos. Carver salió de su ensimismamiento y entrelazó sus manos delante de él antes de comenzar a hablar:

—Casos similares, ese es el quid de la cuestión. En este caso no sabemos con qué nos enfrentamos y solo hay un par de casos documentados que se puedan considerar similares e incluso estos no implicaban a un demonio que se manifiesta en humo. Por lo que sabemos, la… —se detuvo con brusquedad antes de proseguir— la base era solo la casilla de salida. Puede que su necesidad de esa casa se redujera a la que puede tener una mariposa de su capullo. Me hubiera gustado que hubieras acudido a mí, Olivia, para haberlo discutido antes de que decidieras ponerte a jugar con las cerillas.

—Seguí mi instinto —replicó ella—, tal y como tú nos has enseñado.

—Has socavado mi autoridad y has puesto la reputación de esta casa en peligro. ¿No pensaste por un momento en las consecuencias? ¿Qué hubiera pasado si te hubieran descubierto? —Carver cerró su mano en un puño.

—Fui muy cuidadosa —contestó Olivia con un casi imperceptible movimiento de barbilla.

—Gabe, estás muy callado —intervino Noah—. ¿Cuáles son tus pensamientos al respecto?

—Dije lo que pensaba antes y eso no ha cambiado —Gabe levantó la cabeza y miró a Olivia—. Era el último lugar donde todos estuvimos juntos. A lo mejor mi padre nunca se fue de allí y el trauma de perder la casa hizo que Beth pudiera verle. Puede que tú le vieras porque ella abrió un camino, un agujero en la membrana que separa este mundo de cualquier otro.

Carver asintió. Parecía impresionado.

—Esa es otra posibilidad —dijo—. Una parte de mí quiere volver para ver si Stu se aparece de nuevo pero no estoy seguro de si Beth estaría preparada para ello.

—Entonces llévame a mí —la voz de Gabe era fuerte, firme, había sido casi una orden más que una petición.

—Bueno, creo que por esta noche es suficiente. Todos estamos muy cansados —Carver deslizó su silla y se puso en pie—. Noah, ¿podrías quedarte unos minutos más? Necesito hablar contigo a solas.

Gabe permaneció en el marco de la puerta.

—Mañana hablaremos más de esto —le dijo Carver. El tono de su voz dejaba claro que no había lugar para la negociación.

El profesor esperó hasta que las pisadas de Gabe se perdieron escaleras arriba. Se quedó de pie de espaldas a la puerta como si su mera presencia fuera suficiente para cortar el paso a cualquier persona o cosa que estuviera fuera de la habitación. —Noah —comenzó—, no he sido completamente sincero contigo. Quería pedirte que me acompañaras abajo, a la cámara acorazada.

Los dos hombres permanecieron en silencio mientras observaban la desgastada superficie de la caja.

—Me dijiste que la habías quemado —dijo Noah, sus dedos jugueteando con la pequeña cruz que llevaba colgada debajo del alzacuello.

—Pensé que era mejor que todo el mundo diera por sentado que ya no existía. Pero no podía destruir algo que no entendía por completo. Esto fue la guarida de lo que fuera que se escapó aquella noche y quería saber cómo y por qué había llegado hasta aquí. No creo que sea peligrosa en sí misma.

—¿No crees que es peligrosa pero la guardas escondida detrás de capas de acero y bajo llave?

—Mejor estar seguros que lamentarlo. Además, no quería que nadie más la encontrara. Lo que fuera que vivía aquí quería a Gabe. No quería arriesgarme a que el chico la encontrara y se montara otro desastre.

Noah tenía los labios secos, los humedeció con la lengua para acto seguido limpiárselos con el dorso de la mano. El aire de aquel lugar olía como a una tumba recién abierta. Lo que Carver estaba diciendo no tenía ningún sentido. Por un lado, no creía que el recipiente que había resguardado a la entidad supusiera una amenaza pero a la vez temía decirle a Gabe que existía por si se desataba el caos. Le invadió un miedo que creía olvidado.

—Quiero que te la lleves —dijo Carver, una de las luces ultravioletas parpadeó arrojando sombras oscuras bajo sus ojos.

A Noah se le cayó el alma a los pies.

—Creo que ya no está segura aquí —continuó el profesor—, no después de todo lo que ha sucedido hoy. Tú salvaste a Beth y a Gabriel usando las herramientas de tu fe. La entidad temía tu fe. Y no quiero que la caja esté bajo el mismo techo que Beth y Gabe.

—¿Por qué justo ahora? —Noah apretó los dientes para detener el terror que le subía por la garganta.

—Porque Gabriel ha crecido, y creo que eso es lo que el demonio estaba esperando.

Capítulo treinta

El ocaso asustaba a Beth Davenport.

Cada atardecer se sentaba al lado de su ventana esperando que hubiera nubes en el cielo porque las estrellas le despertaban recuerdos antiguos, algo que pendía en el borde de su conciencia y que llamaba su nombre en la oscuridad. Y esta noche era como cualquier otra. Cualquier reminiscencia de su pequeña excursión se había desvanecido, no recordaba los llantos del bebé ni el fantasma de su marido muerto hacía mucho tiempo. Lo cual era una bendición. Se quedó mirando el jardín mientras peinaba su blanco cabello con un cepillo que Stu le había regalado la navidad anterior al nacimiento de Gabriel.

Por el rabillo del ojo vio moverse de repente la rama de un árbol, sus hojas eran verdes y abundantes y entre ellas algo saltaba. Dejó de peinarse para centrarse en el movimiento, era demasiado pronto para que aparecieran los búhos. La rama rebotó y un gran pájaro blanco y negro echó a volar. Se dirigió hacia ella y se posó en el alféizar de la ventana. Ladeó la cabeza y agitó su plumaje. Beth se rio con alegría y golpeó el cristal con suavidad. El pájaro le devolvió el golpeteo y graznó, la mujer pudo ver su pequeña lengua negra cuando el ave abrió su oscuro pico gris. Frunció el ceño; Ela le había dicho que nunca abriera la ventana ella sola, pero ¿realmente importaba? Tampoco es que fuera a trepar por fuera o alguna estupidez por el estilo. El pájaro golpeó el cristal de nuevo, parecía que quería jugar. Beth quitó el seguro y subió la ventana con cuidado, la madera crujió y se detuvo, mirando a la puerta por si alguien lo había oído. Pero todo el mundo estaba en el piso de abajo, podía oír sus voces apagadas provenientes del comedor.

El pájaro agachó la cabeza bajo la ventana levantada y guiñó uno de sus ojos que parecían canicas negras, después se escurrió dentro entre un ajetreo de plumas. La luz de su dormitorio le otorgaba a la parte de su oscuro plumaje una pátina negra azulada. Era el ave más hermosa que había visto en su vida. Extendió la mano y el animal saltó sobre su muñeca, era sorprendentemente ligero para un pájaro de ese tamaño. Beth suspiró con suavidad.

El pájaro echó a volar y aterrizó al lado de las sobras de su cena, hurgó entre los restos de huevos revueltos y tostada, lanzando pedazos al aire para luego atraparlos con destreza. Beth aplaudió con deleite. ¿Dejaría Ela que se lo quedara? Dudaba que la fastidiosa ama de llaves lo aprobara, así que tendría que ser un secreto. Carver le había dicho que los secretos no eran cosas buenas y que no debía ocultarle nada, pero seguramente una pequeña mascota no contaría, ¿verdad?

El carrillón del antiguo reloj de pie anunció la medianoche. Una suave brisa movió las cortinas del dormitorio de Beth Davenport llevando el aroma de la madreselva que trepaba por los muros de la parte trasera de la casa. La casa dormitaba en la oscuridad con sus habitantes arropados en sus camas. Había sido un día muy largo y todos habían estado agradecidos de poder despedirlo.

Noah dormía un sueño inquieto en la habitación de invitados, el objeto que ocupaba su preocupada mente descansaba por última vez en su prisión de metal. Hacía quince años le había entregado la caja a Carver, un recipiente empapado, inocuo, pero incluso entonces, sentía que había sido vomitado desde el infierno. Todavía recordaba su tacto, cómo había hecho que todo su cuerpo se erizara como si cientos de insectos estuvieran tratando de esconderse bajo su piel. Aún ahora, cuando estaba nervioso, tendía a rascarse las muñecas, incluso hasta hacerlas sangrar. Las marcas tardaban semanas en curarse, a veces se formaban costras, otras veces, oscuros moratones.

Gabriel descansaba en posición fetal, con la espalda pegada a la pared y un brazo extendido sobre la almohada. El dolor que le había producido la pérdida de su primer hogar había creado oscuras bolsas bajo sus ojos. Nunca se había sentido tan solo, ni siquiera la oferta de Ollie para ayudarle a entrar en la cámara había podido llenar el agujero que se había abierto en sus entrañas.

Olivia no se había molestado en cambiarse de ropa para dormir. Se había tumbado en la cama con los vaqueros todavía puestos y se había adentrado en sueños de antiguos fantasmas envueltos en llamas.

Ollie se había quedado dormido con el portátil encima de las rodillas. Se había deslizado hacia un lado entrando en reposo dejando solo una solitaria luz azul brillando en la oscuridad. Sus gafas manchadas de huellas descansaban en la mesilla de noche, sin ellas, el chico parecía más joven, más vulnerable.

Carver ni siquiera estaba en la casa, había salido después de su conversación con Noah porque sabía que le iba a resultar imposible conciliar el sueño. Noah había accedido a llevarse la caja aunque el profesor sabía que la perspectiva le aterrorizaba. Solo la afirmación de que la seguridad de Beth y Gabe podía estar en juego había convencido al sacerdote de que no tenía otra opción. Pero, ¿qué tipo de hombre obliga a un amigo a algo así? Carver permaneció de pie delante de las ruinas de la granja de Beth bajo la luna en aquella noche de finales de verano. El haz de su linterna arrojaba círculos amarillentos de luz sobre la gravilla cubierta de cenizas. Había ido para encontrar a Stu, era consciente de lo desesperado de su decisión ya que él no poseía el don de ver a los muertos. A veces no podía dejar de cuestionarse la vida que se había labrado para sí mismo ya que, a pesar de todo su conocimiento y experiencia en el mundo de lo paranormal, él no poseía ningún talento, solo el don de nutrir lo peculiar que encontraba en los demás. Y por supuesto, no encontró nada en los escombros del incendio aparte de un rayo de luna que se colaba a través de un hueco del colapsado techo.

El nuevo huésped de la Mansión conocía todo esto. Revoloteó de habitación en habitación visitando a todos sus habitantes y colándose con facilidad en sus mentes indefensas por el sueño. Beth le había hecho un nido debajo de su cama con una pequeña cesta de paja y un pañuelo rojo, había sido un pequeño acto de bondad de un alma infantil e inocente.

Hoy, el demonio había recordado su propio nombre, o por lo menos, el último nombre por el que había sido conocido. Aka Maga, aliento de corrupción.

«Un detalle de la dulce Beth invitarme a entrar», pensó. Era tan apropiado que ella fuera a ser la que hiciera saltar la chispa de las llamas de

la destrucción y, esta vez, no sería derrotado. Era más fuerte ahora, quince años más fuerte, y más sabio. Conocía las mentes de los hombres modernos, sus fortalezas y sus debilidades, sobre todo, sus debilidades. Había sacado provecho de todos estos años aprendiendo a manipular mentes, entrenándolas para sus necesidades y caprichos. El dócil perro atacando al hijo de su dueño, las especies en peligro de extinción devorando a sus propias crías, la enfermera desconectando la incubadora de un bebé. Todo parte de su curva de aprendizaje. Se había lamido sus propias heridas después de aquella noche helada y se había obsesionado con el momento en el que el cura había interrumpido su descenso sobre el bebé chillón. Había planeado, conspirado y maquinado su venganza porque ya no solo se trataba de corromper al chico, era algo personal contra el sacerdote y ese profesor, que se habían metido en lo que no era de su incumbencia, y contra Beth. Quería que todo ellos conocieran el dolor y la pérdida, y el gran peso negro de la desesperación.

Y tenía unos deliciosos planes reservados para el muchacho.

Capítulo treinta y uno

En el jardín donde Beth había visto a los leones retozando la noche anterior, una alta y oscura figura vigilaba la casa. Sagaces ojos, bien entrenados para encontrar su camino incluso sin la ayuda de la luz de la luna, estudiaban las paredes de ladrillo rojo que todavía retenían la calidez de la luz del sol. La curiosidad le había traído hasta allí. Conocía el lugar y conocía lo que allí se hacía. Le divertía la dedicación de sus habitantes aunque era un divertimento pasajero. Aun así, la casa desprendía suficiente magnetismo como para atraer su atención siempre que se encontraba cerca del lugar. Pero esta noche había una presencia distinta dentro de sus muros y todo indicaba que iba a ser una velada entretenida. Sonrió, pero la sonrisa no alcanzó sus ojos. Estos no habían contenido alegría en casi trescientos años.

Sopesó sus opciones: ¿quedarse sentado y dejar que los acontecimientos se desarrollaran por sí solos?, ¿encontrar una entrada a la casa y unirse a la diversión?, ¿echar a lo que fuera que se escondía dentro e irse discretamente? Demasiadas alternativas, demasiadas posibilidades… desde luego, era atrayente.

Todas las oscuras ventanas que daban al jardín estaban abiertas en un intento de que la frescura de la noche aliviara la pegajosidad del aire. Inclinó la cabeza hacia un lado y eligió el ventanal de la derecha por el aroma que su agudo olfato percibía allí. Trepar por la pared resultó una tarea sencilla debido a los nudos en la enredadera de madreselva que facilitaban su ascenso. Abrió la ventana del todo sin emitir sonido alguno y la figura que descansaba en la cama permaneció inmóvil cuando sus pies se posaron en el suelo con suavidad. No había estado dentro de un edificio moderno desde hacía mucho tiempo, si es que podías llamar a aquella casa «moderna». Sus cimientos tenían más años que él y eso le hacía respetar su antigüedad.

La habitación era un espacio diminuto, sobre todo si uno estaba acostumbrado a tener la noche estrellada como techo. La cama descansaba contra la pared de la ventana y su ocupante había apartado las sábanas y mantas que yacían revueltas a sus pies; vestigios de vida humana se desperdigaban por el suelo del dormitorio pero sus ojos se posaron casi de inmediato en la pila de libros que descansaba al lado del escritorio porque eran los únicos objetos que realmente podía reconocer. Así que había algo de inteligencia en aquella mente dormida.

Estudió el rostro medio escondido del muchacho: tenso, pálido, con oscuras cejas, un hoyuelo debajo del afilado pómulo que la luz de la luna convertía en mármol, el cabello oscuro extendido por la almohada y la curva de una mandíbula bien definida. La juventud personificada. Hacía largo tiempo que no estaba tan próximo a un ser humano sin considerarlo comestible y algo parecido al recuerdo se agitó en su mente. Además, ya se había alimentado esa noche, más por aburrimiento que por necesidad. Un primitivo instinto le erizó el pelo de la nuca; era el mismo instinto vital que movía a las bestias en la tierra, a los peces en el mar y a las aves en el cielo, y que los blandos y tiernos mamíferos humanos habían perdido con el paso del tiempo. Fuera del dormitorio, otro ente sobrenatural se revolvía con el mismo instinto de supervivencia.

La puerta se abrió de golpe y de entre la densa oscuridad, una silueta se lanzó contra él, pero se detuvo a mitad de camino para disolverse en una informe espiral negra. Una empalagosa sustancia ni sólida ni gaseosa se irguió amenazante siseando un lenguaje antiguo y roto que emanaba silencioso desde su interior pero que él comprendió, de depredador a depredador; la entidad reclamaba su propiedad sobre la casa y sus habitantes, chillando con furia ante su interrupción y escupiendo amenazas llenas de maldad y odio. Él permaneció inmóvil con los escudos de su mente firmemente cerrados. La entidad había intentado penetrar en sus pensamientos tan pronto como cambió de forma y su tacto le había quemado la piel del cuero cabelludo. Estaba impulsado por la locura, pero era una locura con un propósito y eso lo hacía más peligroso todavía. Se enfrentaron el uno al otro en silencio mientras Gabriel dormía, como dos pistoleros sopesando las debilidades de su contrincante.

Más adelante, el vampiro se pararía a considerar qué fue lo que le había atraído allí esa noche y en medio de qué batalla se había inmiscuido. Casi no recordaba lo que era enfrentarse a un desafío pero desde luego era algo de lo que nunca había huido. Tampoco era que los habitantes humanos de la casa le provocaran ningún tipo de sentimiento, no obstante este demonio también era un peligro para él y los suyos y no podía permitir que algo así pudiera terminar gobernando su especie. Cierto era que el verse mezclado en aquellas situaciones acarreaba sus propios peligros, uno de ellos el ser descubierto por los habitantes de la casa, y era posible que tuvieran medios y amenazas para enfrentarse a él. Lo cierto era que eso no le causaba especial preocupación, al fin y al cabo eran simples humanos de carne y hueso y por lo tanto, prescindibles.

Decidió recorrer la casa después de que su oponente se disolviera entre las sombras. Ninguno había retrocedido pero ninguno había hecho el primer movimiento porque ambos sabían que la mejor manera de combatir a un enemigo era conociendo primero sus debilidades. Poco antes de las seis de la mañana retornó a la habitación de Gabriel, los primeros rayos de la luz del día empezaban a asomar por el este y no tenía más elección que regresar a su escondite. La cara del muchacho estaba girada hacia la ventana con la mano levantada encima de su cabeza. Sus dedos se curvaban ligeramente hacia dentro haciendo que su línea de la vida se intensificase. El vampiro ahuecó su mano bajo la de Gabriel sintiendo la calidez que desprendía el algodón de la almohada. Cerró los dedos para envolver por completo el puño del chico en el suyo propio. Sería tan dulce llevárselo y devorarlo antes de que el muchacho tuviera tiempo de despertarse… La boca se le llenó de saliva al pensar en lo vibrante que sería su sangre.

Pero se contuvo y dejó caer la mano de Gabriel de nuevo sobre la almohada. Tendría tiempo de sobra para el placer, pero ahora mismo había una tarea de mayor importancia. Dejó la ventana abierta del todo como única señal de su presencia. Dejaría que el muchacho se preguntara qué había ocurrido.

Capítulo treinta y dos

Gabriel se despertó con un sobresalto.

Fuera de su ventana los pájaros charlaban y una suave brisa movía las cortinas mientras el sol de la mañana se colaba en la habitación. Otro amanecer perfecto. Se incorporó frotándose la mano derecha; no sabía por qué, pero la sentía fría y entumecida, supuso que habría dormido encima de ella toda la noche.

La casa todavía estaba en silencio. Miró la pantalla de su teléfono y gruñó, las siete menos veinte de la mañana, era ridículo lo pronto que era. Sopesó la idea de echarse las sábanas sobre la cabeza y volver a dormir pero su mente estaba ya despierta y dando vueltas a lo sucedido el día anterior, igual que un payaso haciendo malabarismos. El último eslabón que le unía a su vida anterior se había deshecho en humo, lo que como poco era una buena ironía. Las acciones de Olivia habían abierto antiguas cicatrices, y habían echado una buena cantidad de sal sobre el tierno tejido expuesto acabando con sus estúpidos sueños infantiles de algún día llevar a su madre a su antiguo hogar después de haber derrotado al demonio responsable de todo. Desde luego, habían sido las ensoñaciones de un niño pequeño. ¿Importaba realmente si ahora encontraba algo en la cámara acorazada? Por supuesto que sí. Todavía tenía cuentas que saldar y le irritaba más de lo que quería aceptar el hecho de que Carver nunca hubiera descubierto nada tangible. Es decir, para un tío que se supone que está en lo más alto de su profesión, ¿por qué le resultaba tan fácil dar carpetazo a este asunto y archivarlo como un caso sin resolver?

Ollie había accedido a ayudarle, lo que desde luego era una ventaja pero también sabía muy bien que su amigo no se arriesgaría más de lo necesario. Tendrían que encontrar el momento apropiado y eso podría tardar meses y Gabe tomó la decisión en ese momento de que no estaba dispuesto a esperar más. Se puso un par de vaqueros y una camiseta arrugada que rescató del suelo. Avanzó descalzo hacia la puerta mientras se pasaba una mano por su desordenado cabello dejando a sus espaldas el coro de los pájaros cantando a pleno pulmón y el graznido incesante de las crías de golondrina demandando el desayuno. Estaban siendo más ruidosos de lo habitual. De pronto entendió por qué era capaz de oírles con tanta claridad y se detuvo de golpe. Se giró para encontrarse la ventana completamente abierta y se quedó boquiabierto. Estaba seguro de que él no la había dejado así la noche anterior.

Un agónico chillido le taladró los oídos y se acercó torpemente a la ventana para buscar su procedencia. Le recibió una postal que representaba la mañana perfecta: un brillante cielo azul y un sol dorado, todavía en ascenso. Abajo en el jardín, junto a uno de los cerezos, una gran urraca retenía algo bajo una de sus garras: una cría de golondrina.

Gabriel gritó y agitó los brazos pero el pájaro lo ignoró. Gritó de nuevo, más alto esta vez y al no obtener resultados, cogió una de sus zapatillas del suelo y la lanzó hacia la urraca. Su puntería no era de las mejores, aun así, acertó lo suficientemente cerca como para hacer que cualquier pájaro se asustara. Pero este no lo hizo, solo agitó ligeramente su plumaje y le clavó su vidriosa mirada por un momento antes de matar con saña a la cría de golondrina. *Una para algo triste* [1]...

Gabe sintió náuseas y cerró la ventana con tanta fuerza que los cristales repiquetearon, lo cual no impidió que el pájaro prosiguiera su festín, sacando un delgado tejido rosa de la barriga de su trofeo. Corrió al baño con el vómito subiéndole por la garganta. Normalmente no era tan delicado con estas cosas pero había habido algo en el comportamiento del pájaro que lo había descolocado.

---

[1] Nana inglesa que habla sobre la superstición de lo que pasará dependiendo de cuantas urracas se vean: Una para algo triste / Dos para algo alegre / Tres para tener una niña / Cuatro para tener un niño / Cinco para conseguir plata / Seis para conseguir oro / Siete para tener un secreto / que nunca deberá ser contado / Ocho para un deseo / Nueve para un beso / Diez para un pájaro / al que no debes ignorar.

Estuvo a punto de despertar a Ollie pero en realidad no estaba de humor para hablar con nadie y casi nunca estaba despierto tan pronto para disfrutar de la quietud que ahora envolvía a la Mansión. Así que bajó por las enmoquetadas escaleras sintiendo su suavidad en los pies descalzos. Sabía de sobra hacia donde se dirigía, pero con cada paso que daba, una exasperante incertidumbre se adueñaba de él. Ahora que finalmente su plan estaba en marcha tras muchos meses de sentir la acuciante necesidad de obtener respuestas, de repente, sentía que todo era distinto, y dudaba de que fuera capaz de llevarlo a cabo porque, para ser sinceros, la realidad era que no tenía un plan concreto en mente, solo la vaga idea de que a) iba a descubrir algo que a todos los demás se les había escapado y b) iba a tener la determinación o los huevos de llegar hasta el final.

En el fregadero de la cocina descansaban los platos sucios del día anterior tal y como Ollie y él los habían dejado. Los fríos restos del guiso le recordaron a la urraca y su desayuno, y se estremeció. El interior de su boca todavía tenía el regusto del vómito así que se sirvió un vaso de zumo de naranja del frigorífico. Se sentía extraño, como si alguien le hubiera arrancado de su vida normal y le hubiera soltado en otra que parecía la misma pero que solo era una imitación.

El reloj de pie dio la hora y Gabe dio un respingo soltando el vaso de zumo que se estrelló contra las baldosas de la cocina desperdigando trozos de cristal por todas partes. Maldijo entre dientes con frustración, a lo mejor debería haberse quedado en la cama después de todo. Ela guardaba los productos de limpieza en una pequeña habitación cuadrada anexa a la cocina que también tenía otra puerta de acceso al sótano, donde el ama de llaves tenía su provisión de mermeladas y conservas en unas estanterías bajo las escaleras. Cuando era pequeño, Gabe había tenido que sopesar su necesidad por otro tarro de mermelada de grosella con el miedo a lo que podía estar escondido ahí abajo, incluso aunque aquella parte del sótano estuviera bien iluminada y separada del área principal por el muro de la antigua carbonera. Había agujeros de ventilación en la piedra por los que se podía atisbar el otro lado si uno era lo suficientemente valiente.

Esa puerta estaba entornada.

Gabe se detuvo de golpe porque nadie entraba ahí aparte de Ela. Sintió como sus pies se pegaban al suelo como si quisieran impedir que abriera la puerta del todo. Introdujo un dedo en la abertura y la puerta se deslizó con facilidad. Una fría corriente de aire le golpeó la cara despeinándole y contuvo la respiración mientras escuchaba.

—¿Ela? —llamó, su voz resonó en el oscuro vacío.

Intentó razonar pensando que al fin y al cabo era una puerta antigua, con un pestillo oxidado y simplemente se habría abierto sin más. De hecho, debería limpiar el desastre de la cocina antes de que el ama de llaves apareciera y viera los restos de zumo y cristal descansando sobre las baldosas. Apoyó la palma de la mano contra la puerta y, una fracción de segundo antes de cerrarla del todo, escuchó un ruido. Se quedó inmóvil, con todos sus sentidos puestos en lo que acababa de oír: el inconfundible clic metálico de la puerta de la cámara acorazada abriéndose. ¿Quién demonios estaba allí abajo a esas horas? Abrió de nuevo la puerta con cuidado; si quería averiguar qué estaba pasando iba a tener que descender en la oscuridad porque quienquiera que estuviera en la zona principal del sótano no había encendido ninguna luz. Un miedo infantil e irracional le impidió moverse; bajar al sótano era una de las cosas que le habían aterrorizado de niño. Recordó algo que Carver le dijo una vez: «A todo el mundo le asusta algo pero es la mente la que se encarga de alimentar ese miedo».

—Contrólate, contrólate —susurró, las palabras atascándose en el fondo de su garganta.

Se obligó a bajar un escalón, por lo menos los primeros eran visibles debido a la luz de la habitación pero el resto estaban sumidos en una completa oscuridad.

Uno.

Dos.

Tres.

Deslizó la mano por la barandilla que estaba pegada a la pared de piedra, muy consciente de la caída que le esperaba si se tropezaba; era evidente que en tiempos de los Tudor no se preocupaban mucho por las medidas de seguridad. Sentía la frialdad del suelo colarse por las plantas de sus pies hasta llegar a sus huesos y lamentó no haberse puesto unas zapatillas. Ahora estaba casi en una oscuridad total, la luz en lo alto de la escalera apenas era visible, como si una nube de tormenta hubiera bloqueado el sol. Sus ojos buscaron frenéticamente algo en lo que enfocarse pero fue su oído lo que hizo que siguiera adelante. El zumbido de la cámara borboteaba desde el otro lado de la pared, tentadoramente cercano. Gabe pensó que debería haber contado los escalones cuando era niño pero en aquellos tiempos lo único que ocupaba su mente era volver a subirlos lo más rápido posible con un tarro de mermelada en la mano. Sus pies se posaron en suelo firme después de lo que le pareció una eternidad y siguió avanzando con los brazos extendidos hasta que sus dedos se encontraron con el muro. Exhaló un suspiro de alivio mientras sus ojos se iban acostumbrando a la oscuridad y pudo distinguir con dificultad donde el suelo se juntaba con la pared y el alto de las escaleras donde la puerta parecía a punto de cerrarse. ¿La había cerrado él detrás suyo cuando comenzó el descenso?

Los agujeros de ventilación discurrían en una línea diagonal desde el techo hasta el suelo aproximadamente cada sesenta centímetros. Gabe se acercó para echar un vistazo por el más cercano pero apenas pudo distinguir el borde del muro exterior de la cámara. La decepción le invadió al darse cuenta de que,, desde esa pared, la cámara estaba fuera de la vista. Lo único que podía hacer era dar la vuelta y bajar al sótano por la entrada principal, aunque eso era arriesgado porque no tenía ninguna excusa para estar merodeando por esa parte de la casa sobre todo si era Carver el que estaba allí abajo ahora mismo. Tenía que ser él, ¿no? Sintió el escozor de las lágrimas en sus ojos y se las limpió con brusquedad con el dorso de la mano, enfadado consigo mismo y con el destino, por tentarle poniéndole la oportunidad delante de sus narices y luego arrebatándosela sin miramientos.

Se dio la vuelta con la mirada nublada. Genial, polvo; al secarse las lágrimas solo había conseguido restregarse el polvo de la pared. Se tambaleó en busca de las escaleras con los ojos quemándole en las cuencas. El ascenso le pareció más largo que el descenso, el entumecimiento de sus pies hacía el recorrido más complicado. No estaba seguro de dónde estaban los bordes de los escalones y desde luego no podía ver nada. Desde el fondo de las escaleras le llegó el mismo sonido de algo escabulléndose que había oído el día anterior, lo que hizo que acelerara, subiendo el último tramo de escaleras a cuatro patas. Se golpeó una espinilla raspándose la piel. El sonido se hizo más audible, más amenazador, y sus piernas dejaron de sostenerle haciéndole caer sobre una de sus caderas con los brazos extendidos intentando desesperadamente encontrar un punto de apoyo. El final de las escaleras estaba solo a un par de metros pero le parecían kilómetros. De pronto, una figura negra y borrosa apareció en su campo de visión lanzándose hacia él. Instintivamente levantó las manos intentando proteger su rostro antes de que le atacara y le golpeara la cabeza con las alas. Sintió una avalancha de plumas rozarle la piel, cubriéndole la nariz y la boca, intentó espantarlo con la mano pero era demasiado rápido. Los oídos empezaron a pitarle mientras luchaba por respirar, su columna vertebral hundiéndose sin piedad en la fría piedra. Y de repente estaba volando, cayendo, y un chillido agónico explotó de sus pulmones.

Capítulo treinta y tres

El dorso de las manos de Noah brillaba con un resplandor azul bajo la luz fluorescente. No había dormido en toda la noche, o por lo menos se sentía de esa manera. Carver había insistido en que se quedara después de soltarle la bomba de la caja y Noah se había alegrado de hacerlo porque no estaba en condiciones de conducir. Las palabras del profesor se reproducían en su mente una y otra vez y no importaba cuantas vueltas le diera, la cruda realidad era que tenía que guardar la caja bajo su propio techo y no estaba seguro de que fuera a ser capaz de dormir nunca más.

El germen de una idea se había plantado en su mente poco antes de que amaneciera. No tenía por qué guardarla exactamente bajo su mismo techo; su iglesia, que se encontraba a menos de cien metros de la casa parroquial, era una opción mucho más segura. Noah trató de apartar de su mente el hecho de que usar a Dios como niñera lo único que hacía era evidenciar su propia cobardía.

La noche anterior le había pedido a Carver los códigos de seguridad de la cámara después de aceptar finalmente hacerse cargo de la caja y el profesor se había ruborizado diciendo que no era seguro que él los supiera y que nadie excepto él mismo los conocía, pero Noah insistió consiguiendo que Carver cediera cuando señaló que lo «seguro» ya no importaba en todo este asunto. El sacerdote no estaba dispuesto a que le echaran más secretos en cara. Carver había tenido la decencia de parecer un tanto avergonzado cuando se dieron las buenas noches.

Mientras miraba el techo del dormitorio, Noah supo que, si no se levantaba y ponía su plan en marcha, había una buena posibilidad de que se le ocurriera la excusa perfecta de por qué no podía hacerlo. Su coche estaba fuera, esperando a que le crecieran un par de cojones. Repasó mentalmente la oración del padrenuestro: «No nos dejes caer en la tentación, y líbranos del mal». Llegado ese punto, Noah salió de la cama con rapidez.

Pero ahora, en la mortecina luz de la cámara acorazada y mientras se enfrentaba a sus miedos, reapareció su cobardía. Se armó de valor como pudo para coger la caja, preguntándose si le invadirían las mismas sensaciones que aquella mañana de enero quince años atrás. Acarició la tapa con la punta de sus dedos y se tensó mientras el golpeteo de la sangre en sus oídos se volvía atronador en aquel silencio. Pero no sintió nada, solo el suave tacto del paño de muselina que la cubría. Un sonido brusco se escapó de entre sus labios, mitad gruñido, mitad carcajada.

Y fue en ese preciso momento cuando Gabe gritó.

Noah levantó la cabeza con sorpresa mientras la adrenalina le corría por las venas incitándole a partes iguales a luchar y a huir.

—¡Gabriel! —exclamó a su vez mientras salía disparado de la cámara—. ¡Gabe! ¿Dónde estás? —Se detuvo a escuchar, casi esperando que el chico volviera a gritar para poder localizarle pero a la vez temiendo ese sonido con la misma intensidad con la que lo necesitaba. La tenue luz del interior de la cámara no se extendía mucho en el exterior, solo lo suficiente para evidenciar que no había nadie más en esa parte del sótano… y entonces cayó en la cuenta y echó a correr a lo largo de la pared buscando un agujero de ventilación que estuviera a su altura… El otro lado estaba oscuro como la boca de un lobo, solo podía distinguir la puerta abierta en lo alto de las escaleras.

—Oh Dios, Gabe… —las palabras se le atragantaron en la garganta.

Noah echó a correr, se precipitó escaleras arriba golpeándose el hombro con fuerza contra el marco de la puerta pero sin apenas notarlo. El pasillo que atravesaba la casa se le hizo interminable mientras avanzaba sin aliento con la mirada fija en la puerta que le separaba de la cocina. Rezó con más intensidad con la que había rezado nunca. Si algo le sucedía a Gabe… no quería ni pensarlo.

Atravesó la puerta con tal fuerza que esta golpeó la pared de detrás, y el sacerdote derrapó en el suelo de la cocina. Miró a su alrededor, ni el montón de platos sucios en el fregadero ni los restos de cristal en el suelo ayudaron a aplacar su temor. Se encontró a sí mismo negociando con Dios: «Si Gabe está bien, rezaré con más fuerza, dejaré de beber, organizaré un evento benéfico», cualquier cosa para no pensar en el cuadro que podía esperarle al final de las escaleras del sótano. ¿Por qué la luz no estaba encendida? Noah se detuvo al lado de la vieja puerta, esa puerta con un pestillo del que Ela no hacía más que quejarse y que tenía tantas capas de pintura como vidas habían pasado entre aquellas paredes. La abrió de par en par bañando de luz las escaleras. Otro segundo de miedo cegador.

—¿Gabriel? —su voz vaciló. El chico al que había querido desde que era un bebé llevaba el nombre de un arcángel. ¿Cuidaría Dios de él?

Sus ojos distinguieron una figura desplomada al pie de la escalera, boca abajo y con los brazos sobre la cabeza. Tenía los pies descalzos y sucios.

—¡No! —gritó, descendiendo los escalones de tres en tres sin pararse a pensar en lo resbaladizos que podrían estar. Noah se arrodilló junto al muchacho y le buscó el pulso con manos temblorosas. Tembló todavía más cuando lo encontró. Con mucho cuidado puso a Gabe de lado mientras le pasaba los dedos por el pelo. ¿Era esta la posición de recuperación? No podía recordarlo.

El rostro del chico estaba cubierto de arañazos y un profundo rasguño recorría su mejilla derecha, tenía los ojos rojos e hinchados pero respiraba.

—Gabe, despierta. —Noah acunó su cabeza con delicadeza preguntándose qué habría traído al chico al sótano a aquellas horas. Debía de haberse resbalado por las escaleras.

Los párpados de Gabriel se abrieron lentamente, y emitió un gruñido.

—Con cuidado, te has caído pero parece que estás bien —intentó tranquilizarle Noah.

Gabe trató de sentarse para después cubrirse la cara con los brazos y encogerse.

—¿Se ha ido? Dime que se ha ido—preguntó con voz trémula.

—¿El qué se ha ido, Gabe? Aquí no hay nada.

—El pájaro. Creo que intentaba matarme.

Capítulo treinta y cuatro

Edward Carver saboreó el hecho de ser la primera persona levantada en la Mansión. Nunca alteraba su rutina: recogía el periódico de la puerta principal (pagaba una cantidad extra para que su nombre estuviera el primero en la ruta de entrega), iba a la cocina y preparaba la cafetera si Ela no lo había hecho ya la noche anterior, y después se dirigía a la pequeña biblioteca situada en el ala este, que tenía la mejor luz de la casa por las mañanas. Era un hombre orgulloso y no quería rendirse a la evidencia de que necesitaba gafas y de aquella manera podía absorber toda la primera página con claridad sin ningún artefacto posado sobre su nariz. Este momento también lo dedicaba a reflexionar, antes de que el resto de la casa se despertara y comenzase un nuevo día. Las repercusiones de lo sucedido el día anterior no abandonaban su mente y quería conversar de nuevo con Noah antes de que este se llevara la caja. Solo pensar en ello le dejaba un regusto amargo en los labios, era muy consciente del peligro en el que podría estar poniendo a su amigo.

El profesor se detuvo en seco en la puerta abierta de la cocina. Sus ojos recorrieron la estancia y vio el desorden en el suelo preguntándose si Ela se habría levantado incluso antes que él y si le habría perdonado ya. Unas voces se filtraban a través de la puerta que conducía al sótano, pero ninguna era de Ela. Noah surgió de la oscuridad sujetando a Gabriel, el cura mantenía los labios firmemente apretados mientras maniobraba para meter al muchacho en la habitación, ambos parpadeando ante la luz que inundaba el cuarto a través de la ventana.

Carver abrió la boca, mitad alarmado, mitad confundido, pero Noah le interrumpió antes de que pudiera decir nada.

—Ayúdame a llevarle a un sitio donde pueda estar cómodo, Edward. No creo que tenga ningún hueso roto pero se ha dado un golpe en la cabeza y está diciendo cosas sin sentido.

El *shock* mantuvo a Carver pegado al suelo por un segundo antes de reaccionar y deslizar su brazo alrededor de Gabriel desde el otro lado. El muchacho estaba mortalmente pálido y cubierto de arañazos, y era evidente que el rasguño de su mejilla, cubierto de arenilla y polvo, necesitaba atención médica. Los dos hombres llevaron a Gabe a la habitación que con cariño llamaban «el cuartito», una pequeña estancia a la izquierda de la cocina donde en invierno el fuego estaba siempre encendido y era habitual encontrar al menos a uno de los habitantes de la casa hecho un ovillo entre mantas en uno de los sillones.

—Con cuidado, Gabe —le dijo Noah mientras le ayudaba a sentarse en el desgastado sofá.

—¿Cómo? ¿Por qué? —preguntó Carver.

—Creo que se ha caído por las escaleras —le contestó Noah entre susurros—, le he encontrado al final de las escaleras y la luz no estaba encendida.

—No hace falta que habléis en voz baja, puedo oíros perfectamente. Y no me caí —Gabriel flexionó la muñeca de un lado a otro haciendo una mueca de dolor. Se pasó la lengua por los labios—. ¿Me podéis traer un vaso de agua? Y todo el desastre de la cocina es culpa mía. Sabía que levantarme tan pronto no podía ser bueno.

El intento de humor de Gabriel no dio resultado. Los dos hombres intercambiaron una mirada preocupada.

—Pero, ¿qué estabas haciendo en el sótano? —preguntó Carver mientras se arrodillaba a su lado.

Gabe vaciló antes de responder:

—Creí oír un ruido así que pensé en echar un vistazo. Al principio supuse que sería Ela, pero obviamente no era así… —su voz se apagó y su rostro se volvió solemne—. Había un pájaro, una urraca. La había visto en el jardín al despertarme. Simplemente voló hacia mí y empezó a atacarme con las garras y el pico. Por eso me caí.

Gabe apartó la mirada y Carver vio cómo se limpiaba las lágrimas del borde de los ojos con el pulgar.

—De acuerdo, Gabe —dijo—. Daremos una vuelta por ahí abajo para asegurarnos de que ya no está. Quizá se había quedado atrapada y tú la asustaste.

Era consciente de lo endeble de su explicación pero lo único que quería era calmar los ánimos. Cualquier esperanzadora idea de que este fuera a ser un día mejor que el anterior se acaba de escurrir por el desagüe, y todavía ni siquiera habían desayunado.

—¿Te duele la cabeza? ¿Visión borrosa? —preguntó.

Noah permaneció en silencio con las manos metidas en los bolsillos. Parecía exhausto, como si no hubiera dormido demasiado bien.

—Estoy bien, en serio. No tengo nada roto más que mi dignidad.

—Bueno, creo que esa todavía puede aguantar unos cuantos golpes más antes de verse dañada en serio. De todas maneras, voy a telefonear al doctor Phillips para que se pase por aquí cuando haya terminado su ronda. Es eso o te llevo a urgencias ahora mismo.

Gabe aceptó lo inevitable y Carver suspiró. Lo que fuera que hubiese sucedido en el sótano había hecho saltar todas sus alarmas internas y todavía quedaban muchas preguntas sin respuesta, pero Gabe necesitaba tiempo para recuperarse. Sintió la mano de Noah apretando su hombro.

—Voy a recoger el desorden de la cocina antes de que alguien más se haga daño —dijo el sacerdote.

—Gracias. Y si también pudieras poner la cafetera en marcha te estaría eternamente agradecido.

Noah se giró un tanto perplejo.

—Voy a solicitar el trabajo de Ela, o por lo menos, una remuneración —dijo—. Por cierto, ¿dónde se ha metido esta mañana?

—Probablemente esté intentando darme una lección. A estas alturas ya debería saber que hay batallas que no puedo ganar.

Ninguno de los dos había mencionado la caja, pero era algo que flotaba entre ambos.

—¿Qué narices ha pasado en la cocina? —Ollie asomó la cabeza por la puerta del cuartito, todavía con el pelo despeinado por la almohada.

Carver estaba al teléfono terminando una conversación y bloqueando su vista de Gabriel casi por completo. Ollie esperó, siendo consciente del tono serio del profesor y de que era muy raro que

Gabe estuviera levantado tan pronto. Se preguntó en que lío se habría metido ahora, confiando que no tuviera que ver con los asuntos que le había estado enseñando, o lo que era peor, con su excursión a la cámara.

Carver terminó de hablar y deslizó el teléfono en el bolsillo de su chaqueta. Enfrentó a Ollie con una expresión taciturna y le hizo señas para que se acercara. Fue cuando pudo ver bien a Gabe por primera vez.

—Dios, Gabe —se acercó rápidamente al sofá y se arrodilló al lado de su amigo tal y como Carver había hecho hacía unos minutos—. ¿Estás bien?

—Estoy bien, no montes un escándalo —la respuesta de Gabe no ayudó a tranquilizar su preocupación. No tenía ninguna pinta de estar bien. Varios arañazos salpicaban su cara y el dorso de sus manos y la herida que resaltaba en su pómulo tenía muy mal aspecto.

—Bajo y me encuentro con todo este caos, parece que una manada de bestias ha pasado por la cocina y por encima de ti también —contestó Ollie sentándose en el sofá e intentando animar el ambiente. Miró a Carver y articuló algo en silencio.

—¿Qué? —dijo Gabe al que no se le había pasado el sutil intercambio.

—Ollie se estaba preguntando si habíamos tenido un invitado no deseado.

—Lo que viene a ser un *poltergeist* —terminó el chico—. El cristal roto, el desorden de la cocina… —aunque lo cierto es que un *poltergeist* no explicaría las heridas ya que la mayoría de ellos no atacaban a las personas.

—Gabe se ha caído por las escaleras del sótano —terminó Carver.

—¡No me he caído! —exclamó Gabe enfadado—. Bueno, sí que me he caído pero solo porque fui atacado por el pájaro. ¿Por qué no me crees?

—¿Un pájaro? —Ollie se rascó la cabeza. Toda esta mañana estaba empezando a ser una locura.

—¿No estaba Noah en la cocina? —le preguntó Carver a Ollie cambiando de tema.

—No cuando yo he mirado.

—Quédate con Gabe, no quiero que se quede solo. El doctor Phillips va a venir más tarde pero no sabe seguro cuándo —Carver salió de la habitación en dirección a la cocina.

—Bueno, cuéntame qué demonios ha pasado —Ollie deslizó un brazo alrededor de los delgados hombros de Gabe y le abrazó.

Gabe asintió y tragó saliva mordiéndose el labio inferior. Respiró profundamente antes de lanzarse a contar su historia una vez más.

Capítulo treinta y cinco

La sonrisa de Noah se esfumó en cuanto salió al pasillo. Ahora que sabía que Gabe no estaba herido de gravedad, el recuerdo de que se había dejado abierta la puerta de la cámara lo dejó sin aliento. Tendría que cambiar sus planes. Algo de lo que había dicho Gabe no se le iba de la cabeza. Había oído un ruido. ¿Le habría visto allí abajo? Y si era el caso, ¿sabría Gabe por qué había estado allí?

Noah había visto por sí mismo el cambio que se había operado en Gabriel en los últimos meses y sabía que la adolescencia podía desencadenar una buena cantidad de energía sobrenatural, así que, por primera vez desde que su amigo le explicara el peligro en el que se encontraban y el por qué quería la caja lo más lejos posible de Gabe y Beth, Noah realmente lo comprendió.

El sacerdote echó una ojeada detrás de él y al ver que nadie le seguía giró rápidamente a la derecha en su camino a la cocina y echó a correr por el pasillo hacia la entrada del sótano. El resplandor ultravioleta de las luces y el zumbido del ventilador interno de la cámara le dieron la bienvenida. Su sentimiento de culpa empezaba a salir a la superficie. En las últimas veinticuatro horas todo había cambiado y ahora había secretos entre todos ellos. Él debería haber sido uno de los que solucionara y calmara las cosas y no alguien que contribuyera a empeorar la situación con sus pequeños planes. El aire era agrio allá abajo, el resultado de ser una habitación cerrada a la luz del sol durante décadas. Se acercó a la puerta abierta de la cámara, solo necesitaba un par de minutos para volver a meter la caja dentro de su escondite y cerrar la puerta tras de sí. Se detuvo en seco y parpadeó. Apartó la mirada y parpadeó de nuevo. Un nudo se formó en su estómago mientras se tapaba la boca con las manos con incredulidad.

El paño de muselina estaba arrugado encima de la estantería. Pero la caja había desaparecido.

Noah estaba agachado en el suelo de la cocina recogiendo trozos de cristal y metiéndolos en una caja de cereales vacía cuando Carver entró.

—Pensé que sería más seguro ponerlos en algo de cartón… —se detuvo en mitad de la frase sujetando un pedazo grande de cristal chorreante de zumo de naranja.

Los dos hombres se estudiaron el uno al otro, ambos con cosas que decir pero reticentes a hacerlo por miedo a empeorar los acontecimientos del día. Noah se levantó y se enjuagó las manos en el fregadero mirando al exterior, el reflejo que le devolvió la ventana era el de un hombre atormentado. Era un día precioso, sin apenas nubes en el cielo. ¿Se sentiría mejor si hiciera frío y lloviese? Por lo menos iría acorde con su estado de ánimo. Finalmente habló, notando como una ola de calor le subía por el rostro.

—Gabe ha dicho antes que oyó un ruido y por eso bajó al sótano. Yo era ese ruido. Yo estaba en la cámara con la intención de coger la caja y esconderla en un sitio sagrado. Fue entonces cuando oí a Gabe gritar y me dejé la puerta abierta cuando salí en su ayuda. —Se detuvo, siendo consciente que estaba contribuyendo a romper un poco más el equilibrio de su pequeña unidad familiar. Se miró la palma de la mano donde una esquirla de vidrio le había hecho sangrar, parecía un estigma—. Acabo de estar abajo ahora mismo y la caja no está, Edward, no está. —Carver agarró con fuerza el respaldo de una de las sillas de la cocina. Noah se acercó a él pero se detuvo al ver al profesor bajar la cabeza y cerrar los ojos. «Sé lo que está pensando», se dijo, «se está preguntando cómo es posible que haya desaparecido. ¿Por qué fui ahí abajo sin él? ¿Quién ha podido cogerla? Está tan asustado como yo»—. ¿Carver?

—Por lo que yo sé, nadie sabía que la caja estaba en la cámara. Y lo mantuve así porque pensé que era más seguro —Carver soltó un cansado suspiro.

—Lo siento. Asumo toda la responsabilidad. Pero cuando oí gritar a Gabe, simplemente eché a correr.

—Podemos descartar a Gabe entonces. Aparte de que no creo que tenga conocimiento de la existencia de la caja. No hemos sido ni tú ni yo. Ni Ollie, ese chico es como un libro abierto, y sigue las normas, no se le habría ocurrido entrar en la cámara sin mi permiso. Creo que también podemos dejar fuera a Beth. Y a Ela. Así que eso solo nos deja a una persona —Carver volvió a suspirar—. Noah, tu mano —señaló la sangre acumulada observando una gota caer al suelo de la cocina.

—Olivia —Noah le sostuvo la mirada y después bajó los ojos hacia su mano herida. Presionó el pulgar sobre el corte.

Carver se giró y se dirigió a la puerta principal para mirar hacia el camino exterior, moteado por las sombras de los arbustos de hortensias. Las radiantes cabezas de las flores refulgían contra el oscuro follaje verde. El coche de Olivia todavía estaba allí. Noah se le acercó mientras envolvía su mano herida en un paño de cocina. Permanecieron allí un momento en silencio antes de asomarse de nuevo al cuartito. Gabe estaba hablando atropelladamente con la mirada fija en un punto de la pared mientras Ollie le escuchaba con el ceño fruncido.

—Voy a ver cómo está Ela —le dijo Carver a Noah mientras ambos hombres subían por las escaleras al piso superior—. Creo que me toca agachar un poco la cabeza con ella. Para la próxima recuérdame que piense dos veces antes de… —no pudo terminar la frase.

La puerta de la habitación de Ela se abrió de golpe y Olivia salió corriendo chocándose con ellos en su agitación. Tenía los ojos muy abiertos.

—¿Qué sucede? —le preguntó Carver sujetándola por los brazos.

—Ahí dentro… —susurró Olivia. Por un par de segundos ambos hombres se quedaron paralizados pensando en las terribles posibilidades que podían esperarles al otro lado de la puerta.

Noah avanzó primero armándose de valor ante lo que fuera que iba a encontrar y, por segunda vez aquella mañana, rezando una oración para que todo estuviera bien.

El dormitorio de Ela estaba situado en la parte frontal de la casa, justo encima del salón. Los dobles ventanales, con pesadas cortinas rayadas a ambos lados, ofrecían una vista inmejorable del camino de acceso a la casa y, por lo tanto, de cualquier visitante que pudiera aparecer. La decoración era simple y cuidada, muy Ela, sábanas blancas con un edredón rojo sobre una cama con una estructura de madera oscura que había pertenecido a su madre. Pegado a la pared, un sofá de estilo francés colonial tapizado a cuadros rojos y cremas que Noah reconoció como uno que había ocupado un lugar en el salón hacía unos cuantos años. Ela debía de haberlo rescatado en alguna de las limpiezas de mobiliario, no le gustaba desperdiciar nada.

El ama de llaves parecía una niña pequeña tumbada en la enorme cama. Su cabello gris estaba extendido por la almohada y un brazo colgaba inerte por el lateral de la cama, su piel tan fina y delicada como un pergamino. Noah se inclinó para coger con delicadeza su mano entre las suyas y apretó los dedos contra el interior de su muñeca. Sintió una débil vibración en las venas.

—Llama a una ambulancia, ¡ya!

Carver instó a Olivia a bajar al cuartito y quedarse con Ollie y Gabe y a los pocos segundos estaba al teléfono con los servicios de emergencias respondiendo preguntas en un tono seco. Noah metió el brazo de Ela bajo las sábanas y presionó sus dedos contra la cara del ama de llaves estudiando su rostro; sus labios estaban demasiado pálidos y tenía la piel pegajosa.

—¿Qué crees que es? —Carver apareció sobre su hombro apretando el teléfono con fuerza en un puño.

—No estoy seguro —Noah levantó la mirada hacia el profesor—, ojalá hubiéramos venido antes.

—Sí… pero, dadas las circunstancias… Noah, todo esto no puede ser una casualidad.

Una repentina brisa se coló por la ventana abierta removiendo las cortinas y transportando el aroma de las rosas y el canto de los pájaros. La atmósfera exterior contrastaba por completo con los sucesos del interior de la casa.

—Por favor, baja a comprobar que todos están bien —continuó Carver y Noah no puso ninguna objeción. Sabía que Carver quería estar a solas con Ela antes de que llegaran los paramédicos así que abandonó la habitación echando una última ojeada desde el pasillo. Carver estaba sentado en el borde de la cama con una mano de Ela entre las suyas y diciéndole con voz entrecortada que tenía que luchar.

Cinco minutos más tarde la sirena de la ambulancia anunció su llegada. Noah les explicó lo que sabía a los paramédicos en cuanto entraron mientras tres pares de ojos observaban desde el umbral de la puerta del cuartito.

Solo eran las ocho y media de la mañana.

Capítulo treinta y seis

Beth Davenport escuchó el atronador sonido de pesadas botas subiendo a zancadas por las escaleras. En aquella casa no se permitía llevar semejantes calzados, Ela iba a enfadarse. Se alejó de la puerta con la mano levantada, como si ese simple gesto fuera a mantener a los intrusos a raya. No le gustaban los desconocidos. Pero los pasos fueron en dirección contraria a su habitación. Beth suspiró con regocijo.

Era una mañana preciosa y la luz entraba a raudales a través de su ventana proyectando parches dorados en el suelo; pisó uno de ellos e hizo una pirueta como si fuera una bailarina de *ballet*, disfrutando de la calidez en sus pies desnudos. Se sentía fuerte y satisfecha de sí misma. Se había despertado durante la noche y había encontrado una pluma negra y blanca sobre su almohada, acariciándola con deleite, se había vuelto a dormir con una sonrisa. Ahora la llevaba detrás de la oreja y le hacía cosquillas en la mejilla.

Su pájaro (pensaba en él como algo suyo) le había traído un capullo de rosa. La estaba esperando cuando se levantó de la cama esa mañana, emitiendo pequeños y divertidos gorjeos. El aroma del capullo era tan embriagador que hizo que se mareara un poco, pero todo estaba bien, era mágico. Y Beth estaba encantada de tener algo que le perteneciera solo a ella.

Las voces en el pasillo sonaban serias, escuchó cómo se elevaban y volvían a descender con palabras que no entendía. Hizo una mueca con la boca, esperaba que no vinieran a por ella, lo único que quería era desayunar. Las pisadas se dirigieron al piso de abajo y Beth pegó la cara a la puerta para poder oír mejor, pero un repentino golpeteo la sobresaltó tanto que dio un salto hacia atrás con un bufido.

—¿Beth? Soy Noah. ¿Puedo pasar?

Beth abrió la puerta un resquicio y miró hacia fuera. El cura llevaba una bandeja con una taza de té y un plato con tostadas, no tenía buen aspecto. Parecía desaliñado, como un niño después de un día de colegio. Abrió la puerta de par en par y le dejó pasar. Noah depositó la bandeja sobre la mesa redonda al lado de la ventana, tenía los hombros hundidos y no sonreía. Beth giró un mechón de pelo entre sus dedos con nerviosismo preguntándose si habría hecho algo malo.

—Te he subido el desayuno, Beth, porque abajo las cosas están un poco… —Noah hizo una pausa—, descontroladas, y sé que no te gusta que te metan prisa. Subiré otra vez en un rato y, si quieres, podemos ir a dar un paseo por el jardín. ¿Te gustaría?

Beth asintió, lo único que quería es que se fuera. Su pájaro se había escondido debajo de la cama al oír el golpe en la puerta. Noah la observó por el rabillo del ojo. Beth no le quitaba la vista de encima mientras él fingía estar centrado recogiendo los restos de la cena de la mesilla. Al levantar un plato, uno de los cuchillos se desequilibró y cayó al suelo con estrépito. Beth contuvo la respiración mientras él se agachaba a recogerlo.

—Beth, ¿te encuentras bien? —le preguntó depositando el cuchillo encima de la bandeja—. Pareces un poco distraída.

—Tengo hambre —lo cual no era del todo una mentira.

—Claro. Te dejaré desayunar entonces.

Noah le sonrió al pasar por su lado, y a Beth le pareció que pasaba una eternidad mientras el cura atravesaba la habitación y salía al pasillo. Se movió nerviosamente de un lado a otro hasta que Noah cerró la puerta tras de sí y entonces dejó escapar un largo suspiro de alivio. Su pájaro se posó en el respaldo de una de las sillas con la cabeza ladeada y Beth le acarició el blanco plumaje de su pecho. Le dio un trocito de tostada.

—Te voy a llamar Secreto —le susurró mientras el ave tomaba la comida de sus dedos. El pájaro frotó su pico contra su pulgar con aprobación.

Capítulo treinta y siete

Eran las once de la mañana y apenas habían pasado tres horas desde que Olivia había descubierto a Ela, pero había sido la mañana más larga de la historia.

Los paramédicos habían reconocido a Gabriel y le habían «dado el alta» con las habituales recomendaciones, principalmente que fuera al hospital si se mareaba o si se sentía peor. Le limpiaron la herida de la cara que se las arregló para tener incluso peor aspecto después de ser curada. Carver se había ido con Ela en la ambulancia y les dijo que cogería un taxi para volver.

Olivia fue la primera en recibir a Noah cuando bajó después de dejarle el desayuno a Beth y le acosó con multitud de preguntas hechas a toda velocidad mientras se apartaba el pelo constantemente de la cara en un tic nervioso. No se había tomado bien que le dijeran qué hacer. Noah los calmó lo mejor que pudo, asegurando a Gabe que Beth estaba bien. Decidió guardarse para sí el hecho de que su comportamiento le había parecido un tanto extraño ya que lo achacó a la atmósfera general de la casa aquella mañana. Los ánimos de todos estaban apagados y a pesar de que intentó hacerles desayunar, ninguno tenía hambre. Limpió la cocina porque al menos eso era algo con lo que mantenerse ocupado mientras esperaba la llamada de Carver desde el hospital. Cuando esta finalmente llegó se sintió escrudiñado desde todos los ángulos. Escuchó a Carver al otro lado de la línea manteniendo la mano en alto para evitar interrupciones. La llamada solo duró un minuto ya que el profesor estaba en el taxi de regreso y la cobertura de su móvil se perdía al acercarse al valle.

—¿Y bien? —Olivia fue la primera en hablar mientras descendía de uno de los taburetes de la cocina. Gabe estaba sentado al lado de Ollie garabateando en un papel aparentemente sin prestar atención, pero cuando levantó los ojos, Noah reconoció la expresión: miedo.

—Ha sido un ataque al corazón, pero está estable.

—Joder —resopló Ollie—. Siempre pensé que Ela era invencible. No la recuerdo poniéndose enferma nunca.

Y era verdad, Ela estaba hecha «de buena pasta», como ella misma hubiera dicho y prácticamente no cogía ni un catarro.

—¿Y qué pasa ahora? —preguntó Olivia.

—Le van a hacer varias pruebas y depende de lo que encuentren puede que tengan que trasladarla a un hospital de la ciudad. Su hermana está de camino; Ela está en buenas manos así que no os preocupéis.

La puerta de la entrada se abrió cinco minutos más tarde y un Carver sudoroso la atravesó.

—Está sedada y no había nada más que yo pudiera hacer en el hospital —dijo, y después de dedicar a Noah una breve mirada, añadió—: Y necesitaba venir a casa. Olivia, ¿podrías venir a mi despacho en media hora?

Olivia levantó los ojos y le observó con detenimiento mientras su hermano se erguía con los hombros tensos anticipando fuegos artificiales. La chica se colocó el pelo sobre uno de sus hombros y asintió antes de salir a zancadas de la cocina rozando el hombro de Carver. A Noah le extrañó que no saltaran chispas. Carver se giró sin decir palabra y abandonó la cocina a su vez. Un portazo y el crujido de la tarima del piso superior les indicaron que había subido a su habitación. Gabe miró hacia el techo como si pudiera atravesarlo con la mirada.

—¿Es ahora cuando cada uno elabora su plan de guerra?

Nadie le rio el chiste.

—Sugiero que todos nos retiremos y nos aseemos un poco —dijo Noah quedamente—, e intentemos que el resto del día sea lo más normal posible.

Gabriel frotó el empañado espejo del baño con la mano y después examinó sus arañazos tocándolos cuidadosamente con los dedos. La presión del agua de la ducha había hecho que le escocieran y tuvo un momento de pánico cuando recordó al pájaro del sótano. Se apartó el pelo de la frente para verse mejor y el espejo le devolvió el reflejo de un rostro que compartía los mismos rasgos que el de Beth. Gabe movió la cabeza y dejó caer de nuevo el flequillo sobre la cara.

Su habitación siempre había sido un sitio donde poder disfrutar de la soledad y donde siempre podía esconderse cuando la casa se desenfrenaba y necesitaba un momento tranquilo para pensar. Se encontró echando de menos su antiguo dormitorio en el ático, con el techo abuhardillado sobre la cama y la vieja ventana, por la que se colaban corrientes de aire pero que le daba una vista de pájaro sobre el jardín trasero. A pesar de ser un cuarto pequeño, había sido su hogar. A lo mejor más tarde podría empezar a llevar sus cosas de vuelta ahí arriba y ese pensamiento le proporcionó el primer destello de alegría de todo el día.

Había pasado más de una hora desde que había dejado a los otros y Noah estaba siendo muy pesado con el tema de que era mejor que no se quedara solo demasiado tiempo incluso a pesar de que era él mismo el que lo había sugerido. Gabe le había contestado que no necesitaba un guardaespaldas y mucho menos en la ducha.

Esperaba que ponerse ropa limpia le subiera un poco los ánimos, pero por supuesto, no fue así. No había estado equivocado cuando le dijo a Ollie que algo había cambiado en la casa y no podía quitarse de la cabeza la idea de que el ataque al corazón de Ela no había sido un hecho aislado.

Al final del pasillo, una puerta se abrió con rapidez para volver a cerrarse de un portazo tan fuerte que hizo temblar los cristales de las ventanas.

—¡Te digo que yo no he cogido nada de la cámara! ¿Cómo podría? ¡Ni siquiera me sé el puto código! —la voz de Olivia estaba cargada de furia e indignación—. Si no confías en mí, entonces será mejor que me vaya de aquí

Gabe iba a abrir la puerta de su habitación, pero decidió que era más seguro quedarse dentro. Frunció el ceño mientras le daba vueltas a lo que acababa de escuchar. ¿Qué era todo eso de la cámara? Había habido alguien ahí abajo porque él lo había oído, así que, ¿estaba Olivia mintiendo? Un centenar de preguntas revolotearon en su cabeza y apretó las manos contra sus ojos con la esperanza de que la oscuridad le proporcionara un poco de claridad al asunto. Pero no funcionó.

—¡Olivia! —atronó Carver desde el pasillo. Olivia debía de haber bajado al piso inferior—. ¡Tenía que preguntar porque estoy preguntando a todo el mundo! ¡Haz el favor de no tomártelo como algo personal! —su voz temblaba con ira apenas contenida. Gabe no se acordaba de la última vez que el profesor había perdido el control, aparte del día, cuando él tenía nueve años, que decidió intentar conducir su adorado MG por el camino de acceso a la Mansión y lo había estrellado contra el muro de ladrillo al lado de la verja.

Gabe abrió por fin la puerta y se asomó. Vio a Carver de pie en el rellano de las escaleras, el profesor se había cambiado a un ligero traje de lino gris claro con una camisa blanca; tenía el pelo húmedo tras la ducha pero todo estaba en su lugar. Todo su aspecto físico clamaba control.

—A mí no me has preguntado —se le escapó antes incluso de darse cuenta de lo que estaba diciendo.

Los ojos del hombre se posaron en él por un momento, azules y furiosos. No tardaron en suavizarse.

—Cuando esto sucedió, tú estabas tirando en mitad del polvo del sótano así que puedo descartarte —dijo Carver. Hizo una pausa antes de añadir—: Y, Gabriel, esta costumbre que tienes de escuchar conversaciones ajenas va a volverse contra ti y a morderte un día de estos.

La puerta principal se cerró de un portazo seguido del sonido de un motor poniéndose en marcha con rabia y de neumáticos rechinando sobre el camino de gravilla. Carver suspiró.

—Había esperado que no hiciera eso.

—Ya volverá, ya sabes cómo es —dijo Gabriel. Quiso añadir que estaba seguro de que Olivia estaba diciendo la verdad y no pudo.

—Me gustaría tener tu misma fe. Esta vez ni siquiera estoy seguro de que ella quiera volver, en todo caso solo para recoger sus cosas. Maldita sea.

Por unos momentos ninguno de los dos dijo nada. Gabe miró el cielo por los altos ventanales del recibidor, ya no era de un azul brillante sino de una tonalidad grisácea. Un solo parche azulado todavía se dejaba ver entre las nubes, como si Dios hubiera abierto un ojo para espiarles.

—Se avecina una tormenta —dijo sintiendo la boca como papel de lija.

—Me temo que más de una, Gabe. Me temo que más de una.

Gabe observó a Carver mientras este descendía las escaleras. ¿Había desencadenado él todo esto con su curiosidad sobre su pasado? Hacía solo un par de días había querido que le vieran como alguien adulto en control de su propio destino y ahora solo deseaba poder retroceder las agujas del reloj.

Capítulo treinta y ocho

La tarde pasó con una lentitud agónica. Después de estar un rato en el jardín, el bochorno les hizo buscar un respiro en el interior, en la que venía a ser conocida como la habitación blanca. Era una denominación un tanto extraña si se tenía en cuenta que casi todo el mobiliario era gris o color crema, pero en general, la apariencia de la habitación era luminosa y capaz de levantar los ánimos, que era claramente lo que Carver intentaba hacer. Los ventanales que iban desde el techo hasta el suelo en dos de sus paredes ayudaban a perpetuar esa impresión. Una mesa baja y larga ocupaba el centro de la estancia rodeada por un sofá gris y dos sillones *beige*. Una imponente chimenea de mármol blanco con un guardafuego tapizado en terciopelo gris completaba el cuadro.

Ollie era el que estaba más callado después de lo sucedido con su hermana. Había estado sacando el lavavajillas mientras Noah inspeccionaba el sótano de la mermelada buscando signos de entrada forzada cuando Olivia se había ido sin dirigirle ni siquiera la palabra, y eso le había dolido profundamente. Aparte de que saber que alguien había cogido algo de la cámara le hacía sentir culpable por sus planes con Gabe. Justo después de que Olivia hiciera temblar los cimientos de la casa con su portazo, Noah le había preguntado si él tenía alguna idea de lo que podía haber pasado y aunque Ollie era un mentiroso pésimo (él era siempre el que se metía en problemas porque Liv era capaz de convencer a cualquiera de que ella no había tocado el tarro de las galletas incluso con migas delatoras alrededor de la boca), no sabía nada de lo sucedido así que no tenía ninguna mentira que contar.

Observó a Carver por encima de su libro mientras este se paseaba de un lado a otro de la habitación. Le conocía lo suficiente como para saber que estaba esperando el momento apropiado para hablar, cuando quiera que eso fuera. Y ese momento llegó cuando Gabe se ausentó para ir a buscar algo a su habitación.

—Hay algo que deberías saber, Ollie, pero que no está hecho para los oídos de Gabe. ¿Te acuerdas de la caja de los Davenport, la que Noah encontró en el jardín? La guardé. Eso es lo que ha desaparecido de la caja fuerte en la cámara acorazada.

Ollie había estado esperando algo importante, pero esto lo dejó sin palabras.

—¿Y eso es lo que crees que Olivia se ha llevado? —se tuvo que esforzar para enunciar las palabras—. Te aseguro que ella no sabía de su existencia. Me lo habría dicho.

—¿Te habría dicho el qué? —interrumpió Gabe desde el umbral de la puerta con un libro bajo el brazo.

—Si hubiera cogido algo de la cámara —improvisó Ollie con rapidez.

Carver le lanzó una mirada de alivio y después frunció el ceño.

—Voy a coger algo de beber —dijo Gabe dejando el libro sobre una mesa auxiliar—. ¿Alguien quiere algo?

Ollie le pidió agua con gas y Gabe volvió a salir esta vez en dirección a la cocina.

—De momento no le decimos nada de lo que había en la cámara, ¿de acuerdo? —propuso Carver retomando la conversación.

—¿No sería mejor si todos lo supiéramos? —contestó Ollie. Tenía un nudo de molesta incertidumbre en el estómago.

—Gabe ya está bastante paranoico con lo que ha pasado en el sótano y quiero averiguar qué ha ocurrido con la caja antes de decirle que aquello que él pensaba que ya no existía y que empezó todo el calvario para él y su familia es lo que, inexplicablemente, ha desaparecido.

Capítulo treinta y nueve

La culpa estaba carcomiendo a Noah por dentro. Él era quien se había dejado abierta la puerta de la cámara y el hecho de que nadie hubiera admitido haberla cogido le perturbaba, porque eso solo dejaba una posibilidad.

Permaneció de pie en el umbral de las puertas francesas abiertas dejando que la brisa le enfriara la piel. El cielo era ahora del color del acero y el aire estaba cargado, era agobiante, como si el día estuviera cabizbajo. Hasta los pájaros habían dejado de cantar. Una hoja se desprendió del cerezo y revoloteó con elegancia hasta el suelo; la promesa del otoño.

—Te estás preguntando a qué estamos esperando, ¿cierto? —le dijo Carver apareciendo a sus espaldas. A pesar del calor, todavía llevaba puesta la chaqueta. Noah había bromeado con él muchas veces diciéndole que había nacido en el siglo equivocado.

—Sí —le contestó Noah; el tenue retumbar de un trueno se dejó oír acercándose desde el este—. Y estoy intentando convencerme a mí mismo de que sabes lo que estás haciendo.

Carver sonrió con ironía.

—La verdad sea dicha, Noah, no estoy seguro de lo que está pasando en realidad, pero creo que el anochecer nos va a dar alguna pista. Estoy tratando de aplicar el método de Sherlock Holmes —Noah soltó una corta carcajada—. Es un proceso de eliminación. Parte de mí quiere creer que alguien cogió esa caja y que no lo quiere admitir y quiere creer también que la caída de Gabe no tiene que ver con nada que se haya arrastrado fuera de su escondite. En ese caso simplemente nos las estaríamos viendo con un mentiroso y un incidente aislado. Pero mis tripas me dicen que hay una cadena de acontecimientos que solo acaba de ponerse en marcha. Y aunque suene estúpido quiero que algo, lo que sea, se manifieste, porque de esa manera al menos sabría a qué me enfrento… y si está relacionado con Gabe o no.

—No creo que haya ningún «si» en esta historia. Lo que sea que atacó a los Davenport hace tantos años ha vuelto a por Gabe y puede que a por Beth, porque tiene una cuenta que saldar.

—¡Por todos los demonios! La verdad es para ser un hombre de Dios, esa es toda una declaración —Carver apretó cariñosamente el hombro del sacerdote—. Gracias por quedarte conmigo, Noah. Necesito tu fe. Todos necesitamos tu fe.

—Y solo a ti se te ocurriría juntar a Dios y al demonio en una misma frase, amigo mío —contestó Noah poniendo su mano sobre la de Carver—. ¿Y qué pasa con Olivia?

—Quiero que vuelva a casa antes del anochecer, pero no contesta el teléfono. Ni siquiera si le llama Ollie. Solo podemos esperar.

Noah titubeó antes de volver a hablar; había un pensamiento que no dejaba de rondarle la cabeza y tenía que enunciarlo en voz alta:

—La urraca fue el único pájaro que no cantó o que no reconfortó a Jesús en la cruz. Hay gente que está convencida de que son pájaros malditos. Las antiguas mitologías dicen que llevan una gota de la sangre del diablo bajo la lengua. ¿Es una coincidencia que un pájaro así atacara a Gabriel?

Los labios del profesor se curvaron en una sonrisa amarga.

—Todo se está desarrollando aquí y ahora por una razón.

Esa respuesta no hizo que Noah se sintiera mejor.

Ollie y Gabe estaban tirados en el sofá gris jugando al ajedrez en la tableta de Ollie cuando los dos hombres volvieron a entrar. Al ver a los dos adolescentes enfrascados en un juego que había perdurado durante siglos, Carver esbozó su primera sonrisa genuina del día.

La Mansión era como un túnel del tiempo. En el exterior parecía una casa que podría aparecer sin problema en una serie de televisión los domingos por la noche. En el interior había una ecléctica mezcla de estilos, con elementos tan anticuados como el reloj de pie del descansillo y otros tan modernos como el sistema de ordenadores o la cámara acorazada. Lo victoriano se encontraba con lo eduardiano que a su vez se encontraba con el *art déco*. Unos óleos originales, representando caballos y sabuesos, colgaban al lado de pergaminos egipcios y cartas astrales paganas, y extraños objetos ocupaban lugares inesperados como el esqueleto de un caballo de un tiovivo de Halloween, que descansaba en la reluciente superficie de caoba de un secreter, o la escalera de bruja colgada en una esquina de la cocina estilo *shaker*. Pero, de alguna manera, todo encajaba, la casa parecía absorber cada pieza y convertirla en parte de un todo.

Cuando la tarde empezó a convertirse en noche, seguía sin haber rastro de Olivia. La hermana de Ela, June, había telefoneado para informarles de que los resultados de las pruebas no habían sido concluyentes e iban a trasladarla a un hospital de la ciudad al día siguiente. Cuando Carver sugirió que él y Noah podrían pasarse de nuevo por el hospital, June le dejó bien claro que no hacía falta y que pensaba que su hermana trabajaba demasiado por demasiado poco, cosa que no ayudó a levantar los ánimos. Nadie tenía hambre pero Noah continuaba trayendo aperitivos de la cocina en su afán por ocupar el tiempo. Los últimos, unos sándwiches de queso fundido, permanecían intactos en sus platos sobre la mesa baja. Las puertas francesas seguían abiertas con la esperanza de que corriera algo de brisa, pero el aire estaba calmado. El sol se estaba poniendo y el cielo había cambiado de un apagado gris a un sucio amarillo.

Gabe se levantó y se estiró dirigiéndose a la puerta.

—¿Dónde vas? —preguntó Carver de inmediato bajando su periódico.

—Al baño.

Una mirada de Noah hizo que Carver se callara la respuesta que pensaba dar.

—Ten cuidado, Gabe, por favor —se limitó a decir el sacerdote.

Gabriel asintió mientras salía de la habitación. Eran cerca de las ocho de la tarde y la casa estaba demasiado callada, era casi antinatural, como si ella también estuviera esperando a que algo sucediera. Hasta las tablas de madera del suelo parecían dormidas mientras atravesaba el rellano en lo alto de las escaleras hacia su habitación. Cerró la puerta tras de sí y se apoyó contra ella sintiendo el agradable frescor de la madera en su frente. Soltó lentamente el aire contenido en sus pulmones, como si llevara aguantando la respiración todo el día, abrió la boca y movió la mandíbula de un lado a otro, le dolía de tenerla tan tensa. Su cama estaba sin hacer, lo que fue un recordatorio de que Ela no había pasado por allí. Se le formó un nudo en la garganta. Hacía un calor sofocante ya que había cerrado la ventana aquella mañana —¿de verdad que solo había sido aquella mañana?— después de ver al pájaro. El pájaro... estaba seguro de que era el mismo que le había atacado.

La madera alrededor de la ventana se había hinchado por el calor y tuvo que hacer un esfuerzo para poder abrirla. Se asomó fuera y respiró profundamente. Miró hacia la derecha y vio que la ventana de la habitación de su madre también estaba abierta del todo. Beth había decidido quedarse todo el día en su habitación, declinando el ofrecimiento de Noah de dar un paseo por el jardín. Carver había dicho que no había motivos para preocuparse por eso ya que seguramente seguiría un tanto nerviosa después de su visita a la granja, y aunque no mencionó nada sobre el fantasma de Stu Davenport, era obvio que eso era en lo que estaba pensando.

Arriba, en el cielo, una media luna interrumpía el crepúsculo, como si estuviera ansiosa por ocupar su lugar, y la estrella polar titiló a modo de saludo. Gabe se preguntó si ya sería oficialmente de noche o había que esperar a que el cielo se tornara negro del todo. Se balanceó en la repisa de la ventana dejando que su propio peso le desequilibrara un poco y sintiendo un chute de adrenalina correr por sus venas. Un pequeño pájaro voló cerca de su cara, acariciando su mejilla con las plumas, y Gabriel se soltó de una mano mientras se le escapaba un grito de terror. La golondrina prosiguió su vuelo hasta esconderse en su nido entre las ramas con el pico lleno de gusanos. Se deslizó de nuevo al interior de la habitación y se puso de rodillas encima de la cama, sintiendo que le abandonaba cualquier valor que hubiera presumido tener. La verdad era que estaba asustado.

Gabe había crecido en aquella casa y sabía de la existencia de cosas sombrías que no podían ser explicadas por el hombre o la ciencia. Cuando la mayoría de los niños estaban leyendo a Harry Potter, él estaba enfrascado en la *Enciclopedia de brujería moderna*. Había trabajado con un restaurador recogiendo piojos de un estandarte usado en la batalla de Culloden y había visto la sangre seca de hombres que habían encontrado la muerte de maneras terribles. Incluso una vez, una presencia lo había atravesado, haciendo que estallaran pequeñas burbujas dentro de su estómago. Pero, a pesar de lo sucedido aquella nevada noche hacía tantos años, nada malvado le había tocado nunca desde entonces. A veces, en noches en las que estaba aburrido, incluso había deseado que algo sucediera, aunque solo fuera por demostrar que estaba en aquella casa por una razón.

Puede que sus deseos estuvieran finalmente convirtiéndose en realidad.

Capítulo cuarenta

El vampiro regresó a la Mansión el siguiente anochecer tan pronto como hubo oscurecido. Era cierto que podía aventurarse a salir cuando el sol todavía estaba desapareciendo por el horizonte, pero no era lo ideal. La luz hacía que le llorasen los ojos.

Los dos jóvenes vampiros que compartían su guarida le habían suplicado que les llevase un humano a su regreso. La noche anterior, el aroma del chico que aún llevaba impregnado en la piel había causado que el más débil de los dos se apretara contra él como un gato que reclama la propiedad de su dueño. Él no les había convertido, tan solo los había acogido bajo su ala hacía unos años y todavía estaban obsesionados con la sangre, tal y como sucedía siempre con los más jóvenes. Él cazaba para ellos la mayoría de las noches. Era más fácil de esa manera porque no necesitaba la atención que atraerían unos asesinatos descuidados, así que les tenía prohibido que cazaran indiscriminadamente. Ambos sabían cuál era el precio que pagarían si desobedecían. Pero esa noche no era una noche para enseñarles nada. Antes de salir les había ordenado quedarse en la guarida y los jóvenes sabían que no valía la pena discutir, aunque eso no les impidió rondar la entrada de piedra de la cripta confiando en que cambiara de parecer. Había vuelto cinco minutos más tarde con un pequeño corzo revolviéndose entre sus brazos, golpeándole los muslos con sus patas, sin que él sintiera nada. Sus protegidos esperaban en la oscuridad, paseándose de un lado a otro y su necesidad era palpable. Cayeron sobre el corzo como si fueran una sola persona. A veces se le olvidaba la monstruosa rabia del hambre que conllevaba la juventud.

Ahora estaba de pie, inmóvil, en el mismo lugar de la noche anterior. No tenía sentido intentar ocultar su presencia a la entidad que merodeaba en el interior de la casa. Los depredadores se reconocen los unos a los otros incluso en la distancia. El sonoro retumbar de un trueno y el afilado fogonazo de un relámpago rompieron el cielo nocturno; la electricidad se notaba en el aire. El vampiro se puso la capucha de su chaqueta, no por la amenaza de lluvia, si no para confundirse aún más en la noche. Podía considerar a la oscuridad como una vieja amiga, a pesar de que en el pasado le hubiera magullado y hecho sangrar casi hasta el punto de la extinción. Sentía el aire pegajoso que arrastraba el perfume del jardín y del interior de la casa: el acre olor de una rejilla abierta en un lateral del edificio, la empalagosa fragancia de la madreselva y el aroma de la cera usada para pulir los muebles de madera. Y, por supuesto, todos los matices de los humanos que vivían en la casa; una capa de jabón o colonia intentando camuflar la pesada esencia de la sangre con todo su peculiar dulzor. Pero había otro olor que emanaba de una de las ventanas superiores. El punzante hedor del miedo.

El vampiro observó el edificio mientras se resguardaba al amparo de uno de los arbustos. El chico estaba asomado a la ventana, podía ver su pálido rosto resaltar contra la oscuridad de la habitación. Él era el miedo. De pronto, el vampiro captó el ligero temblor del aire por el batir de unas alas. La luna, oculta entre nubes, solo arrojaba una luz fantasmal, pero era suficiente para que pudiera distinguir la dureza de unos ojos vidriosos contemplándole desde lo alto. El pájaro chilló. Era un sonido despiadado. La ventana abierta se cerró con violencia y la cara desapareció. El vampiro reflexionó, añadiendo un nuevo retazo de información en su mente. Así que el chico conocía la amenaza…

Desapareció entre la noche antes de que el eco del sonido hubiera desaparecido por completo.

Capítulo cuarenta y uno

Gabriel salió de su habitación cuando Noah estaba subiendo las escaleras. El sacerdote se detuvo sin estar muy seguro de si debería inventarse una excusa sobre hacia donde estaba yendo, al fin y al cabo, sabía que el chico no quería una niñera. Sin embargo, una mirada a la cara cenicienta de Gabe le dijo que algo definitivamente no iba bien.

—El pájaro está fuera. Lo he oído.

—Ven abajo —contestó Noah extendiendo una mano hacia Gabe, sorprendiéndose de que este se la cogiera; tenía los dedos helados.

Ollie y Carver se habían trasladado a la sala de estar que daba al frontal de la casa. El profesor se hallaba de pie junto a la ventana mirando cómo la lluvia golpeteaba el cristal formando oscuros riachuelos. Un rayo cayó sobre el valle iluminando por un breve instante todas las colinas. Ollie estaba sentado en uno de los brazos del sofá con el teléfono pegado a la oreja.

—¡Joder! Se va directo al buzón de voz. ¡Tiene que imaginarse lo preocupado que estoy! —no era propio de Ollie estallar de esa manera, aunque todos compartían su angustia.

Gabriel se dejó caer en el sofá y conectó sus auriculares al teléfono. Un repentino portazo hizo que todos se sobresaltaran.

—Noah, por favor, ¿podrías traer a Beth aquí abajo también? —Carver habló en voz baja, como si quisiera que solo los presentes en esa habitación fueran capaces de oírle.

—Estaba durmiendo… —empezó Noah, pero se paró en seco al darse cuenta de algo y echó a correr escaleras arriba.

El lento parpadeo de la luna relució a través de la gran ventana abovedada para acto seguido ocultarse tras las nubes, y el viento, que había comenzado como una brisa perezosa, estaba ahora rugiendo alrededor de la casa, colándose entre los huecos de los viejos ladrillos y lanzando la lluvia contra todas sus superficies. Algo grande barrió la ventana y Noah se agachó por instinto antes de darse cuenta de que era la sombrilla que solía estar sobre la mesa de pícnic. A nadie se le había ocurrido guardarla ante la amenaza de tormenta. Ela se hubiera acordado… Un versículo del Evangelio de San Marcos le vino a la mente: «Algunos demonios son tan fuertes que nada puede expulsarlos más que la oración y el ayuno, y la fe de unos en otros». Su fe estaba escondida en algún lugar bajo su miedo. ¿Y la fe de unos en otros? La imagen de Olivia apareció ante sus ojos, con el rostro rígido por la ira cuando se había ido esa mañana. También oyó la voz de Gabe implorándoles que creyeran que no estaba en *shock* y que el pájaro realmente le había atacado.

Noah irrumpió en la habitación de Beth sin molestarse en llamar a la puerta. Las cortinas de gasa flotaban como fantasmas sobre la ventana abierta y el suelo debajo de ellas estaba oscuro por la lluvia. Un rayo tronó en el cielo y la habitación estalló en un resplandor de luz cegadora. El corazón de Noah se detuvo.

La cama estaba vacía.

Se la quedó mirando con incredulidad; por segunda vez en dos días, Beth se había desvanecido. Corrió hacia la ventana abierta y sus pies resbalaron en el suelo mojado haciéndole caer. Su cadera recibió lo peor del impacto, pero ignoró el acuciante dolor y se incorporó de nuevo agarrándose al alfeizar de la ventana. La lluvia, demasiado fría para esa época del año, le castigó los nudillos mientras se asomaba hacia la tormenta.

—¿Noah?… Por Dios bendito, ¿dónde está Beth? —Carver estaba en el umbral de la puerta—. Oímos un ruido, te llamé pero no contestabas.

Noah se giró hacia Carver con el rostro empapado por la lluvia.

—Me he resbalado con el agua y me he caído aunque eso no importa ahora. Beth ha vuelto a irse, Edward. ¿Cómo es posible?

Los dos hombres se miraron el uno al otro en silencio.

—No ha podido bajar las escaleras y salir por la puerta principal —dijo Carver al fin—, la habríamos visto. E incluso si lo hubiera intentado no hubiese podido porque la había cerrado con llave.

Noah enarcó una ceja. Carver solo cerraba con llave por las noches. Era un pueblo tranquilo y la criminalidad muy baja, y no se podían imaginar a un vecino tratando de entrar a la fuerza. Todos sabían que cosas extrañas sucedían tras las puertas de la casa, pero Carver era una persona querida que además no escatimaba su generosidad en los actos benéficos locales.

—No ha podido salir por la ventana. Es imposible… —la voz de Noah se perdió cuando los dos hombres pensaron a la vez en la posibilidad de que simplemente se hubiera esfumado.

—Coge algunas linternas, rastrearemos el terreno por si acaso —dijo Carver con gesto sombrío—. No ha podido ir muy lejos.

De pronto, algo encajó dentro del cerebro de Noah como la pieza restante de un rompecabezas. Agarró el brazo de Carver impidiéndole que bajara corriendo las escaleras.

—Nos está poniendo una trampa —dijo sin aliento—, ¿no lo ves? Quiere que nos separemos porque sabe que no puede enfrentarse a todos a la vez.

La realidad en las palabras de Noah hizo que el profesor se detuviera en seco. Se tapó los ojos con la mano por un momento. El sacerdote le puso una mano en el hombro.

—¿Estás bien?

Carver asintió.

—Si esa revelación ha sido Dios echándonos una mano, a lo mejor me convierto al cristianismo, amigo mío.

Descendieron los escalones y antes de entrar de nuevo en la sala de estar, Carver se inclinó y le dijo en voz baja:

—Estaba dentro de mi cabeza antes de que bajáramos, ¿sabes? No sé cómo, pero estaba ahí.

Esto no hizo que Noah se sintiera mejor. Vio claramente que todos eran como patitos en línea en una feria, esperando a que alguien apretara el gatillo.

—¿Beth? —Gabe se levantó de un salto al verlos en el umbral pero su expresión se ensombreció al ver que volvían solos.

Carver abrió la boca para contestar justo cuando un trueno restalló encima de la Mansión con un ruido ensordecedor. Las vigas de la augusta casa se tambalearon y los cristales repiquetearon en los marcos de las ventanas. Casi al mismo tiempo cayó otro trueno seguido de un rayo que iluminó la estancia con un extraño resplandor azul. Todos los ojos se giraron al mismo tiempo hacia el ventanal para ver el rayo caer sobre la majestuosa haya al lado del muro que rodeaba el sendero. Se oyó un resquebrajamiento, como si los huesos del viejo árbol se estuvieran quebrando, y les llegó el olor de madera carbonizada. Y después solo pudieron observar en horrorizado silencio cómo el gran árbol se rendía y se derrumbaba sobre el suelo. Los cimientos de la casa se estremecieron cuando el temblor de la tierra corrió por ellos.

Todos se miraron sin saber qué decir. Las luces de la casa parpadearon haciendo que sus rasgos se tornaran borrosos en las sombras. Finalmente, fue Carver quien habló:

—Ha caído justo en mitad del camino de acceso. No hay forma de que nada pueda entrar. O salir.

Gabe jugueteó con el cable de sus auriculares mientras Noah les contaba lo que había encontrado arriba o, mejor dicho, lo que no había encontrado. También les habló de su teoría de la trampa y de la voz en la cabeza de Carver porque ahora no era el momento de guardar secretos. El profesor había vuelto a subir al piso superior para comprobar que todo estaba bien con los servidores después del rayo y no fue una sorpresa para ninguno cuando reapareció denegando con la cabeza y con una expresión adusta.

—Permaneceremos juntos, pase lo que pase —dijo.

—Pero, ¿y qué pasa con Beth? No podemos abandonarla ahí fuera —Ollie enunció la pregunta que todos estaban pensando.

—Puede que ni siquiera esté ahí fuera, Ollie —contestó Carver paseándose de un lado a otro detrás del sofá con las manos entrelazadas en la espalda—. Llegado este punto no lo sabemos. Podría estar escondida por la tormenta, ¿recuerdas cuando Ela no fue capaz de encontrarla las pasadas navidades? A día de hoy no sabemos dónde se metió pero estaba bien. Si pensara que buscarla en el exterior nos reportaría algún éxito, sería el primero en salir.

Noah observó el movimiento incesante de su amigo, sabía que no era capaz de enfrentarse a las situaciones difíciles estándose quieto; también sabía que lo que estaba haciendo era intentar calmar a Gabe y a Ollie. Dirigió su atención a Gabriel que no había dicho nada en un largo rato y al que de repente parecían fascinarle los oscuros nudos de la madera del suelo.

—¿Gabe? —le preguntó—. ¿Qué te ronda por la cabeza?

El muchacho levantó la mirada y le sonrió débilmente. Noah pensó que era una de las cosas más tristes que había visto en mucho tiempo.

—Me he dejado el Ipad en la habitación blanca. Voy a por él.

Carver le lanzó una mirada de soslayo.

—Treinta segundos, Gabe —dijo el sacerdote con el que esperaba fuera un tono autoritario—, o iré a buscarte.

Capítulo cuarenta y dos

La habitación blanca estaba al final del pasillo en dirección a la cocina, pasando la sala de música, girando a la derecha en dirección al sótano para después desviarse entrando por la primera puerta a la izquierda. Gabriel había vivido en aquella casa durante tanto tiempo que podría haber llegado con los ojos vendados. Todo era tan familiar y a la vez tan desconocido. La tormenta enmascaraba todos los sonidos que él daba por sentados: el suave repique del reloj de pie, la radio filtrándose desde el estudio de Carver, otra música descendiendo desde las habitaciones del piso de arriba... Pero hoy nadie escuchaba música.

Lo que fuese que estaba acechando ahí fuera se había llevado a Beth, lo sentía en los huesos, y si algo malo le sucedía no estaba seguro de que fuera capaz de enfrentarse a la situación. *No solo es Beth; es tu madre, Gabriel*, le susurró una voz en el oído. Se giró sobresaltado para enfrentarse a la quietud del pasillo sintiendo todavía la calidez del aliento en el lóbulo de su oreja, esperando ver... algo.

Su iPad estaba encima del sofá gris tal y como lo había dejado. Lo recogió siendo consciente de la oscuridad que se aplastaba contra el cristal de las puertas y ventanas. No habían corrido las cortinas y su reflejo le miró con fijeza. Sus ojos parecían ser tan negros como el exterior, dos agujeros oscuros esculpidos en una marmórea superficie. Sus extremidades parecían demasiado largas para su cuerpo como, si de un día para otro, algo se hubiera colado en sus huesos dilatándolos. Gabriel se estremeció.

Se preguntó dónde estaría Olivia y cómo se encontraría Ela. Empezó a sentir una quemazón en el estómago ante la injusticia de todo lo que estaba sucediendo. Puede que Beth estuviera escondida, asustada y confundida y él no podía hacer nada para ayudarla. La sangre palpitó por sus venas en fuertes y rápidos latidos y tuvo que controlar las ganas de ponerse a gritar. Un pensamiento repentino, peligroso y arriesgado, le cruzó la mente, como si hubiera nacido de lo más profundo de su frustración. Dejó el iPad de nuevo sobre un cojín y se acercó a las puertas francesas. Sus dedos se cerraron sobre las manillas de latón, un ligero empujón y las puertas se abrirían dejando entrar la oscuridad de la noche. Si algo ahí fuera estaba buscándolo y si él salía a su encuentro, a lo mejor dejaba a todos los demás en paz y su sacrificio valdría la pena.

Gabriel levantó la mirada y volvió a encontrarse con su imagen reflejada pero, de alguna manera, no eran sus ojos los que le observaban, sino los ojos de un extraño. Un hombre alto y delgado tenía sus propias manos en las manillas exteriores de la puerta, impidiéndole abrirla. El chico saltó hacia atrás asustado, como si una corriente eléctrica hubiera atravesado el metal. El extraño parecía formar parte de la noche, de tan oscuras que eran sus ropas. Solo su rostro estaba iluminado y Gabriel vio cómo se llevaba un esbelto dedo a los labios.

—Gabe —la voz de Ollie hizo que casi se le detuviera el corazón—. Vamos, no deberías estar solo—. Gabe miró a su amigo antes de girarse de nuevo hacia las puertas.

El extraño había desaparecido y Ollie no lo había visto.

Capítulo cuarenta y tres

Olivia Taverner había pasado el día conduciendo por las estrechas carreteras cercanas del pueblo a una velocidad que bien podía haberla echado a la cuneta, o peor, haberla puesto en el camino de otro coche. No podía recordar otro momento en el que hubiera estado tan enfadada, o tan dolida. Solían describirla como impulsiva cuando se dejaba llevar por uno de sus arrebatos, pero ella no escondía sus sentimientos y lo que sentía, era lo que la gente veía; tan diferente de su hermano, al que no le gustaba mostrar ninguna emoción hasta que no la hubiera procesado primero. Sabía que Ollie debía de estar loco de preocupación pero cinco minutos después de haberse ido de la Mansión, y a menos de un kilómetro de distancia, había bajado la ventanilla del coche y lanzado su teléfono a la carretera. El sonido que hizo al estrellarse contra el asfalto le produjo una estúpida satisfacción. Todavía estaba dolida por la bronca que le había echado Carver la noche anterior y después de haber pasado la noche sin dormir, la acusación de aquella mañana había sido la gota que colmaba el vaso. ¿Por qué pensaba que ella había cogido algo de la cámara? ¿Por qué no alguno de los otros? Solo podía asumir que Carver ya no confiaba realmente en ella y eso dolía.

Antes de llegar a la Mansión, nunca había encontrado un lugar en el que encajara de verdad. La vida les había dado a ella y a Ollie un comienzo de mierda, con la muerte de sus padres y concediéndoles sus «especiales» talentos. Tan especiales que ninguna familia de acogida había querido tenerles cerca durante demasiado tiempo y desde luego ni soñaban con la gran palabra: adopción. Nunca había sido tan feliz como en los últimos cuatro años, incluso a pesar de los enfrentamientos que a veces tenía con Carver o con Noah, porque por fin había encontrado un lugar en el que no era especial, era simplemente ella misma. Carver era la figura paterna que nunca había tenido aunque ni se le pasaba por la mente mencionárselo alguna vez. Y que ahora él la culpara por coger algo de la jodida cámara tensaba cada nervio de su cuerpo. Además, todavía estaba la cuestión del fantasma. Pensar en él como el difunto marido de Beth y padre de Gabriel era demasiado personal para su gusto, no le gustaba que sus espíritus fueran tan cercanos.

Después de gastar todo un depósito de gasolina y de parar en cada cafetería que había encontrado en el camino, estaba empezando a calmarse. El suelo bajo el asiento del pasajero de su coche estaba cubierto por un maremágnum de vasos de papel y por un arrugado paquete de cigarrillos. Y eso que ni siquiera fumaba. Los había comprado aquella mañana en una gasolinera junto con un mechero y se había encendido uno a un lado de la carretera, tosiendo durante todo el tiempo que tardó en fumárselo. Al cabo de un par de kilómetros había tenido que detener el coche para abrir la puerta y vomitar lo que le pareció un litro de café para luego apretar el resto del paquete y tirarlo al suelo del coche con un grito de frustración. Rumió sus posibilidades intentando decidir qué hacer. El cielo, tornándose cada vez más oscuro, no ayudaba a mejorarle el ánimo y cuando las primeras gotas de lluvia empezaron a caer sobre el parabrisas, detuvo el coche y salió para dejar que la lluvia le limpiara el rostro; intentó llorar pero no pudo. Oyó el trueno rodar sobre las colinas con los puños cerrados y las uñas clavándose en las palmas de las manos y dejó que el sonido reverberara dentro de su pecho.

Anocheció rápido debido a la tormenta y no había otros coches en la carretera. Todo el mundo estaría en casa observando el temporal desde el interior. Al tomar la curva que había antes de llegar a los escombros de la granja quemada, un gato cruzó con rapidez la carretera enfrente de ella lo que le hizo frenar con brusquedad y sintió un latigazo de dolor, desde el hombro hasta la cadera, cuando el cinturón de seguridad la mantuvo rígidamente en su sitio. El gato desapareció entre los arbustos después de lanzarle una mirada de desprecio con sus brillantes ojos verdes. Bajó la ventanilla y gritó:

—¡Estúpido animal de mierda! —el veneno que impregnaba su propia voz la sobresaltó.

Aspiró el aire y olió a quemado pero no era olor a madera. Salió del coche y arrugó la nariz mirando a su alrededor. La parte alta del tejado de la casa, o lo que quedaba de él, sobresalía miserablemente sobre los setos. Más allá, un estallido de luz iluminaba lo alto de las colinas con un lúgubre resplandor azul. Olivia se apartó el cabello de la cara que el fuerte viento amenazaba con enredar. Despacio, y sin saber realmente porqué, anduvo la corta distancia que la separaba de la cancela de la granja. Una pequeña bandada de pájaros salió volando desde detrás de la casa para luego girar como si fueran uno y precipitarse dentro de un grupo de árboles del prado que había más allá. Ella también debería buscar refugio o tratar de llevar su maltratado coche de vuelta a la Mansión. Podría bajar por Fairly Hill; era empinado, pero estaba segura de que ningún otro coche vendría de frente y podría acortar un par de kilómetros la distancia a casa. Casa. Esa simple palabra le dolió más que cualquiera de las cosas que Edward Carver le hubiera dicho.

Abrió la verja y la atravesó sintiendo sus pies resbalar ligeramente sobre el húmedo suelo de teja. El viento no cesaba de lanzarle fragmentos de polvo de madera quemada a la cara así que se cubrió la nariz y la boca con una mano. Toda su ira se había evaporado dejando solo un apagado sentimiento de aceptación. «Todo esto es una locura», pensó mientras observaba el triste desastre de la granja cernirse sobre ella, era una bomba de relojería a punto de colapsarse en cualquier momento. Si ella muriera, ¿lo notaría Ollie de inmediato?

—Ayúdame —susurró contra la palma abierta de su mano, sin saber muy bien a quién dirigía su súplica.

La puerta de la granja había sido devorada por las llamas y más allá descansaban los restos ennegrecidos de lo que parecía ser una caldera. Su pie chocó contra algo sólido y se agachó, hundiendo sus dedos en una pila de ceniza carbonizada hasta que se cerraron sobre algo metálico. Lo sacó y lo limpió contra sus vaqueros. Un relámpago iluminó el cielo anunciando que la tormenta se acercaba. Bajó la mirada hacia el objeto en su mano y en el resplandor vio que se trataba del pomo de una puerta; tenía la forma de la cabeza de un león.

El viento cesó de repente, como si alguien allá arriba hubiera apagado un interruptor. Olivia se giró lentamente mientras se le erizaban los pelos de la nuca; al lado de la verja parpadeaba una forma, tenía algo de materia pero podía verse perfectamente a través de ella. Oh,

Dios, ¿y si esto era lo que había estado aquí cuando Gabe era un bebé? El terror le heló la sangre en las venas. La forma se agitaba y temblaba, como el centelleo del calor veraniego en una carretera solitaria, para después lanzarse sobre el camino flotando de un lado a otro como un globo atado a un poste. Su instinto le gritaba que corriera pero no podía moverse. Nunca más volvería a reírse al oír la expresión «clavado en el sitio». A sus espaldas, las oscuras ruinas de la casa le bloqueaban el paso. Estaba atrapada.

La forma se alargó y pudo distinguir la difusa figura de un hombre aunque seguía pudiendo vislumbrar los barrotes de la verja a través de él, era como el negativo de una fotografía en blanco y negro. Se acercó a ella ondulándose sobre la vereda y Olivia se dio cuenta de que era la misma figura que había visto cuando Beth estaba aquí: era el padre de Gabe. Tenía una expresión de sorprendida incredulidad con los ojos abiertos y la boca formando una «o» de desconcierto; algunos jirones de ropa colgaban de su cuerpo levantándose y ondulando como si estuvieran sumergidos en una invisible corriente de agua. Se acercó levantando las manos igual que un hombre ciego. Olivia aspiró el olor de gasolina y tierra mojada y retrocedió un centímetro, sujetando todavía el pomo de metal como si fuera un talismán. Era la primera vez en toda su vida que un fantasma había intentado establecer contacto con ella y estaba aterrorizada. Ningún montón de papeleo e investigación podían haberla preparado para este miedo absoluto que convertía sus piernas en piedra.

El espectro de quien una vez fuera Stu Davenport se detuvo y una línea oscura se formó en su entrecejo. Estaba concentrándose. Olivia se obligó a decir su nombre a través de sus labios helados y la línea en la frente del hombre se acentuó; descendió su barbilla bajando la cabeza. Estaba asintiendo. Olivia exhaló un largo suspiro.

—Bethhhhhhh —un sonido rasposo emergió desde dentro del espíritu acompañado de un olor rancio y estancado. Olivia tuvo que luchar contra la náusea que le subió por la garganta.

—Está a salvo —espetó Olivia sin estar segura de cuanto podría comprender el fantasma. ¿Tenían los fantasmas siquiera la capacidad de entendimiento? Se juró a sí misma que si salía de aquello intacta dedicaría todo su tiempo a averiguarlo—. Y Gabe también, tu hijo.

La figura extendió un brazo y tocó el pomo del león que descansaba en su mano. Sus dedos estaban en un ángulo extraño, como si se los hubieran aplastado y dejado curar de esa manera. La mano cayó atravesando la suya propia lo que hizo que Olivia la apartara bruscamente y la apretara contra su pecho. Una expresión que solo podía ser de profunda tristeza apareció en el rostro del fantasma y una oleada de empatía ahogó el terror de su garganta. Este hombre había padecido una súbita y traumática muerte mientras se dirigía angustiado a su hogar para ver a su mujer y a su bebé, porque un presentimiento le había avisado del peligro que corrían, y se había llevado ese terrible sentimiento a la tumba y al más allá. No era alguien a quien tener miedo. La forma latió, desvaneciéndose en la oscuridad y rompiéndose en inconexos pedazos.

—¡No! ¡No te vayas, por favor! —gritó Olivia mientras elevaba los brazos queriendo sujetarle y atarle a este mundo durante unos minutos más, pero algo estaba empujándole de nuevo hacia el plano existencial en el que vivía.

Un rugido de desesperación brotó de él y fijó sus ojos en los de ella. Mientras otro trueno retumbaba sobre sus cabezas, la figura se deshizo en miles de diminutos pedazos y desapareció. Pero Olivia había oído las palabras que había conseguido enunciar antes de su grito de angustia.

Cortinas de lluvia caían incesantemente del cielo y para cuando llegó al coche estaba empapada hasta los huesos. Se enfadó consigo misma por haber tirado su teléfono aquella mañana. Necesitaba hablar con Carver, con Noah, necesitaba estar de vuelta en la Mansión. Se metió en el coche y el viento le arrebató la puerta de entre las manos cerrándola de golpe. El agua corría por el parabrisas como una cascada, a lo mejor podía llegar a casa si tenía mucho cuidado.

El motor arrancó a regañadientes y, con los limpiaparabrisas funcionando a toda velocidad, dio marcha atrás para salir de nuevo a la carretera, hacia el norte, donde el desvío hacia Fairly Hill se bifurcaba a la izquierda del camino. Era una carretera solamente conocida por la gente local que apenas tenía espacio para un coche; Olivia rezó para que nadie viniera por el otro lado. El frontal de su coche quería desviarse hacia la izquierda y tuvo que luchar contra el volante para mantener el vehículo recto. Su pelo colgaba en mojados mechones sobre su cara. «Por favor, por favor, por favor, deja que pueda llegar...». Justo cuando había girado en la intersección vio luces en la distancia. Era la granja de Tom y Betty. A lo mejor debería parar e intentar usar su teléfono. Aminoró la marcha intentando sopesar sus opciones; puede que ni siquiera estuvieran en casa y que la luz fuera una de seguridad en el jardín y si se desviaba para nada estaría añadiendo más kilómetros a su viaje. No podía arriesgarse.

Sus faros delanteros rasgaban la oscuridad, las luces se arqueaban mientras la colina giraba a la izquierda, luego a la derecha, luego a la izquierda otra vez. Se arrastraba en las curvas, luchando contra el volante para no perder el control, consciente del molesto chirrido que la suspensión izquierda no paraba de emitir.

Nada importaba más que lo que tenía delante de ella. Le dolían los hombros por la tensión y tenía la mandíbula tan apretada que casi no sentía los dientes. La colina descendió para luego elevarse hasta su punto más alto, desde ahí había una sucesión de curvas cerradas hasta llegar a la carretera que desembocaba en la Mansión. El haz de sus faros se levantaba en la oscuridad mientras subía por la empinada elevación. A su izquierda podía ver las luces del pueblo en la lejanía, como si un pedazo de la Vía Láctea se hubiera desplomado en la tierra. Los rayos y relámpagos iluminaban el cielo y el retumbar de los truenos era tan alto que hacía que le pitaran los oídos. Frenó cuando el coche empezó a descender, viendo como riachuelos de agua caían a ambos lado de la carretera. Los neumáticos arañaron el asfalto en busca de sujeción y ella puso la segunda marcha mientras tomaba la curva más cerrada. Los faros iluminaron unos arbustos y el vehículo se ladeó ligeramente. Olivia luchó por mantener el control mientras el coche se deslizaba con lentitud, echó el freno de mano en un intento de detenerlo por completo pero este no tenía tracción ninguna. El neumático de la izquierda golpeó un bache cubierto de agua y el vehículo dio un bandazo. De pronto algo se soltó y el volante se volvió ligero entre sus manos. El coche cogió velocidad y su propio peso lo impulsó colina abajo. En la siguiente curva, dio una vuelta de campana cuando el alerón derecho chocó contra una señal de tráfico. Olivia soltó el volante y se cubrió la cabeza con los brazos mientras, a través del parabrisas, todo volaba como en un tiovivo acelerado.

De pronto, un pájaro bicolor apareció de la nada con sus alas blanquinegras extendidas planeando amenazadoramente. Sus pequeños ojos negros se posaron en ella por un segundo. El coche de Olivia se deslizó sobre un lateral y perdió su valiente batalla contra la carretera. Su mundo se dio la vuelta en un frenesí de cristales rotos, y todo se volvió negro.

Capítulo cuarenta y cuatro

Beth era una víctima tan dispuesta.

Aka Maga se felicitó a sí mismo, ya que ella había resultado ser más útil viva que muerta, y su inocencia infantil y consiguiente capitulación eran demasiado deliciosas para simplemente matarla. Estaba madura y lista para ser corrompida. Beth podría terminar siendo la flecha en su arco.

Descubrir que Carver todavía tenía la caja de madera había llenado a Aka Maga de una furia ciega. No necesitaba un recordatorio de los siglos que había pasado privado de libertad; la caja lo asustaba y no estaba preparado para afrontar la posibilidad de que lo encerraran allí de nuevo. Sin embargo, no podía hacerse con ella en su forma actual, y abandonar el pájaro para buscar un huésped mejor no era una opción. Haber encontrado a Noah en la cámara había sido casual. Aka Maga le había vigilado desde su escondite en una viga, oliendo su miedo y deleitándose en él. Este hombre había arruinado sus planes de apoderarse del niño años atrás y Aka Maga le guardaba un gran rencor. Despreciaba a los hombres que representaban a una religión. Y después de eso, descubrir que Gabriel estaba en la cocina había sobrepasado incluso la retorcida alegría que había sentido con Beth. La esencia del adolescente se filtraba por los agujeros de ventilación, adormecida, polvorienta, áspera, y sintió que ese era el momento idóneo para reclamarle, justo antes de que se convirtiera en un adulto y, por lo tanto, en terreno prohibido. Pero Aka Maga también quería venganza y sufrimiento así que se tragó su avaricia y sus oscuros deseos y salió volando del sótano principal mientras maquinaba, iba a aterrorizarlos de tal manera que ellos mismos entregarían a Gabriel solo para hacerle parar. Una ventana abierta le dio acceso al cuarto junto a la cocina donde puso en marcha su plan... todavía podía saborear la sangre de Gabriel en su lengua. La caída del muchacho había traído un maravilloso caos a la casa.

Aka Maga había entrado en la habitación de Beth y la había despertado recogiendo mechones de su blanco cabello y extendiéndoselo por la cara. Le había susurrado al oído lo que necesitaba que hiciera y ella se había prestado voluntariosamente. A veces se preguntaba si Beth tendría fogonazos de recuerdos de lo ocurrido largo tiempo atrás, pero parecía que el trauma había borrado su memoria por completo. Aka Maga apreciaba la retorcida ironía detrás de aquello.

Conseguir que Beth se deslizara ventana abajo había resultado tan sencillo como lo había sido ganarse su confianza. Le había preguntado y ella había accedido yendo con celeridad hacia la ventana en su empeño por agradar a su pájaro, a su Secreto. Se había reído mientras se sentaba a horcajadas en el saliente de la ventana, con una pierna colgando sobre los ladrillos calientes por el sol, y había descendido por la enredadera de madreselva con la habilidad de una niña de diez años, sin miedo y solo sintiendo la felicidad de haberlo conseguido.

Aka Maga reflexionó sobre la ropa que la cubría en vistas de la tormenta que se acercaba, ya que Beth iba descalza llevando solo un fino vestido blanco y un ligero chal. Sería desafortunado que los rigores de la tormenta la hicieran perecer pero de todas maneras los planes que tenía para ella hacían muy complicada su futura supervivencia.

La culpa recaería por completo en el vampiro y ese hecho le producía una gran satisfacción. El bebedor de sangre lamentaría la noche en la que había decidido entrometerse en sus asuntos, aunque Aka Maga entendía que él mismo estaba separado de los vampiros por una línea muy fina. Eran una especie fuerte y este, en concreto, era vetusto, había sobrevivido a lo largo de siglos por lo que no debía tomárselo a la ligera. Si le atacaba, Aka Maga abandonaría su huésped sin mayor pensamiento, pero la otra posibilidad era que el vampiro quisiera llevarse lo que le pertenecía a él, solo a él, y no estaba dispuesto a perder al chico de nuevo.

Todo y todos tenían alguna debilidad, eso era algo que había descubierto siglos atrás. Así que había seguido al vampiro cuando este regresó a su guarida al salir los primeros rayos del sol. En su disfraz le había resultado sencillo volar de rama en rama mientras el vampiro atravesaba el bosquecillo al lado del campo que discurría desde el muro de piedra detrás de la casa. Esos terrenos seguían perteneciendo a la Mansión, pero Carver los tenía arrendados a un granjero local. El campo desembocaba tras la pendiente en este bosque, que daba paso a un claro rodeado de plateados abedules. Desde allí se podía ver sin problema la parte trasera de la casa, y el vampiro se deslizó entre los árboles hasta llegar a la cripta.

La cripta era de piedra y había sido usada en su día por los primeros habitantes de la Mansión, que fueron quienes construyeron la casa, y los restos polvorientos de sus ancestros reposaban sepultados entre sus paredes. El tiempo y el abandono habían cubierto los muros, una vez blancos, con una película de musgo verde grisáceo y de diminutas abolladuras, como cicatrices de una plaga natural. Fue a este frío y poco querido lugar al que el vampiro se dirigió y donde fue recibido por otras dos criaturas. Aka Maga los observó desde las pobladas ramas de un delgado abedul, vio la necesidad de los hijos del vampiro cuando este deslizó sus brazos sobre los hombros de ambos, al igual que sus pequeños colmillos mordisqueando con delicadeza su carne. Pudo oír el desesperado lamento hambriento de uno de ellos. Él los alimentaría, y ellos dormirían el sueño de los no-muertos, porque Aka Maga no necesitaba dormir durante el día y esa sería su ventaja sobre ellos.

Ahora el demonio estaba guiando a Beth por el mismo camino que había tomado el vampiro aquella mañana, y ella estaba feliz de encontrarse en el exterior, corriendo sobre la hierba con sus pies descalzos y parándose de cuando en cuando para mirar las flores que cubrían el prado. Parecía no importarle que las plantas de sus pies estuvieran sucias o que el viento le pegara su ligero vestido a la piel delineando su delgado contorno.

El vampiro ya estaba merodeando en los alrededores de la casa, podía sentir su presencia y eso le hizo dudar. El bebedor de sangre tendría la libertad de hacer lo que deseara sin su presencia, pero su plan no estaba del todo en marcha. Beth se detuvo y se giró para mirar hacia la Mansión, como si le hubiera leído el pensamiento. Su labio inferior tembló ligeramente.

La entidad no podía arriesgarse a dejar al vampiro solo en la casa.

Beth pareció contenta con lo que le susurró al oído. Le encantaban los juegos casi tanto como le gustaba estar fuera de las cuatro paredes de su dormitorio. Aplaudiendo con alegría, corrió hacia la linde del bosque dejando caer al suelo su delgado chal. Los plateados abedules resplandecían en la luz del atardecer dándole la bienvenida dentro de sus misterios y su destino.

Capítulo cuarenta y cinco

Ollie Taverner no sabía qué hacer.

Era alguien que se sentía cómodo dentro de una rutina, y desde que había llegado a la Mansión, se había deslizado dentro de una que le hacía sentirse seguro ya que la lista sin fin de instituciones sociales y casas de acogida por las que había pasado le habían dejado con la sensación de que la vida era un interminable remolino de incertidumbre. Los ataques de ira descontrolada eran la especialidad de su hermana; todavía recordaba haberse escondido acobardado en una esquina cuando ella tuvo un espectacular episodio justo antes de Navidad, lo que hizo que su familia de aquel entonces decidiera que no encajaban en su hogar. Él nunca quería perder el control de esa manera y por eso había aprendido a esconder sus emociones. Nadie podría reaccionar de mala forma si él se mantenía calmado y razonable. Pero incluso entonces había algo que faltaba, sentía un gran vacío que le hacía sentirse desconectado de su propia vida, y en la Mansión había encontrado esa conexión. Pero desde ayer, todo lo que él pensaba que era sólido y verdadero había cambiado.

Tanto a él como a Olivia les habían mentido tantas veces a lo largo de sus vidas que tenían asumido que esa era la regla general, y Carver había conseguido meterles en la cabeza que lo único que él no toleraba era un mentiroso. Si cometían un error en su investigación debían asumirlo. Si le causaban dolor o descontento a alguien, debían disculparse. Sin secretos ni resentimientos. Cuatro palabras que habían abierto la mente de Ollie de tal manera que casi sintió que había vuelto a nacer.

Observó a Gabe recoger su iPad y la blanca máscara de confundido terror que cubría su rostro. Si no había nada ahí fuera o en aquella habitación más allá de la imaginación de Gabe, eso podía resultar ser una cosa terrible. La decisión de Carver de no contarle la existencia de la caja era algo que carcomía a Ollie porque entraba en conflicto con el respeto y la admiración que sentía por el profesor. También estaba tratando de mantener a Olivia fuera de su mente, pero el pensamiento de que ella hubiera podido mentir y de hecho tener la caja no le abandonaba. Si ese fuera el caso, podía estar el peligro.

—¿Ollie? —el tono de preocupación de Gabe confirmó que su cara no ocultaba demasiado bien lo que sentía. Recordó cuando llegó la primera vez a la Mansión con quince años, lo maduro y seguro de sí mismo que se sentía, cuando en realidad no sabía nada.

Deslizó su brazo alrededor de los hombros de Gabe y le desordenó el pelo. Este se agachó riéndose y le golpeó el brazo, era uno de sus juegos de años atrás. Después se quedaron mirándose el uno al otro, las sonrisas desvaneciéndose de sus rostros.

—Vamos a la cocina a ver si queda alguna pizza en el congelador —dijo Ollie. En realidad no tenía hambre, pero necesitaba hablar a solas con Gabe y ahora era un buen momento; Carver y Noah estaban enfrascados en su conversación y podían oír sus acaloradas voces a través del pasillo.

Gabe siguió a Ollie hasta la cocina y se sentó en uno de los taburetes al lado de la isla central. Encajó un pie en el reposapiés y se balanceó hacia delante en un movimiento inconsciente que a Ollie siempre le había parecido entrañable.

Buscó en el congelador entre los *tupperware* de guisos y platos para emergencias hasta encontrar una caja de pizza cubierta de hielo y con los bordes desgastados. Ela no permitía comida basura en la casa, pero hacía la vista gorda con la ocasional pizza como si fuera un rito de iniciación para cualquier adolescente.

El viento golpeaba los cristales trayendo consigo ráfagas de copiosa lluvia y Ollie se acercó para bajar la persiana.

—No, déjala levantada. Prefiero ser capaz de ver lo que hay ahí fuera —le detuvo Gabe con resignación, como si ya hubiera aceptado que lo que estuviera por venir era parte de su destino.

—Gabe, cuando me dijiste que querías entrar en la cámara acorazada, ¿qué era lo que esperabas encontrar allí? —preguntó Ollie mientras limpiaba el hielo de la caja de pizza, pero sin quitarle la vista de encima a Gabe.

El chico dudó haciendo una mueca.

—Para ser sincero, no sé por qué quería entrar —contestó finalmente—, ¿porque está prohibido? —dejó escapar una carcajada, pero fue un sonido frío y duro, sin rastro de humor.

Ollie agarró los bordes de la encimera con las manos hasta que se le pusieron blancos los nudillos. Se giró y se acercó a zancadas hasta donde estaba Gabe y plantó las palmas de las manos justo delante de él.

—No me jodas, Gabe —su voz siseó con frustración—. Estoy harto de tantos secretos. Todos andamos dando vueltas asustados como si nos fuera a caer un rayo encima si hablamos claro y, ¡es exactamente lo que ESO quiere! —movió sus brazos con dramatismo en dirección a la ventana.

La cara de Gabe perdió todo su color y miró fijamente a Ollie antes de bajar la cabeza. Ollie contuvo la respiración, lo más probable era que lo único que iba a conseguir después de su exabrupto es que Gabe se cerrara en banda, seguro que pensaba que a Ollie se le había terminado de ir la cabeza.

—Pensé que sería capaz de arreglarlo todo —dijo Gabe en apenas un susurro—. Estúpidamente pensé que sería capaz de arreglar todo que le ha pasado a mi familia si las respuestas estaban en la cámara. No sé en qué mierda estaba pensando —levantó las manos con angustia y Ollie se las cogió y apretó con fuerza—. Si todos los expertos de esta casa no han podido encontrar una respuesta, ¿por qué creí que yo si podría? ¿Y si he sido yo quien ha empezado todo esto, Ollie? ¿Y si lo que le ha pasado a Ela es mi culpa? ¿Y si…? —la voz de Gabe empezó a temblar y se atragantó al intentar decir el nombre de su madre.

Ollie abrazó al chico a quien siempre había considerado un hermano mientras el cuerpo de Gabe se estremecía entre sollozos.

Los hombres seguían confinados en la sala de estar, Ela yacía en una cama de hospital, y solo Dios sabía donde estaban Beth y Olivia. Pero en aquel instante, solo sentía la calidez de Gabe apretada contra su pecho…

Ollie se quedó muy quieto mientras un pensamiento pendía sobre él como una gota de agua, gorda y húmeda, lista para explotar. Gabe enterró más su cabeza en el hombro de Ollie y este pudo sentir el calor que se desprendía de su piel. Movió su cabeza de un lado al otro como si quisiera extraer la semilla de deseo que, de repente, había germinado en su mente. Gabe se apartó y le miró con los ojos llenos de lágrimas y Ollie tuvo que resistir la necesidad de limpiárselas con los dedos.

—Deberíamos volver al salón antes de que vengan a buscarnos —dijo esperando que su voz no sonara tan temblorosa como la sentía en su cabeza.

Gabe le miró con extrañeza mientras se limpiaba la cara con el brazo.

—¿Qué querías decir antes con lo de los secretos? —le preguntó.

—Luego, ¿vale? Cuando podamos estar solos otra vez —pero Ollie sabía que, tal y como estaban las cosas, eso no era algo a lo que quisiera enfrentarse.

Capítulo cuarenta y seis

Era noche cerrada, pero el cielo estaba iluminado por la tormenta. Los fuegos artificiales de la naturaleza contra un telón índigo, amoratado y abatido. El viento azotaba las copas de los abedules, doblándolas a su voluntad, haciendo restallar la lluvia contra cualquier superficie que pudiera encontrar, rabioso, despiadado y gritando de rabia.

Beth temblaba de pie en un pequeño claro con su vestido mojado pegado al cuerpo y los pies desnudos entumecidos por el frío. Estaba confusa; Secreto le había dicho que iban a jugar al escondite y ella se había escondido y contado hasta diez, pero todo el rato con la sensación en lo más profundo de su interior de que había algo que no iba bien, y ahora se sentía perdida. Cruzó los brazos sobre su pecho y se abrazó los hombros. Al otro lado de los campos se erigía la Mansión completamente a oscuras a excepción de unos puntos aislados de luz en la planta baja. De repente no recordaba como había llegado hasta allí y un pesado cansancio se apoderó de ella. Solo quería acurrucarse en un rincón y dormir. Ela vendría después y le traería su cena en la bandeja blanca con estampados de rosas.

Otro trueno retumbó a través del cielo y Beth se tapó los oídos con las manos y tropezó, cayendo sobre los matorrales. Soltó un grito de dolor cuando las ramas le arañaron la piel. Se puso de nuevo en pie con dificultad y echó a correr, sin dirección ni propósito. En la linde del bosque se oyó el ulular de un búho, y Beth levantó la cabeza justo para verlo planear en silencio a través de los árboles. ¿Conocería a su pájaro? ¿Podría llevarle hasta Secreto?

Beth se adentró corriendo en el bosque que ascendía ligeramente en una delicada pendiente. Se tropezó al intentar saltar un tronco caído en mitad del camino y cayó al suelo, quedándose sin respiración por el impacto. El suelo estaba enmoquetado con viejas agujas de pino y desprendían un olor a… Navidad. Sería tan sencillo cerrar los ojos y quedarse ahí. Pero el búho ululó de nuevo llamando su atención. Un poco más adelante los árboles se despejaban dando paso a otro claro donde Beth pudo distinguir una antigua edificación de piedra. Era una pequeña casa.

Los dos vampiros la oyeron acercarse, aunque ya sabían de su existencia. La esencia de Beth, transportada por la lluvia y el viento había precedido a su llegada. Se pasearon de un lado a otro de la cripta como leones enjaulados a medida que la tentación se aproximaba más y más. Su mentor les había prohibido que abandonaran su refugio esa noche y el recuerdo del destino que había corrido uno de sus hermanos, cuando habían sido tres, todavía les atormentaba.

Uno de ellos, con su cabello rubio sucio y enredado con ramas y otros desperdicios, se acurrucaba en una de las esquinas con los brazos alrededor de sus rodillas y tarareando una melodía mientras se balanceaba lentamente entre las hojas secas y el polvo del suelo. El otro estaba de pie frente a una de las ventanas sin cristales, apoyado contra una columna de piedra confundiéndose con el edificio. De vez en cuando saboreaba el aire con un chasquido de la lengua, un movimiento de reptil demasiado rápido para el ojo humano. Su nombre era Moth[2], esto era debido a su anodino y ceniciento cabello y a sus ojos, uno de ellos gris acerado y el otro del color de un charco embarrado. Esos eran los ojos que inspeccionaban el bosque en ese momento buscando y encontrando con afilada precisión cualquier rastro de sangre caliente. La saliva le corría por la comisura de los labios.

—Para de cantar —le espetó al otro vampiro—. Te va a oír.

El canturreo se detuvo y dos brillantes ojos azules verdosos rasgaron la penumbra.

—Estaba tarareando. Los oídos humanos no pueden oír eso y menos en mitad de una tormenta.

[2] Polilla en español

Moth elevó un dedo hasta sus labios y su hermano apareció silenciosamente a su lado. La mujer se había puesto de pie con los ojos fijos en ellos, o eso parecía, pues los vampiros sabían que, desde su posición, eran invisibles. El estado de su vestido explicaba la fuerza de su aroma porque bien podía haber estado desnuda.

—Debe venir de la casa —susurró Moth. Su hermano se movía inquieto, pasando su peso de un pie a otro, y emitió un sordo gruñido de desesperación. Si venía de la casa estaba definitivamente prohibida.

El corazón de la mujer aleteaba en su pecho y con cada palpitación la sangre fluía por sus venas recorriendo todo su cuerpo. La vibración retumbaba en los oídos de los vampiros, sus sentidos pendientes de cada latido. Moth sintió que los músculos de su hermano se flexionaban.

—Teal, ¡no! —e interpuso su brazo para bloquear el salto que presentía inminente.

La mujer tiró de su mojado vestido separándolo de su piel al tiempo que avanzaba con timidez a través del barro hacia la cripta.

—Hola… hola —su voz casi no podía oírse por el viento.

Moth sentía que el hambre se le atoraba en la boca. Podrían desgarrarle la garganta antes de que tuviera tiempo de gritar, para después huir, borrachos de sangre nueva y excitados por el asesinato. Podrían buscarse una guarida para ellos solos lejos de allí. Pero sabía que ese era un sueño inútil; su mentor les encontraría y les mataría. Mataría a Teal primero y obligaría a Moth a mirar, y se tomaría su tiempo. Fogonazos de la noche en la que Sasha había muerto bailaron delante de sus ojos. Puede que Teal se hubiera olvidado de esa lección en el calor del momento, pero Moth no estaba preparado para perder a otro hermano.

La mujer trepó los escalones de piedra que conducían a la pesada puerta entreabierta.

Si Teal se abalanzaba sobre ella, Moth dudaba que él mismo pudiera resistirse. Justo cuando la mujer alzaba su puño para llamar, Moth agarró de nuevo a Teal en mitad de un salto, haciéndoles perder el equilibrio a ambos y enviándoles al suelo. Con rapidez, Moth rasgó su propia carne con sus pequeños colmillos sin estar seguro de que fuera a funcionar porque no lo había hecho nunca. En medio segundo, los labios de Teal estaba sellados alrededor de la herida y Moth sintió en las venas una embriagadora sensación de ser empujado dentro del cuerpo de su hermano.

Un vacilante golpe en la puerta retumbó en la cripta, seguido de otro y lentamente la puerta se abrió con un crujido. Moth cerró los ojos y abrazó a Teal con fuerza.

Capítulo cuarenta y siete

Por primera vez en su vida adulta, Edward Carver se sentía sobrepasado por las circunstancias. Siempre se había sentido orgulloso de ser capaz de manejar con soltura la delgada línea que separaba la seguridad de aquellos que vivían bajo su techo y sus innovadoras investigaciones. Podía haberse convertido en un hombre rico si hubiera aceptado las ofertas para impartir conferencias y escribir libros que había recibido a lo largo de los años, pero él prefería la excitación de sumergirse en sucesos extraños e inexplicables. Además, lo cierto era que no necesitaba más dinero del que ya poseía. Era el hijo único de una pareja que había heredado una cuantiosa fortuna de un tío escocés, el cual se había arriesgado en un negocio de manufacturación azucarera justo en el momento en el que el siglo XX había desarrollado su gusto por lo dulce.

Carver era lo que su tío abuelo habría llamado «un chico astuto». Para consternación de sus padres no había demostrado ninguna intención en seguir los pasos de su tío en el negocio familiar y cuando fallecieron, ambos en el mismo año, Carver destinó una considerable cantidad de dinero a adquirir una destartalada y antigua mansión en mitad de la nada. Necesitaba espacio para perseguir un interés que se había convertido en obsesión, además la propia atmósfera de la casa le había conquistado tan pronto se había agachado bajo las telarañas que cubrían la destrozada puerta de entrada.

Sin embargo, lo acontecido en las últimas veinticuatro horas estaba haciendo que se replanteara la decisión tomada quince años atrás.

No tenía la menor duda de que la caja estaba conectada a todo el caos que se había desencadenado. La había enterrado en la cámara solo por el hecho de ser un caso que nunca había terminado de resolver y mientras estaba sentado en el salón junto a Noah, no pudo menos que preguntarse si la providencia estaba haciéndole pagar por su orgullo.

Ninguno de los dos hombres era capaz de serenarse. Carver notaba la inquietud de su amigo en su rígida espalda y en el constante tamborilear de sus dedos y, desde luego, la tormenta no ayudaba a atenuar el nerviosismo del ambiente, con el viento rugiendo con tanta fuerza que parecía que iba a romper todos los cristales de la casa. Además, Noah no estaba contento con la decisión de no salir a buscar a Beth.

—Escucha, iré yo solo. Tienes una linterna bastante decente y botas de agua, y en su momento fui capaz de alejar a lo que quiera que sea eso cuando Gabe era un bebé. Tengo el mismo libro de salmos en el bolsillo.

Carver vio la determinación del sacerdote en la tensión de su mandíbula.

—Noah, ¡eso es lo que quiere!, que nos separemos y de alguna manera aprovecharse de nuestras debilidades. Lo dijiste tú mismo. Y al final de todo, lo que quiere es a Gabriel —dijo el profesor intentando apelar al amor que Noah sentía por el chico.

—¿Y qué pasa con Beth? ¿La abandonamos sin más? —repuso Noah elevando la voz. Se levantó y se dirigió a la ventana—. ¿Cuándo se va a acabar esta maldita tormenta?

—Si pudieras obrar un milagro, la verdad es que nos vendría muy bien —Carver se arrepintió de sus palabras en el momento en que abandonaron sus labios.

—No te burles de la situación, Edward. La fe puede que sea lo que nos termine ayudando en este asunto si tenemos suerte.

A Carver no le gustó el tono resignado del sacerdote, si Noah estaba perdiendo su resolución puede que todos terminaran condenados.

Levantó los ojos hacia Ollie y Gabe cuando estos aparecieron en el umbral de la puerta. Los dos parecían incómodos y Gabe tenía un sonrojado rubor en las mejillas.

—¿Va todo bien? —preguntó Carver.

—Necesitábamos un poco de espacio —dijo Gabe mientras Ollie bajaba la mirada—, y hemos puesto una pizza en el horno. Así que espero que a los dos os apetezca saturaros unas cuantas arterias. —Era un comentario típico de Gabriel que a menudo iba acompañado con una cara de no haber roto nunca un plato. En aquella ocasión sonó tan inexpresivo como la atmósfera de la habitación.

Noah suspiró y se apartó de la ventana.

—Iré a preparar una ensalada para acompañar —comentó—. Me da igual si nadie se la come. No puedo estarme aquí quieto más tiempo.

Gabe dudó, y pareció que iba a seguir al sacerdote, pero Carver le hizo una seña para que se acercara. A veces era fácil olvidarse de que solo tenía quince años porque desde que era pequeño siempre había poseído una madurez impropia de su edad. Carver se preguntó cómo demonios se las estaba apañando para mantenerse en calma, sin saber dónde estaba su madre, con la aparición del fantasma de su padre y la casa de su niñez reducida a cenizas por la mano de alguien en quien confiaba. Y además existía esta palpable sensación de peligro en la casa. Pendía del mismo aire, impregnando cada superficie y haciendo que hasta el simple acto de sentarse se convirtiese en algo poco natural e incómodo.

Carver esperó hasta que el chico estuvo sentado sobre la alfombra a sus pies, algo que no hacía desde que era pequeño, cuando le concedían permiso para quedarse levantado y escuchar las conversaciones de los adultos mientras no les interrumpiese… El recuerdo le formó un gran nudo en la garganta. Ollie, por su lado, estaba moviéndose por la habitación intentando conseguir señal en su teléfono móvil, lo que era una pérdida de tiempo considerando la que estaba cayendo fuera, pero, al igual que Noah, hacer algo era mejor que no hacer nada.

—Gabriel, ¿has visto algo extraño desde esta mañana? —Carver intentó mantener la voz calmada mientras apretaba con fuerza el borde del asiento del sofá. Parte de él quería sacudirle para hacerle decir algo. Posó la mano sobre el hombro de Gabriel y el chico inclinó la cabeza, algunos mechones de su pelo cayeron sobre los dedos de Carver.

Ninguno habló por unos segundos y en ese momento Carver supo que algo más había sucedido.

—Todo ha sido extraño —la respuesta era reservada y realmente no contestaba a su pregunta.

Los dedos del profesor se cerraron con fuerza sobre la curva de la clavícula de Gabriel y el chico levantó la vista con sorpresa. Carver se preguntó cómo de fácil le resultaría quebrar ese hueso con la fuerza de sus dedos... cómo se sentiría al retorcer las astillas y hacerlas traspasar la joven piel...

Gabe se revolvió con incomodidad.

—Eh, eso duele —dijo—. Debe de estar amoratado de esta mañana.

La visión de Carver se estrechó hasta que lo único que estaba enfocado delante de él era la cara de Gabriel. Tenía los ojos llenos de preguntas lo que hizo que su estómago se retorciera. ¿Cómo se atrevía a sentarse ahí y a mentir? ¿Acaso no era él la causa de todo lo que estaba pasando?

Un redoble atronador resonó dentro de su cabeza, aislándole incluso de los sonidos de la tormenta, y un olor... incienso exótico y algo acre quemándose... algo terrible...

Apartó con violencia la mano del hombro de Gabriel, la sentía de plomo y entumecida. Ollie se estaba dirigiendo hacia ellos, su instinto le advertía de que algo no iba bien. Carver se apartó del calor que desprendía la piel de Gabe y quiso gritar. Se recostó de nuevo en su sillón, elevando la cara hacia el techo y cerrando los ojos. Una bilis agria le llenó la boca y se la tragó. Fue un trago muy amargo.

Había pensado que todos estarían a salvo mientras permanecieran juntos. Pero ahora los estaba manipulando para que se destrozaran los unos a los otros. Y estaba ganando.

Capítulo cuarenta y ocho

Noah Isaacs no estaba preparando una ensalada. Y que Carver no se hubiera dado cuenta de inmediato de la mentira probaba lo angustiado que se hallaba el profesor. A Noah ni siquiera le gustaba la ensalada y solía ser motivo de burla entre los alumnos por cómo era capaz de esconder cualquier vegetal en su plato y evitar ser el blanco de la ira de Ela.

Tres focos cenitales arrojaban una dorada luz sobre la isla central de la cocina y lo único que se oía era el sordo zumbido del horno eléctrico. Noah se detuvo y escuchó, asegurándose de que nadie le había seguido. No había mentido cuando dijo que tenía que hacer algo, aunque el haber tomado la decisión no le alegrara especialmente. Sin embargo, su conciencia no le permitiría descansar si por lo menos no intentaba encontrar a Beth. Podría resultar una búsqueda infructuosa pero por lo menos lo habría intentado.

No tenía mucho tiempo. Los chicos no tardarían en ir a comprobar el estado de la pizza si él se retrasaba, aunque dudaba mucho que alguien fuera a tener estómago para comer nada aquella noche. Las botas de agua y los impermeables estaban en la habitación que daba al sótano y había una provisión de linternas en el armario bajo el fregadero ya que aquel era un lugar rural donde no había farolas y se hacía de noche antes que en el pueblo. Noah intentó hacer acopio de todo su valor. ¿No era ahora cuando el heroico hombre de Dios se abría paso en la noche y él solo rescataba a la desventurada víctima? Pero en este caso, él podría convertirse en la víctima. Carver tenía razón cuando le había recordado sus propias palabras sobre que la maldad que rondaba ahí fuera quería atacarles uno a uno, y la idea de salir al exterior en solitario era tan atrayente como rezar de rodillas en la grava como penitencia. Se puso encima una gruesa parka verde, que parecía una prenda ridícula para llevar a finales de verano, y se calzó un par de botas de agua, rezando todo el tiempo porque un rayo de luz divina le iluminara y le confirmara que estaba haciendo lo correcto. Se humedeció los labios con la lengua y tragó saliva.

La puerta crujió ligeramente cuando la empujó y se detuvo para volver a comprobar que no se acercaba nadie. Tuvo que batallar con el viento para abrir la puerta, ya que la pura fuerza del vendaval amenazaba con arrebatársela de entre los dedos y estrellarla contra la pared. Ráfagas de lluvia le empaparon en cuanto se alejó de la relativa protección del porche mientras las rachas de viento le sacudían sin descanso. Encendió la linterna con dedos resbaladizos y apuntó la luz sobre el terreno. Esta se abrió paso a través de la oscuridad iluminando la fuerte lluvia que no cesaba de caer.

Llamó a Beth a gritos pero su voz pronto se vio ahogada. Sobre él, un trueno retumbó a través del cielo y él entendió porqué en el pasado, la gente había asumido que los truenos significaban el descontento de Dios. No podría oír los gritos de Carver en caso de que este saliera a buscarle así que esa era una cosa menos de la que preocuparse. Y además le había dicho otra mentira a su amigo; el libro de salmos que había asegurado llevar en el bolsillo estaba en realidad en su casa, sobre una mesa del descansillo. ¿Cuándo había empezado a resultarle tan fácil mentir? Había pensado en intentar buscar una pequeña biblia o algo sagrado a lo que aferrarse, aunque el permanente miedo que tenía en las entrañas le decía que en esta ocasión nada de eso importaría. Avanzó con dificultad y con el viento arrebatándole el aliento. El haz de la linterna señalaba oscuros arbustos y franjas verdosas, flores que yacían destrozadas en el suelo y retazos de completa negrura.

Rastreó el perímetro del jardín, comprobando tanto el cobertizo donde el jardinero guardaba sus utensilios, como el pequeño taller que se encontraba detrás del garaje, todo con la vana esperanza de que Beth hubiera salido al exterior y simplemente se hubiera desorientado al intentar volver. Pero una vocecita en su interior no hacía más que repetirle que Beth había trepado por la madreselva de la pared y así, con el corazón en un puño, examinó el terreno debajo de las ventanas de la cara sur de la casa y todos los pequeños huecos donde las enredaderas de rosas trepaban detrás de los bancos de madera.

Perdió la noción del tiempo y pronto no recordaba si había salido hacía diez minutos o hacía horas. Aquello que él temía que podía ir en su busca no había hecho su aparición y una extraña sensación de júbilo creció en su interior, como el momento en el que descubres que eres capaz de nadar sin necesidad de agarrarte al borde de la piscina. ¿Era posible que todo hubiera estado solo en sus cabezas?

Sus pasos le llevaron hasta la parte más lejana del jardín donde una fuente se erigía sobre su desgastado pedestal de piedra. Carver la había desconectado cuando Gabe era un bebé y lo había cubierto todo con tierra y plantas negándole así la posibilidad de recuperar su antigua gloria. Noah se apoyó contra el borde un momento para recuperar el aliento y apuntó la linterna hacia la ligera pendiente que desembocaba en la valla que separaba el terreno de la casa de los campos. El negro vacío que se extendía más allá parecía no tener fin. La lluvia se filtraba dentro de sus botas y por el cuello de su parka, mezclándose con su propio sudor. Un hilo de agua le corrió por la espalda provocándole un escalofrío y Noah se sacudió haciendo que el haz de la linterna se desplazara hacia la izquierda. Le pareció ver algo por el rabillo del ojo y volvió a mover la linterna; era el parpadeo de una tela blanquecina que azotaba un poste de la valla. Noah echó a correr resbalándose por el terraplén cuando la tierra empapada cedió bajo sus pies. Medio erguido, medio tambaleándose, siguió la línea de la valla con el corazón latiéndole con fuerza contra el pecho. Si Beth se había caído y había estado ahí fuera todo este tiempo… apartó el pensamiento ajustándose la capucha sobre la cabeza para intentar eludir las ráfagas de viento.

El fino retazo de tela se retorcía violentamente en manos del vendaval y tuvo que hacer el intento de atraparlo dos veces. A pesar de estar empapado, reconoció el chal que Beth había tenido puesto aquella mañana. Debería volver, avisar a los otros y volver todos juntos para buscarla; Beth había estado allí. Arrancó los restos del chal de la madera y se giró en dirección a la casa intentando centrarse en las difusas luces que rompían la oscuridad a lo lejos. Le dolían todos los músculos del cuerpo, debería replantearse la idea de que se encontraba en relativa buena forma.

El pájaro surgió de la nada; sus garras extendidas brillaron iluminadas por la luz de la linterna. Tenía algo entre ellas. Es lo único que la visión de Noah pudo registrar antes de que sus pies se hundieran en una zanja al lado de la valla. El pájaro se aferró a su cabeza y la parte posterior de sus garras desgarró la suave carne de las mejillas del sacerdote. La imagen de Gabe tirado al final de las escaleras apareció ante sus ojos y emitió un grito pero el sonido fue asfixiado por el rancio olor del plumaje del pájaro. Intentó quitárselo de encima y se le cayó la linterna que rodó dentro de la zanja lanzando un miserable rayo de luz sobre el prado. Sus dedos se sacudían contra la enfurecida masa de oscuras plumas. ¿Por qué no podía ahuyentarlo? El pájaro abrió el pico echando la cabeza hacia atrás y dejó escapar un chillido de triunfo. Ese no era el graznido de una urraca cualquiera, sino un maníaco chirrido de mil pequeños pies escabulléndose. Noah intentó gritar de nuevo y trató de rezar, pero toda su fe le fue arrebatada por aquel venenoso sonido. El pájaro cogió el objeto que portaba entre sus garras, lo giró en su pico y lo estampó contra la frente de Noah. Le atravesó una descarga de dolor cuando su piel se abrasó bajo un calor demencial y pudo sentir en las fosas nasales el hedor de su propia carne quemándose.

El pájaro descendió sobre su cara y su boca sofocando su respiración, cogió el objeto de nuevo y se elevó para soltarlo sobre el suelo desde las alturas. Noah giró la cabeza, parpadeando con rapidez mientras un agudo zumbido llenaba sus oídos.

En la tenue luz de la linterna, apenas pudo distinguir que el objeto sobre la tierra era un crucifijo.

Capítulo cuarenta y nueve

Aka Maga se sentía eufórico.

Voló con la tormenta, dejándose zarandear por ella, ondeó sobre esta fuerza de la naturaleza deleitándose en su propio poder. Solo pudo detenerle la completa saturación de agua del plumaje de su huésped y se posó entre las tupidas ramas del árbol más alto del jardín. Desde ahí vigiló el caos que él mismo había desatado. El pájaro se encogió, sus frágiles huesos exhaustos y apaleados. Aka Maga se ablandó, no podía arriesgarse a perder su disfraz tan pronto.

En la lejanía, el sacerdote se arrastraba fuera de la zanja cubierto de barro y con el conocimiento de que su propia fe había sido usada en su contra. Había sido tan sencillo volar hasta la vicaría y colarse dentro de la tranquila casa, tan fácil encontrar el crucifijo que el cura tenía expuesto en una estantería dentro de una polvorienta hornacina.

Ese objeto había pertenecido a su padre, un capellán que había servido a su parroquia durante cuarenta años llevando esa misma cruz todos los días. Pero Benjamin Isaacs había perdido la fe, y no debido a un acto de Dios, o a una tragedia familiar, sino porque Dios no le había concedido nada más en su vida que un mal caso de artritis y Benjamin había esperado más después de tantos años de devoción. Había tomado el camino que otros muchos antes que él en su misma situación y se había dado a la bebida. La cruz permaneció olvidada en un cajón hasta su muerte, cuando Noah la recuperó. No fue capaz de tirarla, pero se convirtió en un recuerdo constante de lo sencillo que resultaría desmoronarse y pasar el resto de la vida mirando el fondo de un vaso.

Aka Maga pensó en lo adecuado que era haber usado ese mismo crucifijo para marcar al hombre que le había arrebatado su premio. Había destilado en él todo el veneno que había acumulado durante tanto tiempo. Una reliquia sagrada pero no querida podía ser fácilmente imbuida de cualquier fuerza.

En el interior de la Mansión, Ollie y Carver estaban sentados en la misma habitación, pero ambos estaban perdidos en su propio mundo. El estudiante, quien había sido el más sencillo de corromper, estaba sentado junto a la ventana mirando la tormenta. Sus ojos estaban vidriosos y sus dedos jugueteaban arrancando diminutos pedazos de piel alrededor de las uñas. Aka Maga había escogido el miedo de Ollie sabiamente. El muchacho nunca había sentido más allá de un amor platónico por Gabriel pero él había encontrado su deseo oculto en cuanto entró en su mente subrepticiamente. Sabía que no podía reclamarle porque ya era un adulto pero, ¿por qué no jugar un poco con él? Había observado entusiasmado la pequeña escena de la cocina cuando esos primeros pensamientos ocuparon la mente del muchacho.

La chica había sellado su propio destino al salir hecha una furia de la casa aquella mañana. Aka Maga sentía cierto respeto por la fiera naturaleza de su espíritu y consideró que el hecho de que la caja fuera parte de su precipitada salida no podía resultar más apropiado. Qué poco sabían todos ellos sobre su poder al haber dejado atrás su prisión. Aka Maga confiaba en que se encontraría con un coche viniendo en su dirección mientras conducía a toda velocidad por aquellas estrechas carreteras y parecía que el destino estaba de su lado en ese aspecto. El encuentro de la chica con el entrometido fantasma de Stu Davenport era lo único que había empañado un poco su excitación. En aquel momento, había estado ocupado con Beth e incluso Aka Maga, que todo lo ve y todo lo oye, no era capaz de estar en dos lugares a la vez. No había provocado el accidente posterior, aparte del saludo que le había dedicado a través del parabrisas y que solo había hecho por la rabia que sentía por su entrevista con el hombre muerto. Había querido que ella lo viera y se llevara esa imagen a la tumba.

En el salón, Carver no se había movido de la silla en la que estaba cuando había clavado los dedos en el cuello de Gabriel y su rostro estaba demacrado, pálido como el mármol. Había envejecido una década en un día. Enterró la cabeza entre sus manos cuando el reloj de pie dio las once campanadas. Edward Carver hubiera preferido tragarse esquirlas de cristal antes que hacer daño a Gabriel, mantenerlo a salvo había sido lo principal en todas las decisiones que el profesor había tomado a lo largo de los últimos quince años. La profesionalidad de Carver le decía que sus pensamientos estaban comprometidos tal y como le había comentado a Noah, pero mantener esos pensamientos en el fondo de su mente era tan complicado como retener agua entre los dedos. El sentido común y la lógica escurriéndose con lentitud y dejando solo una húmeda mancha de desesperanza.

Pero, oh, irritar al vampiro había sido su mayor triunfo de la noche. Aka Maga sabía que como adversario el bebedor de sangre era un digno oponente y cada uno tenía sus propios talentos. Así que tentar a los protegidos del vampiro, especialmente con alguien de la casa, había sido un toque de pura genialidad.

El pájaro sacudió sus plumas, su pequeño cerebro incapaz de entender qué es lo que corría por sus venas. Tan oscuro escenario con infinitas posibilidades y divertimentos. Y ni siquiera había empezado con el chico. Se arregló una de las plumas con el pico imaginándose el momento en el que Gabriel Davenport se convertiría en su huésped y se desataría la destrucción.

Capítulo cincuenta

Gabe se escabulló fuera del salón casi esperando que alguien fuera a agarrarle del brazo para volver a meterlo dentro. Carver había dicho que estar solo era peligroso pero ahora mismo estar con otras personas le hacía sentir confuso y tenso. A pesar de que intentaba no pensar en ello, no podía evitar darle vueltas al episodio con Ollie en la cocina. Estaba seguro de que, si se hubieran quedado allí un rato más, Ollie hubiera intentado besarle, lo que habría estado entre las tres cosas más extrañas que le habían sucedido durante aquel día. ¿Alguien o algo estaba jugando con la mente de Ollie o un deseo largamente escondido había elegido justo ese momento para hacer su aparición?

Gabe tenía tal confusión en la cabeza que le costó un momento darse cuenta de que Noah no estaba en la cocina. Miró a su alrededor esperando ver al sacerdote aparecer desde la despensa o desde la otra habitación, pero la estancia estaba en silencio excepto por el zumbido del horno. Dentro, la pizza se estaba quemando lentamente, Gabe lo apagó y dejó que la cremación en su interior finalizara.

—¿Noah? —por un momento se preguntó si el cura habría bajado al sótano de las mermeladas otra vez, pero ver que la puerta estaba bien cerrada hizo que la euforia sustituyera el incipiente miedo que había empezado a crecer en su interior.

Gabe inspeccionó la cocina; la puerta del armario de debajo del fregadero estaba entreabierta y una ojeada a su interior le confirmó que faltaba una de las linternas más grandes, que era la que Carver solía utilizar cuando se iba la luz de la casa. De pronto lo entendió todo y el frío se extendió por sus extremidades. La única razón por la que alguien necesitaría una linterna de ese tipo era si ese alguien tenía la intención de salir al exterior en una noche como aquella. Noah había ido en busca de Beth a pesar de las objeciones de Carver y aunque fuera una misión estúpida y seguramente infructuosa, Gabe no pudo menos que sentir una oleada de afecto por el hombre que ya le había salvado la vida en una ocasión.

Se acercó a la puerta con creciente temor. ¿Por qué él era tan importante para aquella entidad? No era más que un chico normal con una familia disfuncional, algo no demasiado extraño en aquellos días.

Hacía una hora se hubiera tomado más tiempo en tomar su siguiente decisión, pero ahora ya no podía deshacerse de la sensación de que algo tóxico se había colado en la casa y que, tal vez, estar dentro de ella no era tan seguro como se imaginaban. Levantó la mano y se frotó el hombro donde todavía podía sentir la presión de los dedos de Carver.

La lluvia golpeteaba la ventana con fuerza y los troncos de los viejos árboles se quejaban contra las arremetidas que estaban sufriendo. Era estúpido salir y era estúpido quedarse, la balanza estaba equilibrada y no había nada que la inclinara en una dirección. Se le formó un nudo en la garganta de cansancio y frustración por lo injusto de la vida. Él no había hecho nada que justificara ser perseguido y, si por un milagro todos conseguían sobrevivir a esa noche, la posibilidad de que todo aquello volviera a ocurrir en un futuro era una muy real. Tendría que pasarse la vida mirando por encima del hombro o escondido en algún lugar lejano demasiado asustado para enfrentarse a la oscuridad. Este era un extraño lugar para ponderar sobre lo inútil que eran las cosas; apretó los dientes y crispó los puños a punto de gritar, pero no quería atraer la atención que eso causaría. Se le llenaron los ojos de lágrimas y se mordió el labio inferior mientras oía una voz en su cabeza que susurraba: *Sal fuera, busca a Noah.*

Gabe abrió la puerta de par en par para ser recibido por una ráfaga de lluvia que hizo que le escocieran los ojos y que empapó su camiseta al instante. Sin aliento, cerró la puerta tras de sí, y elevó la cara hacia la lluvia justo cuando un rayo resquebrajó la oscuridad del cielo iluminando las copas de los árboles. Pero era mejor que estar dentro de la casa. Estar bajo la lluvia le hacía sentir que todavía existía.

Echó a correr rodeando la Mansión, buscando cualquier punto de luz que pudiera indicarle el paradero de Noah. Se dirigió a los escalones que conducían al jardín sintiéndose extrañamente eufórico.

—¡Ven a por mí, cabrón! —El viento ahogó sus palabras pero a Gabe no le importó. Estaba embriagado con la sensación de que por primera vez había tomado el control de su propio destino. Dándole la espalda al viento, dejó que este lo llevara a través de la hierba inundada hasta que resbaló y cayó de rodillas hundiendo las palmas de sus manos en el barro. Empezó a sollozar preguntándose cuánto tardaría en morir.

El viento dio una pequeña tregua, y Gabriel levantó la vista siendo consciente de una manera instintiva de que no estaba solo. Quería ser valiente y enfrentarse a su enemigo cara a cara. La oscuridad tomó forma y Gabe no pudo evitar que le temblara la mandíbula, sintiendo las piernas demasiado débiles como para sostenerle. Así que ahí terminaba todo, de rodillas, pero no iba a suplicar, no iba a... Una pálida y fría mano le levantó la barbilla, era el extraño que había visto a través de la ventana. Gabe se encogió pero se obligó a mirar la cara que lo observaba desde lo alto. Su capucha negra se mecía en el viento y largos mechones de cabello oscuro le acariciaban las mejillas. Unos penetrantes ojos le miraban con curiosidad desde un rostro tan blanco como la nieve y con el ceño ligeramente fruncido.

—Joven señor, no pidas morir. La muerte se cruzará en tu camino algún día. —La presión de los dedos en su barbilla se intensificó y Gabriel se preparó, convencido de que lo que fuera que iba a suceder a continuación, iba a ser muy doloroso—. Así que tú eres el elegido. No eres como lo imaginaba —y con eso, abrió su capa y envolvió a Gabriel en sus húmedas profundidades.

Capítulo cincuenta y uno

El vampiro había observado como Aka Maga desataba su venganza sobre Noah. Se había deslizado alrededor de las lindes de la casa como una sombra invisible moviéndose al unísono con la tormenta. Podía haberse colado en su interior en cualquier momento para buscar refugio, pero conocía al pájaro que albergaba al demonio y tenía curiosidad por saber cómo se desarrollarían los acontecimientos aquella noche. No tenía ningún vínculo con los humanos que habitaban dentro de aquellas cuatro paredes pero estaba intrigado, y después de tantos años, no estaba seguro de si ese sentimiento era una bendición o una maldición.

El demonio presentaba un problema, y era de una naturaleza con la que no se había enfrentado en muchas décadas. Su descarada arrogancia, solo atemperada por su propio poder, no era algo que tomar a la ligera porque estas entidades tenían la mala costumbre de aparecer en los momentos más inoportunos y sus protegidos estaban cerca.

Descubrir al chico ofreciéndose a sí mismo en mitad del jardín había sido una sorpresa. Podía ser un acto estúpido pero no podía negarle la dignidad y el sacrificio que conllevaba y no pensaba que los humanos todavía poseyeran esas cualidades. Tampoco podía quedarse al margen y dejar que el pájaro llevara a cabo sus innombrables intenciones, aún no. Los mortales sabían de la existencia del espíritu y ese conocimiento podía serle de ayuda a la hora de acabar con el demonio así que tenía que velar por ellos.

El chico temblaba apretado contra él dentro de su capa mientras el vampiro se movía con rapidez y trepaba la enredadera que cubría las paredes. Abrió la ventana de un empujón y dejó caer al muchacho sin ceremonias sobre el suelo de su dormitorio. Cerró de nuevo la ventana con rapidez y se quitó la capucha que le cubría el rostro. El chico retrocedió como un cangrejo y solo se detuvo cuando la pared a sus espaldas impidió que siguiera más allá. El vampiro suspiró siendo consciente de que su aspecto debía de resultar un tanto chocante. Era alto, más de metro noventa, con extremidades y dedos alargados, ojos tan oscuros que parecían negros bajo unas cejas ligeramente arqueadas y labios voluptuosos que aportaban equilibrio a su rostro. Su cabello le llegaba más abajo de los hombros y era liso y negro, moteado de polvo.

—¿Por qué no comenzamos con las presentaciones, como criaturas civilizadas? —hincó una rodilla en el suelo para estar a la misma altura del ceniciento rostro del muchacho—. Ah, ¿todavía crees que estoy aquí para matarte? —El chico tragó saliva entreabriendo ligeramente los labios—. No soy él, lo que tú temes viene en la forma de un pájaro —hizo una pausa—, pero ya sé que eso es algo que ya sabes—. El muchacho frunció el entrecejo y el vampiro estudió las líneas que se formaron en su cara—. No estoy siendo justo, mis disculpas. He leído tus pensamientos lo que es algo bastante descortés teniendo en cuenta que todavía no me has dicho tu nombre.

A Gabe le costó reunir el valor para hablar:

—Si puedes leer mentes, podrías simplemente coger mi nombre.

El vampiro sonrió con una sonrisa que no llegó hasta sus ojos.

—*Touché,* mi joven amigo. Es cierto que podría coger lo que quisiera de tu mente. De hecho, podría desnudarla por completo y dejarte sin ninguna memoria de nada más que el presente —juntó las manos entrelazando los dedos.

—¿Qué… eres? —el chico le observaba con los ojos muy abiertos. El vampiro ladeó la cabeza y alzó una ceja. —Mi nombre es Gabriel, Gabriel Davenport.

El vampiro hizo una pequeña reverencia y luego movió su mano delante de él, barriendo el aire.

—Tienes que disculparme por la teatralidad. Las antiguas costumbres nunca mueren. Ahora, como tú has sido tan abierto, me presentaré… ¿Pretendes pasar todo el tiempo pegado a esa pared? No creo que estés muy cómodo —Gabriel dejó caer los hombros y arrimó sus rodillas contra el pecho lo que hizo que el vampiro se riera suavemente—. Me recuerdas a alguien, aunque eso no es importante ahora mismo —recorrió la barra de madera del final de la cama con un dedo y se apoyó contra ella. El chico estaba mirándole fijamente ahora, pero él ignoró el escrutinio. —Mi nombre es Clove, aunque no es el que me fue dado al nacer. Cuando era un niño trabajé en los grandes barcos que traían especias del lejano oriente, de ahí que me pusieran ese nombre[3] —observó mientras la mandíbula del muchacho se aflojaba y casi podía oír los mecanismos de su mente encajando las piezas—. Podría contarte mucho más sobre ello y puede que lo haga algún día, pero en este momento lo que necesitas saber es que soy un vampiro. —Gabriel soltó todo el aire de sus pulmones—. No concibo tu sorpresa, viviendo en este lugar de descubrimientos sobrenaturales. Seguro que en algún sitio mi especie está documentada como algo más que un producto de ficción —echó una ojeada hacia la ventana, percibiendo un ligero temblor en el aire y después continuó—: Soy lo que soy y no me disculpo por ello. No he venido aquí para hacerme tu amigo o para salvarte, quiero dejar eso claro. Pero sí creo que podemos ayudarnos mutuamente. ¿Es esto una proposición aceptable?

El chico se había encogido de nuevo, su barbilla hundida en las rodillas al apretarlas más aún contra su pecho. Clove chasqueó la lengua con impaciencia.

—Necesito una respuesta, Gabriel. De hecho, quiero que te acerques y me la des —apuntó con uno de sus esbeltos dedos al espacio vacío enfrente suyo. Sus agudos sentidos advirtieron que los latidos del corazón del muchacho se aceleraban y una ráfaga de sangre se extendía por su cuerpo debido a la adrenalina. Este era un momento peligroso. Solo haría falta un desliz por su parte y una concesión a su necesidad de alimentarse y no habría salvación para Gabriel. Era una prueba para ambos y esperó mientras fijaba sus ojos inexpresivos en el muchacho.

La tormenta continuaba furiosamente en el exterior pero sus sonidos se habían convertido en un distante rumor. La respiración del chico era entrecortada y sus piernas temblaron cuando se obligó a ponerse de rodillas y después en pie. El vampiro se preguntó cómo reaccionaría si Gabriel rechazaba su proposición y sus oscuros ojos se entrecerraron ante esa perspectiva.

---

[3] Clove es clavo (la especia) en inglés.

Gabriel avanzó lentamente, como si sus pies estuvieran pegados al suelo, acercándose centímetro a centímetro con una gran fuerza de voluntad. Después de lo que parecieron horas, Clove descendió la mirada hacia él. El arañazo de su mejilla era una sombra oscura y rabiosa en mitad de su cara, y Clove elevó una mano y tocó la marca sintiendo el calor que emanaba a través de sus dedos.

La respiración de Gabriel, rápida y cálida, le acarició la muñeca:

—Sí.

Clove cogió la pálida cara entre sus manos y le besó la cabeza. La confianza debía ganarse pero en este caso, Gabriel no tenía muchas más opciones. Con una sola palabra, este juego del gato y el ratón había cambiado para siempre.

Había algo en el exterior moviéndose en los límites de su radar.

Pero el interior de esta casa tampoco era un refugio seguro y Clove tomó su decisión.

Capítulo cincuenta y dos

Carver se arrastró fuera del estado depresivo en el que estaba sumido. La furia de la tormenta que azotaba el exterior resumía su estado de ánimo, pero no podía dejarse llevar por la desesperación. Noah estaba tomándose su tiempo en preparar una ensalada y, ¿dónde se había metido Gabe? Apretó el hombro de Ollie al pasar por su lado y recibió una débil sonrisa en contestación.

La cocina apestaba a pizza quemada y no había rastro de lechuga sobre la encimera. Frunció el ceño intranquilo.

—Maldito seas, Noah, ¿dónde estás? —su voz resonó como si la habitación no tuviera muebles—. ¿Gabe? —el único sonido era el gorgoteo de un grifo en la habitación contigua.

Se preguntó si estarían juntos. Confió en que así fuera, porque si no… Se pasó la lengua por los labios con nerviosismo. Contó el montón de abrigos y buscó entre ellos intentando encontrar su parka. Pero no estaba; lo había sabido antes incluso de empezar a buscar. No es posible que Noah se hubiera llevado consigo a Gabe afuera, con este tiempo, ¿no? No con lo que sabían que podía estar acechando en el exterior. Se giró tan rápido que casi se cayó al suelo y echó a correr hacia el recibidor, subiendo los escalones de dos en dos. Ollie le gritó cuando pasó por delante del salón pero no se detuvo a contestar. Golpeó con fuerza la puerta de la habitación de Gabriel.

—¡Gabe! ¡Abre la puerta!

Sin darle la oportunidad de responder irrumpió en la habitación con violencia. Ollie llegó resollando a su lado. La ventana estaba abierta de par en par. El cordel de la persiana se movía de un lado a otro golpeando el cristal. La habitación estaba vacía.

Carver sintió que se le encogía el corazón, casi podía sentir físicamente cómo su tamaño se reducía algo que, aunque sabía que era imposible, no le sorprendería que pudiera suceder aquella noche. Se asomó a la ventana, empapándose de inmediato, intentando discernir algo entre la lluvia y la oscuridad.

—Ollie, busca en el resto de la casa, por favor. Gabe y Noah tienen que estar en algún sitio —dijo intentando sonar esperanzado.

Ollie desapareció hacia el final del pasillo que conducía al dormitorio de Carver y las habitaciones de invitados sin mediar palabra. El profesor también estaba preocupado por Ollie, sabía que algo le atormentaba aparte de que seguían sin conocer el paradero de su hermana. Lo cierto es que no le había dedicado muchos pensamientos a la obstinada Olivia, ¿y si también le había sucedido algo? Su forma de conducir igualaba su temperamento... Un incipiente dolor de cabeza hizo palpitar sus sienes.

Carver cerró la ventana y echó el cerrojo, secándose la lluvia de la cara. Ollie no iba a encontrar a Noah o a Gabe dentro de la casa, estaba seguro de ello. Sea lo que fuese que rondaba ahí fuera estaba consiguiendo lo que quería, es decir, separarles para convertirles en presas fáciles. Primero, Beth y ahora Noah, y Gabe. Sintió una llamarada de ira calentándole las venas. Se supone que él era el que debía tener todas las respuestas, el que debía protegerles. Pero aislado por la tormenta y con un árbol impidiendo el acceso, solo era un blanco fácil.

Carver desanduvo sus pasos hasta volver a la cocina, oyendo a Ollie abrir y cerrar puertas en el piso superior. Nunca se había sentido tan impotente. El viento aullaba por el hueco bajo la puerta exterior, forzando su paso a través de cada pequeña grieta y asegurándose de que cualquiera que estuviera en la casa supiera que la Madre Naturaleza tenía el control de la situación. Observó cómo la oscura forma de los arbustos se doblaba ante la inclemencia de los elementos. Por el rabillo del ojo le pareció ver una forma más grande moviéndose a su derecha. Su mano voló hacia uno de los escobones que estaban apoyados contra la pared mientras veía a la silueta tambalearse contra el viento, luchando por avanzar.

Carver abrió la puerta con brusquedad, soltó el palo sobre la grava y fue corriendo a recibir a la figura envuelta en su abrigo verde. Solo podía ser Noah. Le rodeó los encorvados hombros con el brazo y el otro hombre se desplomó sobre él. Carver medio le sujetó, medio le arrastró hasta la casa y cuando le hizo pasar por la puerta se giró hacia la noche casi esperando ver a alguien más acercándose, pero solo se encontró con la negrura. Depositó a Noah en el suelo con cuidado y cerró la puerta con dificultad mientras el viento intentaba impedírselo. Tenía la camisa completamente pegada a la espalda como una segunda piel.

Los pasos de Ollie resonaron en el suelo de la cocina. Se paró en seco y se lanzó de rodillas hacia el hombre hecho un ovillo en una esquina. Entre los dos pudieron enderezar a Noah hasta conseguir que se sentara. El sacerdote murmuró algo entre dientes pero ninguno distinguió lo que decía. Ollie le quitó la capucha del abrigo y soltó un grito ahogado.

—Dios bendito… ¿quién ha hecho esto? —susurró Carver.

Noah tenía los ojos inyectados en sangre, diminutas venas reventadas por todo el iris. Le temblaron los labios y extendió la mano para apretar el brazo de Carver. Su tacto parecía el de un hombre muerto.

Pero el profesor no podía apartar la mirada de la frente de Noah: desde el puente de su nariz hasta la línea del pelo, su piel estaba chamuscada por una marca que parecía hecha con un hierro candente. Los bordes de la herida estaban en carne viva y supuraban, y la piel estaba humedecida allá donde las ampollas habían reventado.

La marca tenía forma de crucifijo. De un crucifijo cabeza abajo.

Capítulo cincuenta y tres

Olivia abrió los ojos con esfuerzo y por un momento no supo si aquello era un sueño o la realidad. Sentía la cabeza pesada con un persistente zumbido en los oídos, y un dolor sordo le palpitaba en la cadera. Se tocó con cuidado la frente y la sintió pegajosa, pero no era capaz de ver nada en sus dedos. Poco a poco recuperó la consciencia del todo.

Recordó los últimos momentos antes de su accidente y sintió una repentina oleada de pánico. Intentó moverse sin darse cuenta de que todavía tenía abrochado el cinturón de seguridad. Algo extraño cubría el parabrisas bloqueándole la visión y, al extender la mano para recorrer su superficie con los dedos, sus yemas se vistieron con una fina capa de polvo. El airbag se había desplegado, afortunadamente, cuando el coche cayó en la zanja y el aire tenía un olor acre, como de polvo chamuscado. El parabrisas se había resquebrajado pero se mantenía de una pieza, y las miles de diminutas esquirlas de cristal estaban cubiertas de barro. El coche descansaba en un lateral y ella se encontraba suspendida en un extraño ángulo con la puerta del conductor incrustada contra la base de su asiento. Sin demasiada esperanza, empujó la puerta con el hombro y la pierna, pero esta no se inmutó.

Se esforzó por recordar qué había sucedido antes de perder el conocimiento. Había visto a un pájaro descendiendo delante de ella antes de que el coche diera una vuelta de campana y terminara en la zanja. Oh, Dios, sí, estaba de camino a la Mansión con un mensaje de un hombre que llevaba muerto quince años… Se removió en su asiento intentando encontrar una postura cómoda para poder pensar con claridad. Las probabilidades de que alguien pasara por la carretera con este tiempo eran prácticamente nulas, así que eso descartaba que alguien la rescatara. ¿Dónde estaba su teléfono? Sí, se acordaba exactamente de dónde estaba. Fue ese pensamiento el que la arrancó de la niebla en la que estaba flotando y le hizo golpear el volante con rabia, enfadada consigo misma por la cantidad de malas decisiones que había tomado ese día.

Muy bien. La que parecía ser la única vía de escape estaba mirándola a la cara. El parabrisas. Se estiró y buscó a ciegas en la guantera para ver si podía encontrar algo entre las servilletas de papel, los bolígrafos, y las libretas de notas con lo que poder perforarlo. El cinturón de seguridad no le permitía moverse con soltura y consideró la idea de desabrocharlo, terminaría en el asiento del copiloto, pero eso podría ser bueno, al menos podría apoyar los pies contra algo sólido. Olivia apretó el botón rojo y se tensó cuando el cinturón de seguridad se escurrió al soltarse. La caída fue breve, pero gritó al impactar su hombro contra la puerta del copiloto. Un dolor penetrante le recorrió todo el brazo entumeciéndole los dedos.

Estaba tan exhausta que le pareció que alguien gritaba su nombre desde el exterior. Hundió la cabeza entre sus manos y se masajeó el cuero cabelludo con los dedos. Sin embargo, la levantó de nuevo con brusquedad cuando volvió a oír una voz amortiguada por la lluvia. Un sollozo se le atascó en la garganta; no se lo podía creer.

Alguien golpeó ligeramente el parabrisas y le gritó instrucciones. Olivia se cubrió la cara con las manos, haciendo lo que se le pedía. Se oyó un ruido seco y el cristal se colapsó. A través de sus dedos vio fragmentos por todo el tablero y la sonrojada cara llena de preocupación de Tom Jacobson. Estaba embozado en un impermeable amarillo brillante, como los de los pescadores, y el agua goteaba del borde de su capucha.

—Parece ser, Olivia, que te encuentras en un pequeño problema. ¿Estás herida? —los ojos del granjero estudiaron su rostro, enarcando las cejas.

—Creo que estoy bien —repuso Olivia con voz temblorosa.

Tom se agachó dentro del coche y la tocó con suavidad en el hombro, después rodeo su muñeca con su manaza.

—Sujétate a mi brazo y te sacaré. No hace tiempo para que ni hombres ni animales anden paseando por ahí —su voz era áspera pero amable y el labio inferior de Olivia empezó a temblar.

La chica agarró con fuerza el brazo del granjero, encontró un punto de apoyo para sus pies, y Tom, con la fuerza que da trabajar en el campo durante más de cincuenta años, la sacó de un tirón por el hueco del parabrisas y la depositó en el empapado y resbaladizo lateral de la zanja. Su vehículo estaba aparcado en lo alto del terraplén, los fogonazos de sus triángulos de seguridad como pequeños rayos de esperanza en la oscuridad de la noche.

Tom la ayudó a subir la pendiente como si Olivia fuera una oveja perdida del rebaño, pero a ella no le importó. El alivio había convertido sus piernas en gelatina. El granjero abrió la puerta del asiento del copiloto, sujetándola con fuerza para que el viento no se la arrebatara de las manos, mientras ella trepaba al interior del todoterreno. Olía a heno polvoriento y a tabaco pero eso tampoco le importó. Era cálido y seco.

—Tom, ¿puedes llevarme hasta la Mansión? Hay algo muy importante que tengo que decirle a Noah —balbuceó.

Él puso en marcha el motor mirándola de reojo por debajo de su capucha, y el coche avanzó lentamente por la carretera.

—Y gracias. Muchísimas gracias.

Un esbozo de sonrisa apareció en la comisura de los labios del granjero.

—Nadie puede bajar por ese camino, está cubierto de árboles caídos. He oído que incluso ha podido ser un tornado —dijo con un gruñido y Olivia no pudo menos que sonreír; Tom Jacobson no era del tipo de personas que creyera que algo así podía suceder en Inglaterra—. Iremos a mi casa —continuó— e intentaremos llamar por teléfono aunque dudo que las líneas sigan funcionando. En todo caso, podrás secarte y entrar en calor. Y comer algo.

Por una vez en su vida, Olivia no discutió.

Los potentes limpiaparabrisas del 4x4 no tenían mucho que hacer contra el continuo diluvio del exterior pero a Tom no parecía importarle. «Es como una paloma mensajera», pensó, «se mueve por instinto».

Lo pegajoso que cubría su frente era sangre proveniente de un pequeño corte en la línea del pelo, pero aparte de eso y de tener la cadera y el hombro doloridos, había sobrevivido sin romperse ningún hueso. Por lo menos algo había estado de su parte aquel día. Estaba cansada, rendida, y empezó a dar cabezadas mientras Tom se desviaba hacia su granja y la negra noche les rodeaba como si nunca fuera a terminar.

Una luz brillaba dentro de la cocina siendo el único resplandor en todo el sombrío paisaje. Desde el interior les recibió el ladrido de un perro y un peludo rabo meneándose de un lado al otro les dio la bienvenida a la calidez de la granja. Una estufa calentaba la estancia y Olivia pudo sentir cómo parte de la tensión de sus hombros desaparecía. Tom se excusó un momento y desapareció escaleras arriba mientras ella observaba sus alrededores. En mitad de la cocina y ocupando casi todo el espacio había una vieja mesa de madera de pino rodeada de seis sillas desiguales con cojines de estampados floreados. Sobre la misma descansaba un jarrón de cristal y una revista de labranza. Había un aparador barnizado, con hileras de platos de porcelana, y una pequeña provisión de tarros de mermelada descansaba en un rincón junto a la puerta.

Los pesados pasos de Tom anunciaron su regreso. Portaba una toalla, un camisón de guata y un jersey de lana que le entregó ruborizándose ligeramente incluso a pesar de su rubicunda naturaleza. El perro se colocó a sus pies, levantando su cabeza con expectación.

—No he podido encontrar nada moderno así que esto tendrá que servir. Puedes meter tus vaqueros en la secadora —dijo señalando el cuarto de la lavadora detrás de él—. Vamos, Jip. Es hora de que hagamos la última ronda —Jip se levantó de un salto, solo un perro podría estar tan contento de salir con aquel tiempo.

—Estaré fuera como unos diez minutos —continuó Tom—, puedes poner a calentar ese puchero con sopa mientras tanto.

Olivia se sentó en aquella cocina desconocida, escuchando al viento aullar alrededor del granero. Sabía que si apoyaba la cabeza por un momento en la robusta mesa se quedaría dormida al instante. Se quitó la ropa mojada y se secó el pelo con la toalla limpiándose el barro de la cara. Era una sensación extraña estar ahí de pie casi desnuda con la posibilidad de que Tom regresara en cualquier momento, aunque sabía que el granjero le había anunciado que volvería en diez minutos para garantizarle ese tiempo de privacidad. Se preguntó si hacer la ronda realmente le llevaría tanto tiempo o si estaría esperando debajo de un parapeto contando los minutos mentalmente. El jersey le llegaba hasta las rodillas y dio gracias de que eso le evitara tener que ponerse el horrendo camisón rosa. Puso la secadora en funcionamiento y curioseó en la cesta de ropa limpia que descansaba encima hasta encontrar un par de calcetines de lana. Ollie se moriría de la risa si pudiera verla ahora mismo. Un agudo dolor le atravesó el pecho al pensar en su hermano. Tenía que ponerse en contacto con él, debía de estar loco de preocupación. Todo el drama de aquella mañana parecía lejano y sin importancia. Ahora mismo daría cualquier cosa por volver a estar en la Mansión teniendo una discusión con Carver sobre cualquier tontería.

Volvió a la cocina y encendió el fuego para calentar la sopa. Esperó junto a la estufa frotándose un pie contra el otro. Bajo la tapa del puchero se escapaba el reconfortante aroma de la sopa de pollo. Treinta segundos más tarde la puerta se abrió para dejar paso a Tom con Jip pegado a sus talones. El animal se sacudió al tiempo que Tom se quitaba el impermeable y lo sacudía a su vez, ambos salpicando agua por todo el suelo. Ella le miró por encima del hombro mientras removía la sopa y le sonrió. Tom se había quedado mirándola con la boca ligeramente abierta y por un momento se instaló un incómodo silencio que Jip rompió con un ladrido cuando fue a sentarse a los pies de Olivia con la cabeza ladeada y la lengua colgando.

Tom se frotó los ojos y sacó dos tazones de un armario.

—Está pidiendo su cena —dijo—; a Jip le encanta la sopa de pollo. —Olivia hizo una mueca mientras continuaba removiendo, ¿los perros debían comer cosas así?—. La verdad es que me has cogido por sorpresa —continuó el granjero—. Ha sido como si el reloj hubiera retrocedido cuarenta años y hubiera sido mi Betty la que estaba de pie al lado los fuegos.

Olivia se maldijo a sí misma por haber olvidado preguntar por Betty sabiendo, por haber escuchado retazos de conversaciones, que no se encontraba nada bien.

—¿Está arriba? —preguntó.

—No, va a casa de su hermana dos veces a la semana y se queda a pasar la noche. Maureen tiene mucho tiempo y paciencia —Tom llevó los tazones a la mesa y cogió un cucharón que colgaba en la parte superior de la estufa—. No puedo estar aquí para ella cuando todavía tengo que ocuparme de la granja y conseguir que el negocio siga funcionando.

Tom apartó la mirada cuando su mandíbula empezó a temblar y sirvió dos generosas raciones de sopa. Después sacó una hogaza de pan de la alacena mientras ella se sentaba a la mesa. Partió un pedazo y se lo dio.

—En esta casa no hay aires de grandeza, solo buena comida.

Si eso no era una invitación para atacar la sopa, ¿entonces qué era? Olivia se colocó el cabello sobre un hombro y hundió su cuchara en el humeante caldo. Por el rabillo del ojo vio cómo Tom mojaba un pedazo de pan tan grande como su mano en su sopa.

—Tom, realmente necesito hacer esa llamada después dc que comamos.

Él continuó mojando pan antes de contestar:

—Comprobé la línea cuando estaba cogiendo esa ropa. No funciona. Ni siquiera el móvil funciona. Es este maldito tiempo.

Comieron en silencio durante unos minutos.

—Necesito pedirte un enorme favor —dijo Olivia al cabo de un momento—. Necesito que me lleves a un sitio, a la iglesia de St. Jude. ¿Podrías hacerlo?

Tom paró de comer y estudió su rostro. Podía sentir sus ojos escudriñando todos sus movimientos.

—¿Tiene esto algo que ver con lo que les sucedió a Beth y al joven Gabriel hace tantos años?

Ella asintió, ya que no confiaba en la fortaleza de su voz o en su habilidad de hablar con sentido si él le demandaba más explicaciones. Tom miró hacia la ventana tensando los músculos del cuello. Si decía que no, no estaba segura de qué es lo que iba a hacer.

Capítulo cincuenta y cuatro

A pesar del terror que le suponía saber que lo que tenía a su lado era un vampiro, Gabe se agarró a él con fuerza. Volvía a estar envuelto entre los pliegues de la oscura capa, pero de vez en cuando podía entrever retazos de árboles moviéndose demasiado deprisa, como si estuviera en un avión que acababa de despegar.

Intentaba encontrar un sentido a lo que Clove acababa de decirle, aunque su mente no aceptara del todo el hecho de que pudiese existir un ser que llevaba muerto cientos de años. El miedo que le atoraba la garganta no le dejaba entender por qué había accedido a la proposición del vampiro. Porque no veía que tuviera ninguna otra opción, se contestó a sí mismo.

Su carrera se ralentizó y el crujido de las hojas bajo sus pies le dijo a Gabe que debían encontrarse en algo parecido a un bosque, pero a esas alturas había perdido totalmente la orientación. Finalmente, Clove se detuvo y le dejó caer al suelo. Los frondosos árboles ofrecían algo de protección frente a la lluvia, aunque la oscuridad era total. Gabe extendió las manos y dio un par de tentativos pasos hacia delante.

—Quédate aquí —la voz de Clove sonó más lejana de lo que Gabe esperaba y la verdad es que no estaba seguro de qué le daba más miedo, tener al vampiro cerca o lejos. Necesitaba hacer pis con desesperación, era un acto que no había estado entre sus prioridades en todo el día.

Una pequeña y temblorosa luz resplandeció en la negrura y conforme se acercaba, Gabe pudo distinguir el contorno de Clove y una puerta a sus espaldas. La luz, aunque débil, arrojaba sombras sobre las paredes de piedra a su alrededor.

Clove suspiró:

—Alivia tus necesidades.

—Dijiste que no ibas a leerme el pensamiento —se le escapó a Gabe antes de tener tiempo de pensar.

—Y no lo he hecho. Tu postura ahora mismo dice más que suficiente.

Gabe se sonrojó, pero fue en busca del árbol más cercano. Incómodo, sintió los ojos de Clove clavados en su espalda en todo momento y después de lo que le pareció una eternidad, volvió a trompicones junto al vampiro y le siguió por los desgastados escalones de piedra.

Clove se arrodilló en la cripta con la vela en una mano y la palma de la otra extendida sobre el suelo y cerró los ojos. En la mortecina luz parecía que los huesos de su cráneo iban a atravesar su pálida piel.

—¿Qué sucede? —preguntó Gabe estremeciéndose.

Clove se levantó en un fluido movimiento que parecía obviar la mecánica de sus huesos y músculos y se lamió la yema de los dedos.

—Para ti —dijo pasándole la vela. Hizo una pausa antes de continuar—: Parece ser que tenemos otro problema. Mis dos protegidos han desaparecido y no habrían abandonado este lugar a menos que algo muy grave sucediera. Además, hay sangre en el suelo, sangre humana.

Gabe se quedó con la boca abierta.

—¿Hay más como tú? —hizo un repaso mental a todos los libros que había leído y películas que había visto donde los vampiros vivían en grupos. Carver siempre le había dicho que era muy difícil encontrar similitudes entre las cosas verdaderamente paranormales y los ideales de Hollywood.

—Por supuesto. ¿Creías que yo era una anormalidad única? Están bajo mi protección hasta que puedan demostrarme que pueden defenderse por sí mismos.

Gabe se preguntó quién sería el desafortunado ser humano que había ido a encontrarse en aquella cripta. Alguien buscando refugio tras ser sorprendido por la tormenta, seguramente.

—¿Y no hay otro rastro del humano aparte de la sangre? —La cera de la vela le goteó en los dedos pero casi ni lo sintió.

—¿Así que crees que devoramos a nuestras víctimas por completo? —inquirió Clove a su vez con un esbozo de sonrisa bailándole en los labios.

—No, no… bueno, no lo sé —Gabe estaba tratando por todos los medios de no estropear el equilibrio que habían conseguido establecer, pero era difícil no cruzar la línea cuando no puedes verla.

—Solo sentimos la necesidad de beber sangre, así que hay una posibilidad de que esa persona haya escapado de estas paredes con vida. Sería lo que llamamos un renegado, y lo cierto es que no sucede a menudo. Solo continúan con vida unas horas más, inmersos en la locura.

Gabe se revolvió incómodo ante esa idea.

—¿Y por qué estamos aquí? ¿Has recibido un mensaje de… tus protegidos?

—Haces demasiadas preguntas, señor Davenport.

—Lo siento… es el único modo de aprender, supongo. Pero paro, si tú quieres —ahí estaba otra vez, balanceando la pequeña barca en la que navegaban. Y las aguas debajo eran frías y profundas.

—No, no hace falta que pares. Ha pasado mucho tiempo desde la última vez que conversé con un humano y había olvidado que vuestro conocimiento es muy limitado —contestó Clove—. No recibí un mensaje en sí, pero hay algo que no encaja…

Su voz se perdió cuando sus ojos se posaron en la oscuridad del exterior. Dos formas emergieron del bosque, Gabe colocó la vela delante de sí como si fuera un escudo y se acercó más a Clove. Las dos figuras se acercaron, eran dos chicos, puede que fueran de su misma edad y parecían asustados. Ambos estaban muy sucios y uno se escondió detrás del otro con la cabeza gacha.

—Explicaos —la voz de Clove era gélida, controlada. A Gabe le temblaron las piernas.

El joven vampiro que estaba frente a él se apartó el sucio pelo de la cara y fijó sus ojos en Gabe por un instante.

—Por favor, no le eches la culpa a Teal. Fui yo, yo le saqué de aquí. Pero tenía que hacerlo. Ella apareció de la nada y estaba sangrando…

El corazón de Gabe dio un vuelco. La mirada del vampiro voló de nuevo hacia él y supo que este también lo había sentido.

—¿Os alimentasteis de ella?

Ninguno respondió y Gabe vio dos penetrantes ojos azules verdosos aparecer un segundo y volver a esfumarse. Ambos vampiros se acercaron y cayeron de rodillas sobre el suelo de piedra.

—Por favor, no hagas daño a Teal. Él no puede evitar ser como es.

—No me digas qué puedo y qué no puedo hacer, Moth. Los dos habéis roto las reglas.

El vampiro llamado Teal mantuvo la cabeza baja mientras sus hombros temblaban. Clove le hizo una seña a Moth para que se levantara y agarró un mechón de su pelo con firmeza obligándole a echar la cabeza hacia atrás para exponer la blancura de su largo cuello. Inclinó la cara hasta casi tocar la de Moth y después le sujetó la garganta con la otra mano.

—Tenéis suerte de que tenga otras cosas más importantes de las que ocuparme. Pero os lo advierto ahora: Gabriel es una zona prohibida. Si alguno de vosotros simplemente le mira mal, os desgarraré la garganta sin pensármelo dos veces.

Los ojos de Moth se salían de sus órbitas mientras los dedos de Clove se clavaban más aún en su cuello. Finalmente, el vampiro más mayor aflojó la presión.

Gabe lo observó todo con aterrada fascinación mientras sus pensamientos daban vueltas de campana dentro de su cabeza. Parte de él quería preguntar por la mujer, pero una parte todavía mayor no; no estaba seguro de poder soportar averiguar que se trataba de Beth y que estaba muerta.

—Me temo que hemos subestimado a lo que anda detrás de ti —dijo dirigiéndose a Gabriel—. Nos conoce demasiado bien. Tenemos que llevarte de vuelta a la casa y volver a ponerte en juego; tú eres el premio, y yo quiero sacar el número ganador.

Clove reposó su mano en el hombro de Gabe justo cuando la luz de la vela terminaba de extinguirse.

—Te prometo que, si el demonio consigue entrar en tu cuerpo, te mataré yo mismo.

Capítulo cincuenta y cinco

Los truenos sonaban en la distancia y los rabiosos fogonazos de los rayos latían detrás de las nubes que se habían apartado para dejar paso a la luna, rebosante y llena, en un cielo de finales de verano. Parecía que la tormenta se había calmado por ahora.

Beth arrastraba sus pies a través de la hierba mojada. Se sentía extraña, era una sensación más allá del cansancio que enmascaraba cada escalofrío que sentía en los huesos. A lo mejor debería haberse quedado en aquella pequeña casa con los dos muchachos. ¿Les conocía? Todo era demasiado confuso. No parecían más mayores que el chico que vivía en la Mansión, Gabriel, pero desde luego, estaban mucho más sucios. A Ela no le gustarían. Pero ellos parecían conocerla por la manera en que se habían acurrucado contra ella y besado su piel.

Habían estado asustados al principio, retrocediendo hasta la pared, pero al cabo de un momento, el rubio se había movido en su dirección a pequeños pasos, como si le diera miedo. Y ella le había llamado abriendo los brazos porque nadie debería tener miedo. Él se había acercado entonces con más decisión y ella había abrazado su frío cuerpo, acariciando su cabello mientras él hundía su rostro en el hueco de su cuello. El chico del pelo ceniciento había tardado un poco más, tan solo acercándose cuando ella sintió una repentina euforia que le hizo perder el aliento, no exactamente por placer ni tampoco por dolor.

¿Se había quedado dormida después de aquello? No estaba segura. Pero cuando abrió los ojos ya no estaban y ella sentía frío, mucho frío.

Todos los árboles le parecían iguales mientras buscaba un camino que la llevara de vuelta a la Mansión. Siguió un sendero a ciegas hasta que llegó a una verja de madera. Oyó a un búho ulular en las proximidades y levantó la cabeza esperando ver a Secreto. La verja le resultó difícil de trepar ya que sus pies no cesaban de resbalarse en la madera mojada. Después de dos intentos fallidos se rindió y decidió seguir su dirección ladera abajo. En la distancia, las luces de la Mansión titilaban como un oasis en la oscuridad.

Le dolía el pecho y le costaba respirar y no podía sentir los dedos de las manos ni de los pies. Iban a regañarle cuando llegara a casa por haber salido sin una chaqueta. Su labio inferior tembló; ya no recordaba ni porqué se había ido en primer lugar. Sentía la garganta oprimida y tenía que detenerse cada pocos pasos, pero cada vez que lo hacía, una ola de náusea le sacudía el cuerpo y le hacía doblarse mientras una fina y pegajosa bilis goteaba de sus labios. Debía de estar muy enferma.

La pendiente empezó a nivelarse para después inclinarse hacia arriba de nuevo y sus piernas se negaron a llevarla más allá de la mitad de la ladera. Se derrumbó, como un arrugado pájaro de origami, sintiendo la fría y húmeda tierra en sus fosas nasales. Cerró los ojos y desde algún lugar le llegó la distante cadencia de una canción, *Los animales marchaban de dos en dos*, y detrás de sus párpados, pequeños leones naranjas marchaban en fila india con sus colas en alto. La voz de su marido la llamó, como si estuviera en la habitación de al lado.

Beth sonrió. Stu le estaba diciendo que era hora volver a casa.

Capítulo cincuenta y seis

Dentro de la Mansión, los ánimos eran sombríos.

Carver y Ollie intentaron hacer que Noah estuviera lo más cómodo posible; le limpiaron la herida de la frente, le quitaron las ropas empapadas y le tumbaron para que durmiera en el sofá de la habitación blanca bajo una manta de lana.

Cualquier esperanza que hubieran tenido de que la fe de Noah fuera un as en la manga acababa de ser pisoteada, y aunque Carver no era un hombre religioso, el hecho de saber que Dios había abandonado a Noah en su momento de necesidad no era algo que ayudara a tranquilizarle. Intentó no pensar en Gabe y en dónde podría estar.

—No puedo quedarme aquí sentado y no hacer nada, como si estuviéramos esperando nuestro turno —dijo Ollie recorriendo la habitación a zancadas de un lado a otro.

Carver apenas le oyó; estaba repasando los acontecimientos del día, intentando ver si se le había escapado algo de vital importancia, algo pequeño e inconsecuente pero que podría ayudarles a acabar con este caos. De pronto cayó en algo y se levantó con rapidez dirigiéndose a Ollie:

—Hay dos personas en esta casa a quienes no pregunté sobre la desaparición de la caja. Ela y Beth.

Ollie se paró en seco.

—Ela es imposible, estaba demasiado enferma como para moverse.

Echaron a correr a la vez escaleras arriba como dos niños pequeños, subiendo los escalones de tres en tres. Ahora que la tormenta había parado, el silencio de la habitación de Beth resultaba escalofriante.

La luz de la luna se filtraba a través de las cortinas, manchando el suelo de una luz lechosa y generando un etéreo resplandor azulado alrededor de la cama. Las sábanas estaban arrugadas y una de las almohadas todavía conservaba la huella de la cabeza de Beth. Toda la habitación desprendía una insoportable sensación de pérdida. Carver abrió la puerta del armario y empezó a buscar en su interior.

—Oh, Dios mío —le oyó decir a Ollie a sus espadas—. Está aquí, en la cama.

Los dos permanecieron de pie en silencio, observando el objeto que había causado tanto dolor, hasta que Ollie dijo en voz alta lo que los dos estaban pensando:

—¿Por qué la cogería? ¿Cómo sabía que estaba ahí?

—No lo sé. Pero es evidente que la han metido en todo esto. Puede que esté diciendo tonterías, pero creo que guardar esto bajo llave fue un gran error.

Ollie se secó el sudor que había permeado de repente sus manos en la pernera de sus vaqueros y Carver entendió su incomodidad. La caja rezumaba maldad y encontrarla ahí, en mitad de la habitación de alguien tan inocente, simplemente no estaba bien. Con rapidez le quitó la funda a una de las almohadas y envolvió la caja en ella levantándola de la cama, la sentía como un peso muerto entre sus manos.

—Volvamos con Noah. Le hemos dejado solo demasiado rato.

Ollie cerró la puerta tras ellos con delicadeza, como si Beth todavía estuviera durmiendo dentro.

Cuando bajaron, Gabriel estaba esperándolos al pie de las escaleras.

Gabe había dejado a Clove y a sus disfuncionales criaturas en el exterior. El vampiro le había dicho que era cosa suya decidir si quería decir al resto de habitantes de la casa dónde había estado. Gabe se imaginó diciéndoles a Carver y a Noah que se había hecho amigo, si esa era la palabra correcta, de un pequeño grupo de vampiros. Bueno, no es que Moth y Teal fueran amigables. Se habían pasado todo el camino de vuelta a la casa escrutándole como si estuviera bajo un microscopio.

—¡Gabriel! —Carver casi se tropezó en las escaleras por la sorpresa— ¿Dónde demonios te habías metido?

—Había salido a buscar a Beth —la mentira salió disparada de sus labios con facilidad. Gabe se encontró envuelto en un abrazo de oso tan fuerte como para romperle la espina dorsal. Tenía toda la atención del profesor.

—¿Qué parte de «permanecer juntos» es la que no entendiste, Gabe? Pensábamos… —Carver denegó con la cabeza—. No importa lo que pensáramos. Noah también salió aunque por lo menos iba un poco más preparado que tú para la lluvia. ¿Por qué ya no me hace caso nadie? Vamos, ven. —Carver guio el camino hacia el fondo de la casa, pero a Gabe no se le escapó la inquisitiva mirada del profesor. A lo mejor su mentira no había sonado tan convincente como había pensado.

Gabe vio por primera vez a Noah desde detrás del hombro de Ollie, se le escapó un resoplido por el impacto y tuvo que taparse la boca con las manos. Noah se revolvió al oír las voces y se incorporó con dificultad sobre un hombro. Su rostro tenía el color de un hueso desteñido lo que hacía resaltar más la marca fresca de su frente y los arañazos de sus mejillas. Gabe se lanzó hacia el sofá arrodillándose en el suelo y cogiendo entre las suyas la mano que estaba intentando saludar.

—¿Qué ha pasado?

Noah señaló a Carver y después cogió la mano de Gabe. Una película de sudor le perlaba la piel y tenía los ojos hundidos. Ollie y Carver contaron a Gabe lo que había sucedido desde que se fuera y, aunque no mencionaron explícitamente que el sacerdote podía haber estado de hecho buscándole a él, pudo captar el subyacente filo de sus palabras. Recordó lo que Ollie le había dicho sobre los secretos y sabía que él era culpable de guardar alguno, ahora más que nunca. ¿Cómo podía decirles lo de los vampiros? Carver había pasado toda su vida inmerso en lo sobrenatural, lo macabro, y explicándolo como algo con lo que no se juega. Y aquí estaba él, Gabe, de quince años y que acababa de hacer un pacto con el diablo. Y, sin embargo, había algo en esa declaración que parecía no ajustarse a la realidad. Gabe no pensaba que Clove fuera verdaderamente malvado, porque si no, ya le habría atacado. Pero tampoco podía entender del todo cómo algo muerto, podía estar vivo y al mismo tiempo ser algo bueno, lo sentía como un acertijo al que su mente no podía encontrar solución.

—Así que ha sido el pájaro el que ha atacado a Noah.

—Eso parece —repuso Carver—. Es evidente que no es un pájaro ordinario.

Gabe miró instintivamente hacia la ventana pero allí no había nada excepto oscuridad presionando contra los cristales como si quisiera entrar y engullir toda la luz.

Ollie salió en silencio para retornar al cabo de un momento con un montón de viejos libros que depositó en la mesa baja delante del sofá.

—Si Internet no funciona, tendremos que hacerlo a la antigua usanza. Estos son los libros que he encontrado sobre posesiones y hay pasajes concretos dedicados a la posesión de animales. Sé que hemos buscado en estos libros otras veces, pero ahora que sabemos a qué nos estamos enfrentando debería ser más sencillo encontrar una respuesta, ¿no? —se subió las gafas sobre el puente de la nariz y miró uno a uno con impaciencia.

Gabe fue el primero en escoger uno de los pesados libros que estaba encuadernado en piel y que llevaba por título *La guía cristiana sobre la posesión demoníaca*. Ojeó las primeras páginas y las palabras eran tan secas como el papel sobre el que estaban escritas. Iba a ser una noche larga, pero al menos mantendría su mente ocupada, a pesar de que no podía evitar que sus ojos volaran hacia la ventana a cada rato.

Una hora pasó con lentitud, todos ellos con los nervios a flor de piel. Noah dormitaba, aunque de vez en cuando contestaba alguna pregunta sobre teología, y Ollie no le quitaba el ojo a su teléfono. Fuera, la tormenta cogió fuerza de nuevo, y la lluvia empezó a martillear el tejado otra vez. Gabe no podía concentrarse en las palabras y los párpados le pesaban, dormir era una idea muy atrayente porque significaría poder pasar unas cuantas horas sin pensar. Se estiró echando los hombros hacia atrás e hizo una mueca de dolor cuando sus músculos le recordaron que se había caído por unas escaleras de piedra aquella mañana. Su mirada se posó en el objeto envuelto que Carver había traído consigo al bajar del piso superior. Ollie lo había dejado al lado de la puerta.

—¿Qué es eso? —preguntó, señalando el objeto con un movimiento de cabeza.

Nadie dijo nada y Noah abrió los ojos ante el pesado silencio.

—Eso es lo que estaba guardando en la cámara acorazada, Gabe —dijo Carver eligiendo las palabras con cuidado—. Es la caja que encontramos en el jardín de la granja después de que Beth y tú fuerais atacados.

Gabe no supo cómo reaccionar, era como si le hubieran vaciado entero. Aquello que le habían asegurado que ya no existía había estado allí todo el tiempo. Los labios de Carver continuaban moviéndose, pero lo único que Gabe era capaz de oír era un agudo pitido que bloqueaba cualquier otro sonido. Miró de nuevo hacia la ventana y vio a Clove allí de pie, el viento moviendo el oscuro pelo sobre su cara. El muchacho hundió la cabeza entre las manos. Noah hizo un esfuerzo por sentarse para poder poner su mano sobre el hombro de Gabriel pero el chico no fue capaz de mirarle.

—¿Dónde la habéis encontrado? —preguntó el sacerdote con suavidad.

—Estaba en la habitación de Beth. Ni siquiera sé cómo ella sabía que todavía la conservábamos.

Gabe levantó la cabeza, tenía las mejillas encendidas.

—¿Por qué la guardaste? Considerando que es lo que jodió a mi familia en primer lugar.

Carver hizo una pausa antes de contestar:

—Profesionalmente, no podía destruir algo que podría resultar valioso en un futuro. Solo porque en su momento no encontráramos una conexión con lo que fuera que os aterrorizó a ti y a Beth hace tantos años, no significaba que no fuéramos capaces de hacerlo en un futuro. Y porque…

—¿Sabes una cosa? —dijo Gabriel interrumpiendo al hombre que le había cuidado toda su vida—. En realidad, ya no me importa una mierda.

Por el rabillo del ojo, Gabe vio que Clove estaba ya en el umbral de la puerta y sus siguientes palabras murieron en su boca. Quiso ponerse en pie a su vez pero no estaba seguro de que sus piernas fueran a sujetarle.

Fue Clove el que rompió el silencio.

—Perdonen mi intromisión caballeros. No puedo mantenerme al margen mientras se lanzan al cuello los unos a los otros —Clove entrelazó sus dedos—, y por favor, no dejen que mi presencia les preocupe, Gabriel puede responder por mi conducta.

—¿Quién… *qué* eres tú? —la voz de Carver no vaciló.

—Por ahora, sabed que no os deseo ningún mal. No soy humano, sé que eso no sorprende a educados hombres como ustedes —sonrió abriendo las manos.

Los ojos de Ollie estaban abiertos como platos detrás de sus gafas.

—Está bien —dijo Gabe por fin—. Este es Clove, es con él con quien he estado antes. Si hubiera querido hacerme daño ya estaría muerto. —La inhalación de aire alrededor de la habitación fue audible.

—¿Puedo? —Clove se agachó y sacó la caja del interior de la funda de almohada. Examinó su exterior, recorriendo los bordes con los dedos. Levantó la tapa y la elevó hasta su cara, inhalando la humedad de su interior.

Nadie se movió. Nadie era capaz.

Clove se acercó a Gabe y depositó la caja en su regazo.

—Esto es una piel. Considéralo como si fuera una serpiente que muda de piel. Una vez formó parte de la entidad, pero ya no. —Gabe descendió la miraba sobre el objeto en su regazo sintiendo el peso sobre sus muslos. No parecía demasiado amenazadora—. La caja es de madera —continuó Clove—, es decir, su material proviene de una fuente viva. Era el huésped que el demonio necesitaba para sobrevivir, tal y como ahora, el pájaro es su huésped.

—Era su huésped —Moth apareció de la nada, sus ojos moviéndose por la habitación hasta posarse en Gabriel. En sus manos llevaba el cuerpo sin vida de la urraca.

Capítulo cincuenta y siete

Olivia estaba sentada al lado de Tom mientras el 4x4 atravesaba los estrechos caminos inundados.

—Los postes telefónicos están caídos en este lado —dijo Tom señalando a su derecha con la cabeza.

—¿Cómo lo sabes? —Olivia se giró en su asiento para mirar hacia el sombrío paisaje.

—Los han iluminados los faros un momento cuando hemos accedido a la carretera.

Olivia estaba empezando a darse cuenta de que Tom era algo más que el simple granjero por el que ella le había tomado durante tanto tiempo. Él no le había hecho preguntas en la cocina de su granja, solo había insistido en que debían prepararse unas bebidas calientes para el camino y esperar a que sus ropas estuvieran secas. Pero veía cosas, tal y como se había percatado de los postes caídos, y ella se preguntó cuánto habría visto el día que Noah rescató a Beth y a Gabe.

La vicaría estaba sumida en la oscuridad cuando el vehículo se acercó a ella. Tom aparcó junto a un pórtico de madera a la entrada del cementerio de St. Jude. Le entregó una pesada linterna y Olivia descendió del todoterreno.

—¿Cómo sabes que lo que necesitas está dentro de la iglesia?

Ella se detuvo, sujetándose el pelo para evitar que el viento lo azotara contra su cara.

—Me lo dijeron —era una respuesta bastante floja y ella sabía que el granjero merecía saber más—. ¿Quieres entrar conmigo?

Sus pobladas cejas grises se juntaron por un momento mientras lo pensaba.

—No, creo que es mejor que me quede aquí sentado y me asegure que nadie te molesta.

—¿Tendré que forzar la entrada? —no había pensado en que necesitaría una llave. Algo básico, pero no era su costumbre entrar en iglesias para coger cosas.

—No, debería estar abierta. Noah casi nunca echa el candado, y si lo ha hecho, hay una llave debajo del felpudo.

Olivia asintió y echó a andar entre el vendaval con la cabeza baja. Todavía le sorprendía lo confiada que podía ser la gente en aquel lugar. Atravesó el pórtico y vio un cenotafio a su izquierda. La luz de la linterna alumbró unas descoloridas flores rojas; la corona de amapolas del año pasado. La iglesia era antigua, aparecía en el *Domesday* y había estado allí desde tiempos normandos. Algunas de las lápidas cubiertas de musgo parecían ser igual de antiguas, se inclinaban en extraños ángulos y sus bases estaban cubiertas de maleza. Olivia dejó volar su imaginación mientras se preguntaba quién estaría enterrado allí y cómo habrían fallecido. Algo resonó en la distancia y se dio la vuelta justo cuando los faros del 4x4 inundaron el camino, Tom las había encendido para ella.

El camino de grava dio paso a uno pavimentado con baldosas a medida que se acercaba a la puerta de la iglesia donde colgaba una solitaria bombilla que emitía una débil luz. No era mucho, pero ahora mismo le bastaba. Rodeó el picaporte de la puerta con sus mojados dedos y apoyó ligeramente el hombro contra la superficie de madera. Con ayuda de un suave empujón la puerta crujió y se abrió. Se le presentó una negrura absoluta acompañada por un olor a piedra fría y a cera de las velas.

Deseó haberse acordado de preguntarle a Tom dónde estaba el interruptor de la luz. La iglesia de St. Jude no era muy grande pero el pasillo central parecía extenderse kilómetros más allá de la luz de su linterna. Le dolían el hombro y la cadera y su corazón ya no podía aguantar más preocupación. Ollie debía estar frenético. Tal vez su encuentro con Stu había sido un sueño o producto de su imaginación y este viaje iba a resultar infructuoso.

Olivia avanzó con lentitud a lo largo del pasillo entre las hileras de bancos de madera con escabeles violetas y dorados apilados ordenadamente al final de cada fila. Decidió no desviarse del pasillo porque quería evitar los sarcófagos de piedra que descansaban contra el muro de la izquierda. Nunca le habían gustado, ni siquiera a la luz del día cuando el sol bañaba toda la estancia a través de las coloridas vidrieras. Siempre que acudían a la iglesia en Navidad y Semana Santa, se aseguraba de que los chicos se sentaran en ese lado.

No tenía ni idea de dónde podría encontrar lo que estaba buscando. No asistía a la iglesia con regularidad; Olivia prefería depositar su fe primero en ella misma antes que en alguien —o algo— más. Siempre había pensado que Dios se había dedicado a observarles desde la retaguardia cuando ella y Ollie estaban creciendo sin molestarse en intervenir. Los ojos de escayola de San Judas la miraban desde lo alto con frialdad. Ahora no era el momento de ponerse a pensar en qué creía y en qué no y entonces recordó quién era la figura: el santo patrón de la esperanza y de las causas perdidas. Así que, al menos, Dios tenía sentido del humor

El altar se erigía amenazante cubierto por una simple tela blanca, y fogonazos de rayos distantes iluminaban la vidriera detrás de él. Olivia apuntó la linterna a su derecha para encontrar los escalones que trepaban hasta el atril. Algo revoloteó justo encima suyo y contuvo la respiración mientras iluminaba las vigas sobre su cabeza. Moviendo la luz en zigzag por el techo se encontró con los confundidos ojos como canicas de un gorrión y Olivia dejó escapar un suspiro de alivio. Subió los tres escalones que llevaban al altar y de pronto le asaltaron todas las discusiones que había mantenido con Noah a lo largo de los años. «Por el amor de Dios, ¡céntrate!», se dijo a sí misma tratando de volver a ocuparse en la tarea que tenía entre manos sin pensar en blasfemias, o en la mano de Dios o en todas las veces que se había burlado de ciertos comentarios de Noah.

A la izquierda, en un pequeño nicho oculto desde los bancos, había una puerta. Avanzó hacia ella deseando por segunda vez que Tom la hubiera acompañado. Su arisca lógica, que no aceptaba tonterías, era lo que ella necesitaba ahora. Un anticuado pestillo adornaba la puerta y pensó que estaba cerrada. Soltó un gruñido de frustración, pero finalmente el pestillo cedió con un ruido metálico que la hizo saltar. Le dio la bienvenida un intenso olor a alcanfor que le recordó la vez que se había escondido en un viejo baúl cuando jugaba al escondite con Ollie.

Paseó la luz de la linterna por la estancia. Había una estrecha librería ubicada al lado de un perchero del que colgaba una bufanda de lana. Apoyado en la pared contraria había un pequeño escritorio con una hoja de papel secante. Detrás del mismo colgaba una pesada cortina verde, Olivia la descorrió con el corazón latiéndole a mil por hora, solo para descubrir un pequeño nicho donde colgaban en hilera las vestiduras sacerdotales de Noah, algunas estaban cubiertas por protectores de plástico transparentes y Olivia reconoció que eran aquellas que el cura vestía en las celebraciones más solemnes como en Navidad o Semana Santa. Otras estaban amontonadas con descuido unas junto a las otras más como los contenidos del armario de un adolescente que los de un sacerdote. Se golpeó la cadera con la esquina del escritorio y maldijo en voz alta. Todos los cajones estaban cerrados y no encontró sobre la mesa más que un pequeño cuenco de madera con una cruz grabada en su base. Olivia quería ponerse a gritar. Esto no le estaba llevando a ninguna parte y el factor tiempo era crucial, tenía que regresar a la casa.

La puerta crujió y se dio la vuelta con la adrenalina volando en sus venas. Un par de ovalados ojos verdes la observaron con frialdad y se le escapó una carcajada de la garganta que parecía casi la de una mujer loca. Purr Snickety, el gato de la iglesia, se frotó contra sus tobillos ondulando su cola anaranjada en el aire. Se agachó para acariciarle la cabeza y el animal arqueó el lomo contra su mano. Tenía las orejas marcadas de las encarnizadas luchas para mantener su territorio.

—Hola, Purrdy —la voz de Olivia era apenas un susurro, aunque no estaba segura de quién o de qué se estaba escondiendo.

El haz de su linterna arrojó un resplandor detrás de la puerta. Había una antigua mesa alta con patas encorvadas y sobre su superficie descansaba un sencillo jarrón.

Y dentro de ese jarrón estaba lo que había venido a buscar.

Capítulo cincuenta y ocho

Moth cambió su peso de una pierna a otra, incómodo ante la repentina atención que estaban recibiendo él y lo que llevaba entre las manos. Clove miró al pájaro sin ninguna expresión en su pálido rostro y después enarcó las cejas.

—Gabriel, ven aquí.

—No eres quién para darle órdenes —siseó Carver interponiéndose entre Gabe y el vampiro.

Clove suspiró. Todo estaba resultando más difícil de lo que esperaba. Por esto no había mantenido ningún contacto con los seres humanos aparte de para alimentarse. Pero no le quedaba otra elección si quería destruir al demonio, cuyo plan parecía estar funcionando a la perfección. Un rápido repaso por el interior de sus mentes le confirmó lo inestables que estaban, pero mantuvo su palabra y no se inmiscuyó en los pensamientos de Gabriel.

Gabe empujó a Carver con suavidad para abrirse camino.

—Está bien, quiere ayudarnos.

A Clove no se le pasó por alto la forma en la que se miraron Gabriel y Moth; se preguntó dónde se habría metido Teal, normalmente no se despegaba del lado de su hermano. Lo que había pasado con la mujer en la cripta le molestaba, aunque le costaba estar demasiado enfadado por ello; sus reglas solo decían que no tenían permitido salir ellos solos, sin embargo, no había considerado la posibilidad de que alguien les obligara a ello. Apoyó su mano en el hombro de Gabe y Carver se encogió como si le hubiera dado una bofetada.

—Así que el demonio ha abandonado su huésped, lo que significa que, de momento, no sabemos qué es lo que está usando. Podría intentar conseguir a alguien de esta habitación pero juntos tenemos unidad y fortaleza para evitar algo así. Lo sentiría. Además, no creo que intente nada mientras yo estoy aquí, aunque —se encogió de hombros— todo es posible.

—Uno de nosotros ha desaparecido —dijo el hombre del sofá, el hombre con el crucifijo marcado en la frente. El sacerdote—. Beth, la madre de Gabe. Desapareció hace horas. ¿Nos ayudarás a encontrarla?

—¿Qué llevaba la última vez que la visteis? —preguntó Clove.

—Solo un fino vestido de verano. Lo sabrías si la hubieras visto, su cabello es blanco.

Moth se revolvió, un ligero movimiento que Clove sintió más que vio. Gabriel se tensó como si estuviera preparándose para recibir malas noticias. Así que por eso había actuado de manera extraña en la cripta, sabía que había una posibilidad de que la víctima fuera su madre. Clove se arrepintió de su promesa, hubiera sido mucho más sencillo si pudiera colarse en su mente.

—Ve a buscar a tu hermano, Moth.

Agachó la cabeza y susurró algo al oído de Gabriel mientras le acariciaba la cara con la palma abierta de su mano. Gabriel se derrumbó entre sus brazos como una torre de cartas. Clove lo llevó a uno de los sillones y lo colocó sobre él con cuidado, doblándole las piernas hacia un lado.

—¡¿Qué demonios le has hecho?! —escupió Carver detrás de él.

—Estoy dejando que descanse. Está exhausto. Esto es lo que el demonio quiere, arrebatarle a Gabriel todas sus fuerzas para que no pueda defenderse.

Clove omitió decir que, con Gabriel dormido, nadie descubriría la verdad sobre Beth.

Capítulo cincuenta y nueve

Aka Maga daba vueltas sobre el suelo de la habitación de Beth, libre del estorbo de la carne animal y palpitando de rabia.

El pájaro había finalmente sucumbido al agotamiento y eso era algo que irritaba al demonio. Pero incluso a pesar de ello, estaba satisfecho con la energía y el caos que había desatado sintiéndose lo suficientemente fuerte como para destruir la caja de madera de una vez por todas y librarse así de sus propios demonios.

Hacía mucho, mucho tiempo, cuando la superstición era un dios, Aka Maga había sido humano. Hijo de una criada en una casa real, fue arrebatado de su hogar siendo un niño y vendido como esclavo. En las orillas del Mar Muerto se levantaba un templo, y fue allí donde fue enviado e instruido en sus obligaciones.

El niño creció para convertirse en el favorito de la sacerdotisa. Ella le bañaba en aceites perfumados y le daba de comer dulces con sus dedos. A la edad de quince años lo llevó a su cama y le enseñó cómo complacerla. Pero la nación estaba en guerra y el templo representaba todo lo que sus enemigos despreciaban. Una noche, las defensas del templo cayeron y, a su alrededor, la ciudad se quemó hasta los cimientos. Cuando los soldados irrumpieron en las estancias de la sacerdotisa, esta se llevó un frasco de veneno a los labios. Murió antes de que descorrieran los cortinajes alrededor de su cama.

Él no tuvo tanta suerte. El general del ejército, Joab, enfurecido por el suicidio de un rehén con el que habría podido negociar, ordenó que colgaran al muchacho por las muñecas en la plaza central. Antes de que anudaran las cuerdas alrededor de su cuerpo suplicó por su vida aduciendo que él era un simple esclavo que llevaba a cabo las órdenes de su señora. Ellos se rieron en su cara y le arrancaron sus finos ropajes.

Una multitud se reunió en la plaza a pesar de las llamas que todavía seguían arrasando la ciudad, ansiosa de sangre y agradecida por no ser el foco de atención de Joab. Antes de subirle a las ramas bajas del árbol de la muerte, Joab cortó la lengua del muchacho y lo castró. Tardaría más de doce horas en morir. Pero Joab no había terminado con él. Justo antes de que el muchacho exhalara su último aliento, el general hizo llamar a su propio sacerdote, un hechicero cuya magia era oscura y funesta, y sus conjuros, retorcidos y malévolos. El último suspiro del muchacho fue recogido por la boca del anciano; el aliento de sus dientes podridos fue el último olor que el chico se llevó consigo antes de morir. El sacerdote escupió el suspiro robado en una caja, un simple objeto tallado. Cogió un cuchillo y destripó al esclavo, sacudiendo la sangre de sus dedos sobre la caja. Una retahíla de palabras tan oscuras como el humo llenaron el aire y sellaron el destino del muchacho. Su alma, para siempre condenada, estaría recluida en los confines de la pequeña caja de madera. El sacerdote le prohibió ocupar el cuerpo de un hombre, una última maldición que significaría que el chico nunca conocería la satisfacción de existir como un hombre adulto.

Pasaron décadas antes de que su espíritu amasase suficiente energía como para abandonar la caja. Había empezado eligiendo insectos como huéspedes, después reptiles, serpientes y finalmente pájaros. Los últimos demostraron ser buenas armas a la hora de manipular y llevar a hombres poderosos a la muerte. Pero siempre tenía que regresar a la caja. Ahora, después de siglos de prueba y error, su hora había llegado.

Gabriel sería el huésped perfecto, casi un hombre, con una inteligencia y fuerza de carácter que resultarían deliciosos de corromper y moldear para sus fines. Desataría su venganza sobre religiones y ejércitos. Había sido abandonado por las mujeres en las que confiaba y abusado y torturado por hombres que actuaban en nombre de dioses y reyes. El ansia de resarcimiento había devorado la inocencia que una vez ocupó su corazón, dejando un agujero estancado y poderoso. Donde una vez había bailado la luz, ahora reinaba la oscuridad.

Aka Maga se coló entre las sábanas de la cama de Beth, sus dedos de humo buscando entre la tela dejando pequeños gusanos a su paso. Buscó en vano y se erigió en una columna de agitada oscuridad. Un ruido, ni humano ni animal, emergió de sus profundidades, una terrible ira desesperada. Un vaso de cristal en la mesilla de Beth estalló haciéndose añicos.

La entidad se disolvió en un millón de pedazos para volver a reagruparse de nuevo. Esta vez, las delgadas columnas de humo se unieron en una bola negra de violenta y frustrada energía, el infierno preparado para la destrucción. Atravesó la puerta cerrada, arrancando las bisagras de golpe y estrellándola contra el suelo. Se detuvo en lo alto de las escaleras, se dobló sobre sí mismo por un momento, empequeñeciéndose mientras intentaba entender qué era lo que estaba sucediendo en su interior.

Ya no existía simplemente por el odio negro que le había mantenido alerta durante siglos, algo imposible estaba ocupando su lugar. Ahora, justo antes de que la batalla por el alma de Gabriel Davenport comenzara, algo palpitaba en su interior.

El corazón de Aka Maga estaba latiendo.

Capítulo sesenta

Moth se alegró de abandonar una habitación donde palpitaban tantos corazones. Su hambre era tal que la sentía roer sus huesos como si fuera un pequeño animal. Una multitud de emociones burbujeaban en su cabeza. Alivio era la que destacaba. Desde que la mujer había aparecido en la cripta, todo se había ido a la mierda rápidamente. Su intento de mantener a Teal alejado de ella había fracasado; su propia sangre era buena, pero comparada con la calidez de la de un humano era como ofrecerle a Teal un pedazo de pan rancio cuando un banquete esperaba en una esquina. Había sido ella la que había acudido a ellos, invitadora, cálida y sin miedo. El recuerdo le hizo salivar.

Así que seguir vivo o, mejor dicho, seguir no muerto era una suerte. Clove estaba enfadado, pero no tan enfadado como había esperado y puede que cuando las cosas se calmaran, la repercusión de lo sucedido cayera en el olvido. Se limpió la boca con el dorso de la mano y merodeó por el pasillo, escuchando el rechinar de sus zapatos sobre las baldosas negras y blancas. Y ahora Clove quería que se convirtiese en la niñera de Gabriel.

Gabriel no le gustaba y desde luego no le gustaba el modo en que Clove lo consentía. ¿Qué es lo que le hacía diferente? Para Moth simplemente era un pedazo de comida. No obstante, el joven vampiro no era estúpido, poseía una mente afilada y una inteligencia que no solía mostrar. Escuchaba y guardaba valiosa información en su cabeza y sabía que había algo malvado ahí fuera que representaba una amenaza, puede que incluso para su propia especie. El problema era que Teal no sabía nada de eso, o más bien, que seguramente estaría distraído por todos los objetos brillantes y especiales que estaban diseminados por la casa. A Moth no le importaba dónde dormía o qué ropa llevaba, pero Teal provenía de un ambiente más refinado, que todavía tiraba de él llenando su cabeza de purpurinas sin dejar espacio para el instinto. Teal vagabundeando solo en un sitio como aquel era un accidente a punto de ocurrir. Moth soltó un suspiro mientras asomaba la cabeza por la puerta de una de las habitaciones pensando que sería más sencillo intentar llamarle mentalmente, pero a su hermano eso tampoco se le daba demasiado bien.

Se alegraba de haberse librado del pájaro muerto porque había algo en él que le hacía sentir como si estuviera sujetando algo venenoso, y aunque se dijera que solo era una masa de plumas y huesos, por primera vez desde que había sido convertido, sintió repulsa por algo sin vida. ¿Sería así como se sentirían los humanos?

Esta casa le ponía los nervios de punta y no solo por la gente que la habitaba o por la amenaza de la entidad; era como si los fantasmas de aquellos que la habían habitado estuvieran entretejidos en su propia estructura, como si estuvieran encantados de permanecer atados a un lugar que los acogía con los brazos abiertos. Lo sobrenatural no tenía misterios para el vampiro.

Todas las puertas en ese piso de la casa estaban cerradas y Moth sentía el corazón en un puño cada vez que abría una y miraba en el interior de la habitación. Se supone que los vampiros no deberían tener miedo, pero él y Teal habían sido convertidos por seres débiles y estaban en el último escalafón de su especie, con sus diminutos colmillos y sus escasas capacidades. Con el tiempo sus colmillos crecerían, pero hasta ese momento, Clove era su proveedor y maestro. Incómodo, se frotó la frente con los dedos dejando una mancha oscura. Moth retrocedió, volviendo hacia la habitación donde estaban Clove y los humanos. Clove lo miró por un momento, sin interrumpir lo que estaba diciendo y sin que nadie se percatara de ello. El olor a sangre le hizo salivar. Continuó por el pasillo hacia el otro lado y vio una luz que asomaba por el hueco entre dos puertas dobles. Entró en la estancia para encontrarse a Teal sentado en un sillón tapizado de brocados con las piernas colgando sobre el reposabrazos. Algunos mechones de sucio pelo rubio le caían sobre la cara, pero él no parecía notarlo absorbido como estaba por el libro que descansaba en su regazo. Moth se detuvo a medio camino sin querer romper el hechizo; puede que Teal fuera un patético ejemplo de vampiro, pero era su hermano, y después de lo que le había sucedido a Sasha, solo se tenían el uno al otro.

La puerta crujió al cerrarse tras él y Teal levantó la cabeza, sus ojos brillaban en el resplandor de la lámpara. Moth miró a su alrededor estudiando las hileras de lomos de libros cuidadosamente apilados en las estanterías que llegaban hasta el techo y que cubrían todas las paredes.

—Debería haber supuesto que te encontraría con la nariz metida en un libro —dijo sonriendo.

—Este es una primera edición, mira —Teal le enseñó el lomo del libro con entusiasmo—. ¿Cómo pueden tener tantos? Hay más de los que nadie podría leer en una vida entera. —Una sombra oscureció el rostro del vampiro, aceptar lo que era ahora no había sido fácil.

—Clove quiere que vayamos a fingir que somos una familia feliz.

Teal suspiró y cerró el libro. Ambos sabían que lo que Clove quería, Clove lo conseguía.

—El pájaro ha muerto, por cierto. Lo encontré fuera en el camino así que estamos al acecho del que pueda ser su nuevo huésped.

Teal se levantó del sillón con los dedos tamborileando sobre el estampado de terciopelo de la cubierta, sin querer dejarlo ir.

—Tráete el libro si quieres, no les importará. Bueno, y si les importa, que les den.

—No me gusta estar aquí, Moth. Hay algo que no encaja.

Moth se sentía de la misma manera aunque no iba a admitirlo. Sujetó la puerta abierta y le hizo un gesto a su hermano.

—Solo coge el maldito libro y volvamos.

Avanzaron con lentitud por el pasillo el uno al lado del otro, ninguno con ganas de enfrentarse al escrutinio de los extraños que les esperaban en el salón.

Sin previo aviso, Teal se tambaleó y dejó caer el libro, se llevó las manos a la cabeza y clavó los dedos en sus sienes con la cara contorsionada de dolor. Moth cerró sus escudos mentales con tanta rapidez que se sintió mareado por un momento. Casi esperó ver a Clove aparecer al final del pasillo, pero cuando eso no sucedió, hizo la única cosa que podía hacer. Agarró a Teal, le obligó a ponerse de pie y echó a correr arrastrando a su hermano con él. No iba a quedarse esperando a ver que pasaba después.

Capítulo sesenta y uno

Atesorando debajo de su chaqueta lo que había encontrado, Olivia corrió por el oscuro y silencioso pasillo de la iglesia como si cada pesadilla de su infancia estuviera pegada a sus talones. Mantuvo la vista fija en el negro agujero al fondo del edificio donde sabía que estaba la puerta; el haz de su linterna poco más que una delgada luz amarillenta. Su cabeza le estaba jugando una mala pasada y no podía evitar pensar que todos los ojos de escayola de las estatuas y de las figuras de las vidrieras estaban fijos en ella, esperando el momento en que se tropezara y cayera, y... Finalmente llegó a la puerta, la golpeó con el hombro con más fuerza de la que pretendía, buscando desesperadamente el picaporte en la oscuridad, y casi arrancándose una uña en su frenesí. Chilló de dolor pero al fin consiguió abrirla. La recibió el frío y dulce aire de la noche.

Sus pies resbalaron en la mojada gravilla del camino mientras corría para llegar al 4x4 de Tom, escondido de la vista por dos grandes tejos que enmarcaban la senda. Pero no importaba porque sabía que estaba ahí. Los extraños objetos que había robado de la iglesia descansaban sobre su camiseta y podía sentir cómo sus puntas le rascaban la piel. Llegó a la verja y ver la cara de Tom fue la mejor sensación de toda su vida. Este puso en marcha el motor incluso antes de que ella abriera la portezuela y Olivia asintió en su dirección mientras apretaba con más fuerza el brazo contra su pecho.

Permanecieron el silencio hasta que la noche engulló a la iglesia a sus espaldas. Olivia se quedó mirando el limpiaparabrisas chasqueando rítmicamente contra el cristal mientras aspiraba el olor a heno que ascendía desde los asientos traseros.

—¿Has conseguido lo que querías? —preguntó Tom sin quitar los ojos de la carretera y con los nudillos blancos de apretar el volante entre sus dedos.

Olivia se abrió la chaqueta y colocó el hallazgo sobre su regazo, casi esperando que brillara con un mágico resplandor que le confirmaría que estaba en el buen camino y no loca de remate por haber seguido las indicaciones de un hombre muerto. Tom lo miró de reojo y soltó un gruñido. Olivia no sabía qué significaba aquello, lo que le hizo darse cuenta de que últimamente ya no sabía qué significada nada de nada. Con un nudo en la garganta, apoyó la mejilla en el cristal de la ventanilla y continuó en silencio.

Tom aminoró la marcha del 4x4 y bajó la ventanilla, dejando entrar una corriente de aire frío que le levantó el blanco cabello de las sienes. Olivia se asomó para ver qué era lo que iluminaban los faros del todoterreno y vio lo que parecía un pequeño río que corría por el zigzagueante camino conocido como Pool Bank.

Tom chasqueó la lengua y su boca se torció en una mueca de disgusto.

—Nunca había visto el riachuelo desbordarse de esta manera —dijo más para sí mismo que para Olivia—. Pero un poco de agua no va a detener a esta chica —continuó pateando con suavidad el salpicadero del todoterreno como si fuera una vaca presentada a concurso. A pesar de todo en lo que estaban metidos, Olivia no pudo menos que sonreír.

Comenzaron el ascenso por la colina con el agua fluyendo bajo ellos como si estuvieran en un barco. En algunos momentos, la tracción de los neumáticos no era suficiente lo que les hizo derrapar en un par de ocasiones. Olivia contuvo el aliento, el recuerdo de su propio accidente fresco aún en su memoria. La carretera giró sobre sí misma abruptamente y ahí era donde el agua corría con más fuerza, vaciándose sobre el terraplén como una catarata. Tom metió primera y el motor soltó un gemido; los faros iluminaban el arbusto de espinos que discurría a lo largo del lado izquierdo del camino y Olivia vio a un desconcertado conejo desparecer rápidamente, su pálido rabo destacando contra la oscuridad.

Poco a poco empezaron a deslizarse hacia un lado y Olivia se tensó, agarrándose con fuerza al respaldo de su asiento. Tom soltó una de las manos del volante y le apretó el hombro un momento antes de encender un interruptor del salpicadero. Los neumáticos giraron con furia y consiguieron mantener el agarre. Por fin, empezaron a moverse otra vez a paso de tortuga. A su derecha, bajo la pendiente donde el riachuelo habitualmente daba la vuelta, Olivia podía distinguir el débil resplandor de unas luces en el pueblo, seguramente el blanco parpadeo de las pantallas de televisión. Eso le recordó que la gente continuaba haciendo su vida ordinaria en esta noche, la más salvaje que la aldea había vivido en décadas, con un suspiro pasó los dedos sobre la áspera superficie de los objetos sobre su regazo, casi para comprobar que todavía estaban ahí y no se habían evaporado en el aire. Tom llegó a lo alto de la colina y se carcajeó, satisfecho consigo mismo y con su viejo vehículo.

La Mansión se erigía tres campos más allá a vuelo de pájaro, pero la carretera principal serpenteaba los perímetros, pasando por el club de piragüismo y cruzando el río antes de acceder al desvío hacia la casa. Eran casi cinco kilómetros por esa ruta y algunas partes del camino estarían cubiertas de árboles caídos. Olivia sabía que Tom tendría que ir por el estrecho camino de cabras que solían tomar los camiones lecheros cuando la granja de Beth todavía estaba en activo. Su pulso se aceleró al mirar a través de los campos. Su instinto le decía que algo terrible había sucedido en el lugar que ella llamaba hogar.

No llevaban demasiado tiempo en el camino de la granja cuando Tom frenó de repente y el 4x4 dio una sacudida antes de detenerse del todo. Su cabeza rebotó contra el respaldo del asiento desperdigando los pensamientos que estaba tratando de poner en orden.

Tom salió del vehículo y se quedó de pie, iluminado por el haz de los faros y observando lo que tenía delante con las manos en las caderas. Olivia abrió su portezuela y miró a su vez, con el pie apoyado en el reposapiés.

La carretera, que nunca había sido más que un sucio camino, se abría paso delante de ellos; solo que ya no había carretera, solo un gran agujero negro.

Capítulo sesenta y dos

Gabe se despertó de un profundo sueño. Le dolía todo el cuerpo, incluidos los ojos, que estaban intentando enfocar el escenario que presentaba la habitación blanca. Si no hubiera estado todo tan hecho una mierda, hasta habría resultado divertido.

Carver y Ollie estaban sentados uno al lado del otro, tan pálidos como el propio Clove que se cernía imponente sobre ellos, su misma presencia tan formidable como su altura. Parecía que ambos se habían relajado un poco y los ojos de Carver estaban animados, como si al fin hubiera calado el hecho de que tenía delante al objeto de años de estudio e investigación. Noah ocupaba el otro sofá, tenía los ojos cerrados pero no dormía; la furibunda marca de su frente brillaba a la luz de la lámpara.

—Ah, Gabriel —Clove fingió darse cuenta entonces de que estaba despierto, aunque Gabe sospechaba que lo había sabido en el momento mismo en que había abierto los ojos—. Moth, este sería un buen momento para que os conocierais un poco más —el vampiro movió la cabeza en dirección a Moth y a Teal, que estaban sentados en el suelo junto a las puertas francesas, lo más cerca posible del exterior.

Gabriel no tenía ninguna intención de conocer mejor a Moth; se sentó y estiró las piernas, con toda la intención de levantarse e ir a sentarse entre Carver y Ollie, pero solo pudo dar dos pasos antes de que sus piernas se doblaran bajo su peso. Clove le sujetó antes de que cayera al suelo y Gabriel no pudo hacer nada por evitar que el vampiro le depositara en el suelo junto a sus protegidos.

—Comportaos —les dijo—, tenemos demasiadas cosas de las que preocuparnos ahí fuera como para aguantar más antagonismos en esta habitación.

Aquello era verdad y ni Moth ni Gabriel podían discutírselo. Clove ayudó a Teal a levantarse, ojeó el libro del que el joven vampiro no se había separado y le señaló el sillón de cuero junto a la chimenea, dándole permiso. Teal no necesitó que se lo dijeran dos veces y saltó hacia el sillón, abriendo las páginas incluso antes de sentarse. Esto dejó a Gabe a solas con Moth. Un silencio incómodo se interpuso entre ambos; Gabe podía sentir el resentimiento en el joven vampiro. Se abrazó las rodillas y mantuvo la mirada fija delante de sí, pero Moth seguía colándose en su visión periférica. La fina capaz de polvo que cubría su piel y su pelo hacían pensar que acabara de escapar de una tormenta en el desierto, y no parecía mucho más mayor que él mismo, aunque eso no significaba nada siendo un vampiro. ¿No se suponía que tenía que estar huyendo del peligro exterior y no crear otros en el interior? Moth apoyó la cabeza en sus rodillas y luego la ladeó para mirarle fijamente. Sus ojos eran peculiares, uno gris y el otro marrón y la ira que desprendían hizo que Gabe terminara apartando la mirada.

—¿Por qué nos has arrastrado en mitad de tu mierda?

Gabe se quedó sin palabras, pero solo por un segundo. Pudo sentir un cálido fogonazo de rabia en la boca del estómago que se extendió por todo su cuerpo hasta salirle por la boca, olvidándose de que Moth era lo que era.

—Yo no he arrastrado a nadie —siseó—, nunca pedí la ayuda de Clove y mucho menos la tuya. Y a lo mejor se te escapa, pero tengo otras cosas de las que preocuparme antes que de cualquier mierda de problema que hayas decidido que tienes conmigo.

Moth se encogió de hombros con frialdad como si todo aquello le resbalara. Clove les observaba mientras mantenía una conversación con Carver.

—¿Problema? ¿Crees que es eso lo que es? —le espetó Moth.

—¿Qué otra cosa quieres que piense? —A Gabe ya no le importaba ser amable y estaba harto de sentirse intimidado. Es cierto que, si hubieran estado solos, puede que hubiera elegido mejor sus palabras porque dudaba que el vampiro se hubiese mordido la lengua si Clove no hubiera estado delante. El pensamiento hizo que se le escapara una carcajada lo que le granjeó una mirada fulminante de Moth.

—Tu especie y mi especie no se mezclan. Esta no es una de esas patéticas historias donde al final todos encontramos paz y armonía. Te desgarraría la garganta antes de tener que hablar de chorradas contigo.

—Moth, suficiente —la cortante réplica de Clove silenció lo demás que Moth aún tuviera por decir.

Gabe estaba temblando de rabia y tuvo que hacer uso de todo su autocontrol para no lanzarse contra el joven vampiro.

—Gracias por la sincerad, así sé a que atenerme. Aunque dudo mucho que tuvieras algo más de compasión cuando estabas vivo —había lanzado estas palabras para hacer daño y, por un segundo, pudo ver ese efecto en el rostro de Moth, antes de que volviera a convertirse en una inexpresiva máscara.

—Gabe, ven aquí —le llamó Noah con voz ronca.

El chico no necesitó que le insistieran más. Se levantó dejando a Moth rumiando su rabia y fue a sentarse al lado del sacerdote. Casi había olvidado el sufrimiento por el que había pasado Noah, lo que era imperdonable. Cogió su mano entre las suyas.

—¿Cómo te sientes? —era una pregunta estúpida, el hombre había sido atacado por algo que no debería de existir. ¿Cómo iba sentirse cuando toda su fe estaba depositada en Dios?

Noah se humedeció los labios con la lengua.

—No dejes que Moth te haga perder la concentración, ni nada en esta habitación, Gabriel —parpadeó varias veces como si le costara mantener los ojos abiertos—. El demonio que acecha ahí fuera te quiere. No asumas que ellos pueden o quieren ayudarte.

El cristal de la ventana vibró con fuerza al ser golpeado por una fuerte ráfaga de viento y Gabe dio un respingo sobresaltado. Noah le apretó los dedos con fuerza y vio cómo Moth le hacía una mueca burlona.

Gabe sintió un frío terror envolverle los hombros, ahora había dos criaturas sedientas por su sangre.

Aka Maga permaneció indeciso en lo alto de la escalera. Los dos vampiros jóvenes estaban merodeando por el piso inferior, pero eran insignificantes y no representaban amenaza alguna para él. Había sondeado al más tímido en caso de que su quietud escondiese un poder más profundo y solo había encontrado debilidad.

El resto, incluido su premio, estaban arremolinados en la misma habitación. Se creían más seguros por estar todos juntos, aunque era cierto que pensar en el maestro vampiro hacía que su nuevo corazón se hinchara, no con sangre, sino con siglos de odio. Después de tantos años esperando para encontrar al huésped perfecto, no iba a arriesgar su éxito intentando poseer a Gabriel mientras el vampiro estuviera presente y en guardia. Les dejaría esperar y desesperar. Sabía a la perfección cómo el miedo crecía y triunfaba cuando la imaginación dominaba al sentido común.

Aka Maga estaba disfrutando de su nueva y recién encontrada fortaleza, poniendo a prueba los poderes que jugueteaban en su interior disolviéndose y volviéndose a formar, desperdigando sus átomos por toda la planta superior para luego concentrarlos de nuevo en una negra bola de energía. En lo más profundo de su núcleo putrefacto estaba entusiasmado y dispuesto a todo.

En el vestíbulo, el reloj de pie marcó las dos de la madrugada, un poco más tarde de la hora de brujas alrededor de la cual funcionaba aquella casa, y por una vez, se encontró esperando ansioso a las primeras luces del día, esa hora en la que los vampiros no tendrían más remedio que retirarse y escabullirse, como perros con el rabo entre las patas, dentro de sus oscuros agujeros. Y ese sería su momento, reclamaría a Gabriel Davenport, deleitándose en su terror y asegurándose de que todos lo presenciaran. Agradecería al hombre, Carver, por haber cuidado tan bien de su huésped y se reiría en la cara del sacerdote, que estaba tendido con su espíritu hecho añicos. Haría gritar a Gabriel su nuevo nombre para que todos lo oyeran. Y después, le ordenaría que los aniquilase.

La entidad se deslizó bajo una puerta, una agitada masa negra de odio y sombras.

Y esperó.

Capítulo sesenta y tres

Ollie se excusó a sí mismo aludiendo que tenía que subir a su habitación a coger el cargador del teléfono, aunque la fulminante mirada que le lanzó Carver casi lo incinera en el sitio.

Estaba emocionado, esa era la verdad, más emocionado de lo que había estado nunca. Cosas en las que había creído durante toda su vida, ¡eran de hecho verdad! Era como si el destino estuviera premiándole por todas las horas de duro estudio intentando encontrar la pista perfecta, la que abriría la puerta a otros mundos. Sin embargo, su entusiasmo estaba empañado por la preocupación que le causaban su hermana y Gabe, y ambas emociones no encajaban bien. Necesitaba un tiempo a solas para poder aclarar su cabeza. Bajo la vigilante mirada de Clove no había privacidad ni siquiera en la mente de uno mismo.

Corrió escaleras arriba, contento de que alguien hubiera dejado la lámpara sobre la consola encendida. Algo se movió en el piso inferior, en el vestíbulo, y Ollie se giró y observó a través de la balaustrada. Era Moth, enviado por Clove seguramente, y la mirada en su rostro era todo menos amigable. Le recordó a Purr Snicketty acechando a un ratón en el cementerio de St. Jude la Semana Santa pasada.

Se escurrió con sigilo en la habitación más cercana, la de Olivia. Su toalla yacía arrugada sobre la cama y varios pares de zapatos descansaban desperdigados por todo el suelo. Su hermana era desordenada mientras que él era obsesivo compulsivo… y la gente decía que los gemelos eran iguales. El aroma de su perfume todavía permanecía en el aire; sintió cómo una mano helada le apretaba el corazón. Se sentó en la cama y descansó la cabeza entre las manos, apretándose los párpados bajo las gafas con las yemas de los dedos, no queriendo pensar durante al menos unos minutos. El olor del perfume presionaba sus sentidos, profundo y boscoso con un toque ahumado. A Olivia no se gustaban las colonias florales, prefería algo con más fuerza y personalidad, lo que llamaba su «no jodas conmigo» como tarjeta de presentación.

Le palpitaban las sienes y le dolían hasta los huesos. Había vampiros en el piso de abajo. Puñeteros vampiros. Debería estar haciéndoles preguntas y documentándose, estudiando sus conversaciones y reacciones. Esto demostraba que toda su vida no había sido una pérdida de tiempo y que su decisión de investigar lo paranormal no era la de una crédula mente que se hubiera marchitado y muerto en un trabajo de nueve a cinco.

Su estómago rugió y le asaltó una náusea. ¿Cuándo había sido la última vez que había comido? ¿La pizza? No, no había llegado a comer nada, y eso parecía que había pasado hacía siglos. En la cocina, durante la tormenta, con Gabe… Ollie sintió un hormigueo en sus dedos mientras recordaba la presión de la cabeza de Gabe sobre su pecho y la calidez de sus manos agarrando su camiseta, cómo había sentido las lágrimas de sus mejillas a través de la tela. Se tumbó en la cama agarrando las sábanas y gimió, meciéndose suavemente y dejando volar su imaginación. Besar a Gabe hubiera sido igual que tomar miel directamente del panal. Su mano se dirigió a la bragueta de sus pantalones y soltó los botones. Permaneció tumbado en la cama de su hermana, con el perfume de esta llenando sus pulmones y se imaginó deslizando su lengua entre los labios entreabiertos de Gabe, animándole a corresponderle. Se imaginó los sonidos que él emitiría, los suaves gemidos y la urgente súplica. Pero, de pronto, un nuevo pensamiento le asaltó: puede que todo esto fuera culpa de Gabe. La partida de Olivia estaba unida a la caja, y la caja estaba unida a Gabe. Esta casa no había tenido ningún problema hasta que él había descubierto al chico merodeando por las inmediaciones de la cámara acorazada. Sí, todo tenía sentido ahora.

La reflexión se empañó, dejando solo el intenso y casi doloroso placer de una erección que había estado intentando contener todo el día. Pero esta vez no había delicados besos. Gabe se retorcía debajo de él, su piel pegajosa por el sudor, su inocencia resbalando como gotas de agua. Esta vez, Ollie folló mentalmente a Gabe hasta hacerle sangrar.

Capítulo sesenta y cuatro

Olivia se aferraba a la manilla de la puerta del copiloto como si fuera una mujer que se ahoga e intenta sujetarse a una roca. Tenía los dientes tan apretados que pensaba que, si se relajaba, estos se desintegrarían. Su cuerpo, ya dolorido y amoratado por su accidente, estaba recibiendo otra paliza mientras el 4x4 avanzaba dando tumbos entre los surcos del campo.

Tom no había dejado que el agujero en mitad del camino le desanimara y Olivia le había seguido de nuevo al interior del vehículo sintiendo una rabia ciega que no creía posible llegar a sentir y soltando una retahíla de todos los improperios que le venían a la mente. El granjero se había quedado mirándola con la boca torcida en una mueca desaprobatoria.

—Podrías surtir a un pequeño país de toda la energía necesaria con la fuerza de tus maldiciones, Olivia.

Mientras ella digería la verdad de su comentario, Tom puso el 4x4 en primera y condujo con calma hacia la derecha, a través de una verja de madera abierta campo a través. Las astillas de madera golpearon el parabrisas y ella se agachó instintivamente para casi de inmediato golpearse la cabeza contra el techo del todoterreno cuando este empezó a moverse a trompicones; se aferró a la manilla con fuerza mirando al granjero como si fuera un hombre loco. O un héroe. O ambos. Había pensado que las opciones de llegar a la Mansión terminaban en lo más profundo de aquel agujero de la carretera, pero una vez más, Tom llegaba al rescate. El vehículo se resbaló hacia un lateral mientras se dirigían colina abajo hacia el arroyo que discurría entre dos campos. Al poco, la pendiente volvió a elevarse hasta que el camino se niveló en dirección a los límites de la casa. Ella había recorrido esa ruta en incontables ocasiones; ahora, en mitad de la húmeda oscuridad que les rodeaba, todo resultaba nuevo e inquietante. A su derecha se encontraba el bosque con su ejército de abedules plateados ejerciendo de centinelas sobre la colina.

—Te debo una, Tom —las palabras se escaparon del castañeteo de sus dientes mientras rebotaban sobre los arremolinados surcos dejados por los tractores. Hubiera deseado decir mucho más, pero podía esperar a cuando todo hubiera acabado, cuando estuvieran a salvo, si eso finalmente ocurría. Se mordió el labio y concentró su mirada en los haces bamboleantes que despedían los faros del todoterreno.

—Hay bondad dentro de ti, muchacha, debajo de todas las espinas. Me recuerdas a mi Betty.

Olivia no le miró porque sabía que sus ojos estaban llenos de lágrimas.

Tom se detuvo al pie de la colina. El arroyo, que habitualmente no era más que un exiguo riachuelo, había triplicado su tamaño y el agua corría con fuerza, llena de ramas y desperdicios baldeados desde las pendientes. Una pared de piedra que separaba los pastos se había colapsado añadiendo piedras de considerable tamaño al lecho del arroyo. Permanecieron en silencio solo con el sonido del limpiaparabrisas de fondo.

—¿Crees que puedes atravesarlo?

—No creo que haya problema. Solo le estoy dando a esta vieja bestia un respiro. No había trabajado tan duro desde aquella tormenta de nieve.

Aquella tormenta de nieve, hacía quince años. Toda la gente local se refería a ella de esa manera. Toda la nieve que habían tenido desde entonces habían sido solamente unos débiles copos, aunque duraran varios días. Al final, todo se remontaba a aquella noche, pensó Olivia.

Tom puso en marcha el motor, que esta vez se quejó y resopló antes de volver a cobrar vida. Estudió los diales del salpicadero y soltó un gruñido. Lentamente avanzó hacia el torrente de agua, sus ojos buscaban el lugar más propicio para cruzar. Olivia le señaló un punto donde solo unas pocas rocas sobresalían, la pendiente se vislumbraba al otro lado, imponente como una montaña. El todoterreno se hundió en el agua, y se giró hacia un lateral empujado por la corriente. Tom corrigió la posición sin levantar el pie del acelerador para evitar que se calase. Una rueda golpeó una roca, Olivia contuvo la respiración y casi soltó un grito de triunfo cuando el neumático encontró un punto de apoyo y avanzó sobre las piedras. Solo faltaban un par de metros y habrían conseguido llegar al otro lado. El motor gimió cuando Tom le demandó más energía y el interior del vehículo comenzó a empañarse con sus alientos. Olivia se inclinó hacia adelante para frotar el cristal con la manga y aspiró el olor a cables quemados que se colaba por los conductos de ventilación.

Un repentino torbellino de agua les empujó río abajo por un momento y el 4x4 golpeó el lateral de un tronco escondido bajo la corriente.

—Vamos, vamos, solo un poquito más, chica —murmuró Tom entre dientes mientras se peleaba con el volante.

Olivia repitió las mismas palabras dentro de su cabeza. Si pudieran moverse solo a fuerza de voluntad, estarían volando sobre los campos en ese momento.

Las revoluciones del motor dieron una sacudida, se detuvieron y volvieron a temblar de nuevo. Extrajo sus últimas fuerzas para el recorrido final, escupiendo su último aliento en una nube negra a través del tubo de escape.

Capítulo sesenta y cinco

Moth estaba tardando demasiado. Clove, sentado de espaldas a la puerta, observaba a Carver y a Noah conversar, mantenían sus palabras en un susurro, pero él podía escuchar todo lo que decían, un detalle que no le pareció importante mencionar. Los ojos de Noah se movían en su dirección ocasionalmente y lo cierto era que, para ser un hombre de Dios, había demasiada incertidumbre en sus profundidades.

Clove escuchó las pisadas de Moth en la habitación de Gabriel, pero Ollie no estaba con él. La boca de Clove se transformó en una línea recta. Después de que todo esto acabara tenía que escarmentar a Moth, su supervivencia residía en que siguiera las reglas establecidas y ahora mismo, parecía que el joven vampiro estaba saltándose todas y cada una de ellas.

La animadversión entre Gabriel y Moth le preocupaba. No había confiado en que crearan un vínculo, ni nada por el estilo, pero esa antipatía tan obvia solo podía significar problemas. Como esta espera. Había esperado que la confrontación con el demonio ya hubiese ocurrido porque la entidad estaba demasiado llena de rabia como para permanecer en las sombras por más tiempo y porque era demasiado poderosa como para sentirse intimidada por su presencia indefinidamente. Además, podía sentir sus merodeos y su putrefacto olor colándose por los recovecos de la casa.

Teal había abandonado la lectura, pero seguía sujetando el libro amorosamente debajo del brazo. Ahora estaba de pie, delante de una pintura al óleo —una escena rural— con una expresión de embelesado placer en su rostro. Extendió la mano y tocó la superficie de la pintura, deslizando sus dedos sobre las diminutas elevaciones y remolinos. Clove sabía que el hecho de haber tomado a Teal bajo su cuidado podía ser visto como un error. Era débil, una carga innecesaria y el más pequeño del grupo de vampiros a los que había dado caza. Pero había algo en el color de sus ojos, una singularidad que le reconcomía la mente, algo que le provocaba intranquilidad. Pero ahora mismo, era alguien que mantenía a raya a Moth y le daba algo de lo que ocuparse.

Gabriel estaba sentado con las piernas cruzadas sobre un sillón y aunque parecía estar sumido en sus pensamientos, Clove sabía que su atención estaba centrada en cualquier movimiento que se produjera en la habitación. ¿Cómo sería para él, estar esperando a ser poseído, estar esperando la muerte? Algo parecido a la empatía revoloteó en el pecho de Clove extinguiéndose con rapidez. El muchacho era valiente y, aunque Clove le hubiera dicho que le ayudaría en su lucha contra el demonio, sabía que al final lo más importante era destruirlo y si Gabriel se encontraba en la línea de fuego, tendría que convertirse en una víctima necesaria. La paciencia del vampiro se estaba agotando, y estaba empezando a estar cansado de ser un mero peón en aquella batalla.

Gabriel levantó la mirada cuando la sombra de Ollie oscureció el umbral de la puerta, no había rastro de ningún cargador en sus manos. Clove estudió su rostro. Ollie estaba sudando, pequeñas gotas de transpiración brillaban en su frente y en su labio superior. El vampiro aspiró el aire y percibió el fuerte olor a cloro del semen. Aquello era raro. No había habido nadie más en el piso superior a parte de Moth. Ollie se limpió la cara con el dorso de la mano y Gabriel le hizo una seña para que se acercara a él.

—¿No has encontrado el cargador?

—No, lo he buscado pero no estaba… lo tendrá Olivia —la mentira era tan evidente que hasta Carver y Noah detuvieron la conversación y miraron en su dirección. Ollie se mordisqueó una uña y cambió el peso de su cuerpo de una pierna a otra, indeciso, antes de inclinarse y susurrarle algo a Gabriel al oído.

—¿Alguien quiere algo de beber? —musitó Gabe sin girarse ya medio fuera de la habitación y con Ollie pegado a sus talones.

A Clove se le erizaron los pelos de la nuca. Desaceleró su respiración y deslizó la lengua sobre uno de sus afilados colmillos.

En la cocina, Gabe sacó dos refrescos del frigorífico, dándole uno a Ollie. Todo parecía normal, pero de pronto sintieron como si algo estuviera extrayendo todo el aire de la habitación. En la habitación blanca, las luces parpadearon dos veces y se apagaron, y se dejó oír el sonido de miles de diminutos pies escabulléndose entre las maderas del suelo. Teal corrió al lado de Clove con los ojos abiertos y asustados.

—¿Dónde está Gabriel? —demandó Carver mientras el sonido crecía. Puso su brazo alrededor de los hombros de Noah mientras el sacerdote se tapaba los oídos con las manos.

Las puertas francesas temblaron con una repentina ráfaga de viento que hizo ceder el pestillo y las abrió de par en par con un crujido, ondulando el suave tejido de las cortinas como dedos espectrales.

Todos los afilados sentidos del vampiro se agudizaron al máximo cuando la presencia se estableció en la habitación, impregnando el aire que respiraban, su toxicidad envenenando sus pulmones. Pero no tenía forma, ni centro y no había nada contra lo que luchar. El sonido aumentó hasta llegar a su clímax, tan alto que ahogaba cualquier pensamiento. Clove cerró de golpe sus escudos mentales no sin que antes un gusano de odio se arrastrara dentro de su cabeza: *Aléjate, vampiro. Esta no es tu lucha. Coge a tus hijos y corre. Yo soy la Muerte. Hasta para los de tu clase.*

—Gabriel, ven aquí, ¡ahora! —Clove raramente elevaba la voz, pero su tono de urgencia no daba lugar a confusión.

Sobre el terrible sonido, algo soltó una risotada.

El vampiro llegó a la cocina en dos zancadas, todavía luchando con la voz en su cabeza. La puerta del frigorífico estaba abierta, su luz desbordándose sobre el suelo.

Pero no había ni rastro de Gabriel ni de Ollie.

Capítulo sesenta y seis

Los pies de Olivia se hundieron en la pendiente mientras intentaba buscar un punto de apoyo. La colina no era empinada pero la lluvia la había convertido en una embarrada pista de hielo. Soltó un grito cuando se golpeó su uña dañada contra una piedra. Dentro de su chaqueta, las cruces de hojas de palma le arañaban la piel. Eran caseras y tenían los bordes deshilachados. Todavía no sabía cómo podían ser de utilidad.

Tom no había querido dejarla ir sola, pero ella no iba a permitir de ninguna manera que el viejo granjero se adentrara en los campos, el terreno se había convertido en arenas movedizas.

—Mira, si te haces daño no quiero tener que decidir entre ayudarte a ti y llegar a la Mansión —fue el único argumento que se le ocurrió para que no la siguiera.

Ante eso él no pudo replicar, la abrazó tan fuerte que incluso cuando se hubo alejado, su cuerpo dolorido todavía sentía su calor. Le daba una pequeña pizca de confort. Y ahora, mientras la lluvia caía sin descanso en un paisaje ya empapado, se encontraba realmente sola. En la distancia, unas pequeñas luces aisladas le daban la bienvenida a casa. Un frío viento volaba desde el bosque de abedules, llevando el otoño a sus espaldas, o tal vez eso le parecía ahora que volvía a estar calada hasta los huesos y al límite de la extenuación. Dentro del 4x4 había tenido que parpadear fuerte un par de veces para ahuyentar la doble visión. Un entumecimiento que nada tenía que ver con el frío se coló en sus huesos; sabía de manera instintiva que su hermano estaba en tanto peligro como Gabe.

—Por favor, Dios, por favor. Haz que estén bien —susurró una y otra vez, solo deteniéndose para coger aliento mientras escalaba a cuatro patas hasta lo alto de la pendiente. Olivia no era una persona religiosa, pero en aquel momento se hubiera suscrito a cualquier religión o dios que quisiera escucharla.

Por fin, el terreno se niveló y misericordiosamente, descendió con sutileza hasta la verja que establecía los límites de los terrenos de la Mansión. Intentó echar a correr, pero sus piernas cedieron y cayó al suelo, el aire escapándose de sus pulmones. Se quedó mirando al cielo por un momento, observando a una sola estrella brillante que quería abrirse paso entre las pesadas nubes. Se estremeció y consiguió ponerse en pie a duras penas. Su visión se había acostumbrado a la oscuridad y podía discernir las sombras de los árboles y los ondulantes bordes del campo. A lo lejos, la Mansión se erigía desafiante como un espejismo nocturno. Avanzó penosamente a través del último tramo durante lo que le parecieron horas.

Algo pálido enganchado en la verja llamó su atención. Se movía ondulante entre las ráfagas de aire, retorciéndose y bailando como si estuviera vivo. Olivia casi patinó hasta llegar a la valla y lo cogió entre sus manos. Estaba empapado pero lo reconoció, era parte de uno de los chales de Beth. Se mordió el labio inferior, aquello no estaba bien. Nada estaba bien. Sin embargo, las cruces de palma apretadas contra su corazón le recordaron que estaba allí por una razón.

Un búho ululó, su canto embrujando la oscuridad a su alrededor. Olivia miró en dirección al sonido que provenía del bosque de abedules y le pareció ver un blanco destello de movimiento detrás de uno de los árboles, una palidez que al parpadear, se hizo una con la blancura del bosque. Se frotó los ojos con la manga. «Vamos, Olivia. No empieces a imaginarte cosas», intentó dotar de severidad a su voz interior, pero terminó sonando más como la voz de Ela. Un sollozo se le atoró en la garganta.

Todo su cuerpo se quejó de dolor al trepar la verja de madera y subir por los desgastados escalones de piedra que conducían a la fuente. Se tropezó en las sólidas losas, casi esperando que sus pies se hundieran en ellas, y se apoyó contra el borde de la fuente para descansar un minuto. Ahora que por fin estaba allí, las dudas empezaron a acuciar su mente. ¿Y si Carver no quería verla más? Olivia se imaginó a sí misma apareciendo de repente, cubierta de barro y enseñando el contenido que escondía su chaqueta. ¡Sorpresa! Un hombre muerto me dijo que trajera esto...

El jardín se extendía ante ella, un perfecto rectángulo oscuro rodeado de un camino de grava con árboles a los lados. Lo conocía bien a la amigable luz del día, pero ahora resultaba siniestro y lleno de sombras. La ninfa en el centro de la fuente la observaba con ojos muertos.

Un repentino estruendo proveniente de la casa la sacó de su ensimismamiento. Las puertas francesas estaban abiertas y una luz amarillenta se extendía por el patio. A pesar de encontrarse al final del jardín, pudo distinguir movimiento en aquella luz.

Se le congeló la sangre en las venas.

Capítulo sesenta y siete

Gabe siguió a Ollie por la negrura del pasillo. ¿Cómo podía Ollie distinguir por donde iba? El familiar entorno estaba sumido en la más completa oscuridad. Ollie no había perdido el tiempo en sacarlo de la cocina cuando se fue la luz.

—Venga, rápido. ¿Recuerdas que te dije que conocía un secreto? No dejes que nos oigan.

Gabe ya estaba harto de los secretos, estaba claro que nada bueno salía de guardarlos, siendo su propia vida el principal ejemplo de ello. Todavía estaba dolido con Carver y Noah por no haberle dicho lo de la caja, y luego ahí estaba Moth, comportándose como si él fuera el problema, por no mencionar el elefante de la habitación que era la desaparición de Beth. Empujó ese último pensamiento detrás de la puerta de su mente marcada como «relación madre-hijo». Había aprendido hacía mucho tiempo a no pensar en Beth como una figura materna, porque eso aumentaba su sentimiento de culpa ante el hecho de que ella lo había protegido a él hacía muchos años. Su vida barrida de golpe como si no fuera más que una marca en la arena del tiempo limpiada por las corrientes del mar. Gabe luchaba contra la sensación de que debía sentir más, cuando en realidad solo lo envolvía una insensibilidad que no sabía explicar.

Se tropezó al borde de las escaleras y una mano lo agarró y prácticamente lo arrastró escaleras arriba. Ollie debía tener algo importante que decirle porque no era propio de él montar una escena por nada y esta urgencia no era algo habitual en él. Pero qué más daba, todo era extraño. Gabe decidió seguir a Ollie y escuchar lo que quisiera decirle. Por lo menos tendría un aliado. Contó los escalones mientras subía no queriendo tropezar otra vez al llegar al rellano superior.

—¡Shhhh! —siseó Ollie ansioso desde la oscuridad más adelante.

Gabe se detuvo con la mano aferrando la barandilla a espaldas de Ollie y escuchó, pero todo lo que pudo oír era el latido de su propio corazón retumbándole en los oídos. Cuando sus ojos se acostumbraron a la oscuridad, se le puso la piel de gallina; Ollie estaba balanceándose de un lado a otro suavemente. Gabe se encogió y se golpeó la cadera contra una de las columnas de la barandilla mientras una chispa de terror se encendía en su pecho y se extendía por todos sus miembros hasta explotarle en las yemas de los dedos. Ollie se dio la vuelta en un rápido movimiento y disparó su brazo hacia delante agarrando a Gabe por el cuello, sus dedos fríos como el hielo.

Gabriel jadeó, un estrangulado sonido que empezó y acabó en su garganta. Intentó zafarse de la viciosa sujeción, pero era como tratar de luchar contra una piedra maciza. Ollie levantó la cabeza y los ojos opacos que le atravesaron eran los de un hombre muerto. Un delgado hilo de sangre corría por el borde de uno de ellos. Ollie apretó con más firmeza y le levantó del suelo. Gabe empezó a oír un sordo zumbido retumbar en sus oídos y su visión se nubló mientras sus piernas pataleaban contra el espacio vacío. ¿Iba a terminar su vida a manos de alguien a quien consideraba su hermano y que no le había hecho daño ni a una mosca en toda su vida?

Gabe llamó a Clove con el pensamiento, chillando su nombre en silencio, esperando que funcionara. Oyó el suave clic de una puerta al abrirse al tiempo que su mundo se tornaba negro. De pronto, el agarre alrededor de su garganta se suavizó y cayó pesadamente contra la barandilla. Todas las terminaciones nerviosas de su cuerpo rugieron, enviando señales de peligro a su cerebro mientras caía al suelo convertido en una masa jadeante. Las lágrimas fluían sin control y lo único que podía hacer era intentar inhalar bocanadas de aire. Oyó el sonido de pisadas que corrían en el pasillo inferior, parecía muy lejano, como si él estuviera resguardado en el fondo de una cueva.

Le ardía el pecho y tomar aliento era una dolorosa tarea, pero no le importaba porque estaba vivo. Poco a poco su visión se aclaró y consiguió ponerse de rodillas. Las luces parpadearon de forma intermitente hasta que permanecieron encendidas por completo. Justo fuera de la puerta de su habitación, Ollie estaba tumbado en el suelo, mirando con fijeza el techo. A horcajadas sobre él se encontraba Moth, sus ojos brillando con una intensidad que hizo que Gabe se asustara. La cara de Moth estaba embadurnada de sangre y su gastada camiseta saturada de ella. Una lenta sonrisa, mostrando dos pequeños y afilados colmillos, se extendió por su rostro al ver a Gabe.

Había desgarrado la garganta de Ollie.

Todo se mezcló en una niebla de voces elevadas y acusaciones. Gabe cerró los ojos. Si no era capaz de ver, su cerebro no procesaría aquello como algo real y no tendría que aceptarlo. Se desplomó y sintió cómo lo llevaban escaleras abajo mientras tenues colores bailaban delante de sus ojos cerrados. Su cara estaba apoyada contra un duro pecho y un olor a tierra le impregnó las fosas nasales. Clove. ¿Dónde estaba Ollie? En realidad, sabía la respuesta a aquello y se ahogó en las oleadas de culpa que lo invadieron. Un grito desgarrado que resumía la angustia de la pérdida humana se escapó de sus labios y le quemó la garganta. Clove le agarró con fuerza y susurró palabras ininteligibles contra su pelo.

La voz de Carver también estaba cerca y Gabe sintió la familiaridad de su mano apoyada en su hombro. Palabras hirientes se escupían de un lado a otro e intentó bloquearlas, se sentía exhausto de dolor.

—No puedes llevártelo. No lo permitiré.

—¿Y cómo te propones detenerme?

—Tu supuesta protección no ha servido de nada hasta ahora.

Y luego surgió la voz de Moth, detrás de los brazos de Clove mientras este le depositaba sobre un sofá:

—He salvado su jodida y patética vida. Así que no vengas a culparme por hacer lo que tenía que hacer.

—Por favor, dejadlo ya —era una voz que no estaba imbuida con ningún tipo de autoridad, pero todos guardaron silencio, incluso Clove, que se elevaba sobre Gabe como el más oscuro de los ángeles de la guarda. Teal apareció con timidez de entre las sombras de la puerta y se colocó al lado de Moth—. Estáis siguiéndole el juego a la perfección. Vuestra unidad es lo que más teme.

Gabe observó a través de sus ojos entrecerrados la manera en que Moth miraba a Teal, como si le viera por primera vez. Carver se metió las manos en los bolsillos con fiereza. Se sentía empequeñecido, no solo por la presencia de Clove sino también por un dolor al que todavía no había dado rienda suelta. Era una aflicción que planeaba sobre él, que encorvaba sus hombros y que dibujaba las líneas de su rostro. «Si se derrumba, nos derrumbaremos todo», pensó Gabe. De repente sintió frío y empezó a temblar.

—¿Dónde está Noah? —no podía verle y una nueva angustia se sumó al bloque de cemento que le ocupaba las entrañas.

—Estoy aquí, no te preocupes —Noah apareció desde la cocina secándose las manos en un trapo. Su cara estaba demacrada y había salpicaduras de sangre en las mangas de su camisa y en las perneras de su pantalón. La sangre de Ollie.

—¿Qué es lo que ha pasado ahí arriba, Gabe? —preguntó Carver con tristeza.

Lo único que Gabe quería hacer era olvidar que la última media hora hubiera sucedido, pero eso no era una opción. Ni ahora, ni nunca. Sintió los ojos de Moth taladrándole la nuca.

—No era Ollie, había algo... dominándole —Gabe titubeó; Ollie había estado guardando un secreto... no quería mencionar eso.

Noah se sentó a su lado.

—Está bien, Gabe, tómate tu tiempo.

—Estaba actuando de manera extraña pero no me di cuenta hasta que estuvimos arriba. Y luego me atacó... pero no era Ollie, no había nada de Ollie ahí dentro.

El sonido de diminutos pies escabulléndose comenzó de nuevo, era como el sonido de un cuchillo raspando un cristal. Y esta vez provenía del interior de las paredes.

Capítulo sesenta y ocho

Olivia apoyó la frente contra la fría y dura piedra de la fuente, le dolía el pecho, mierda, le dolía todo. Y ahora que estaba por fin allí, con solo un trecho de jardín por recorrer, tenía miedo. Apoyó su mano contra su chaqueta buscando consuelo, las cruces de palma descansaban sobre su corazón.

¿Y el movimiento que había visto en el patio? Insectos. Cientos de ellos. Intentó recuperar su viejo yo, aquel que hubiera cogido una araña con toda tranquilidad y la hubiera arrojado al jardín mientras su hermano entraba en pánico. Pensando con un poco de lógica, cabía la posibilidad de que la tormenta hubiera removido un nido gigantesco bajo tierra obligándoles a subir a la superficie y ahora, simplemente estaban intentando buscar el camino de vuelta a casa. Igual que ella. Inhaló una profunda bocanada de aire y se encaminó hacia la Mansión.

Caminó con la cabeza gacha hasta que alcanzó las losetas de piedra asumiendo que ojos que no ven, corazón que no siente. Sin embargo, cuando finalmente levantó la mirada, los insectos habían desaparecido. Como si nunca hubieran existido. Parpadeó con fuerza y después le invadió un gran alivio que hizo que las piernas volvieran a temblarle; la dorada luz de la habitación blanca le daba la bienvenida a casa. Sin embargo, al acercarse más se detuvo de nuevo. La habitación estaba vacía, pero había signos de que había estado habitada hacía poco tiempo como un cojín tirado en el suelo, un libro abierto en la silla junto a la chimenea y tazas de café a medio beber desperdigadas en la mesita baja delante del sofá.

—¿Hola? —le sonó tan estúpido enunciar una palabra como esa al entrar en su propio hogar… porque aquel era su hogar, y los acontecimientos de aquel día no habían hecho más que reafirmar ese hecho en su testaruda cabeza.

No obstante, había algo que no encajaba. La casa rezumaba algo indefinible, algo que colgaba pesado en el aire, como al caminar por el interior de un antiguo edificio donde las sombras de los que habían vivido y muerto entre sus paredes todavía impregnaban los viejos muros. La Mansión era antigua, pero nunca la había sentido como vieja. Se giró lentamente y contempló la oscuridad a sus espaldas.

Algo se arremolinaba contra el bajo muro de ladrillo que marcaba el inicio de la rosaleda. Se movía con lentitud pero fluidamente. Olivia aspiró el aire: humo. Pero el ambiente era demasiado húmedo como para que un fuego pudiera sobrevivir. Ahí estaba la lógica otra vez, aunque ese día había demostrado que su lógica estaba jodida.

Una parte de ella se sintió atraída hacia ese humo, pero esa misma sensación le hizo alejarse del umbral iluminado de la habitación. La columna de humo parecía estar enroscándose sobre el muro, serpenteante en su camino hacia el saliente donde estaban los cobertizos. Sus pies crujieron sobre la grava e hizo una mueca mientras sus ojos volvían a acostumbrarse a la falta de luz sin perder de vista el recorrido de la humareda. Le pareció oír la voz de Ollie susurrándole desde las profundidades de la oscuridad, pero eso era imposible. La columna giró y se dejó caer al suelo del camino, desapareciendo de repente por debajo de la puerta del cobertizo más cercano, que era el antiguo almacén de carbón, el mismo que estaba conectado mediante una rampa con el sótano y que ahora usaba el jardinero para guardar sus utensilios. Olivia se acercó y extendió el brazo hacia la puerta, seguramente estaría cerrado con llave, el jardinero siempre la dejaba así porque era la personificación de la cautela. Giró el picaporte y la puerta se abrió con un suave clic.

Olivia se sentía tan cansada que no estaba segura de poder pensar con claridad y sentía que había algo muy importante en todo aquello que no terminaba de asimilar. El interior del cobertizo olía a humedad y a polvo, y estaba envuelto en una profunda negrura; era incapaz de recordar dónde estaba el interruptor de la luz. De repente, un sonido emergió desde el fondo de la rampa, resonando entre las paredes, una media carcajada desprovista de humor, como la de un hombre loco.

La adrenalina fluyó por sus venas mientras retrocedía tambaleante hacia la puerta, pero esta, que había conseguido abrir con tanta facilidad, estaba ahora cerrada e inmóvil a sus espaldas. El humo le llenó las fosas nasales y ella se llevó la mano instintivamente hacia la boca. Ese pensamiento que había estado revoloteando en su mente como una polilla alrededor de una luz explotó de repente.

«El humo nunca podría guiarte».

Sintió presión contra sus hombros, como si la puerta estuviera empujándola hacia delante. Hincó los talones en el suelo y buscó con desesperación algo a lo que aferrarse en mitad de la absoluta negrura. Su mano golpeó una estantería e intentó agarrarla, pero se le escurrió entre los dedos porque la presión estaba moviéndola físicamente. Había algo detrás de ella pero era incapaz de ver nada. Su corazón estaba acelerado a mil por hora.

La maníaca carcajada volvió a dejarse oír y esta vez creyó distinguir también el rechinar de unos dientes. Sus pies chocaron contra el borde de la rampa del carbón y movió sus brazos frenéticamente en la nada hasta que la presión a sus espaldas la golpeó entre los omoplatos y la lanzó hacia las mandíbulas de lo que fuera que esperaba debajo.

Clove sabía algo que los demás ignoraban.

Sentía la lucha que Olivia estaba manteniendo con el demonio mientras ellos regresaban a la habitación blanca desde el piso superior, haciendo vibrar los frágiles filamentos de sus instintos. Sin embargo, ella no era importante. Una pequeña parte de él admiraba su persistencia, pero su único interés residía en Gabriel y si el resto de los humanos morían apenas lo consideraría un contratiempo. No iba a permitir que el demonio ganara la batalla por el muchacho.

El sonido de lo que parecían millares de insectos revolviéndose entre las paredes y el suelo era esporádico, se detenía durante unos minutos para luego volver de forma renovada enervando todavía más a los ya tensos humanos. El demonio jugaba con ellos como un gato con un ratón, con crueldad y sin compasión. Hasta Teal parecía inseguro y no se separaba del lado de Moth. Cuando estuvieran a solas demandaría la historia completa de lo que había sucedido en el piso superior, aunque estaba seguro de que Gabriel no mentía; Clove se reprendió a sí mismo por no haber estado allí y por haber asumido que Ollie no representaba una amenaza. El incidente se había desarrollado con rapidez y él había estado demasiado ocupado lidiando mentalmente con el demonio cuando las luces se apagaron. Era evidente que subestimar a su rival podía resultar fatal y no iba a permitirse cometer más errores.

Noah estaba de pie y se inclinó para posar su mano sobre la cabeza de Gabriel mientras cerraba los ojos. Clove apretó los labios; estaba rezando una oración. Interesante. Hacía un momento había parecido que la fe del sacerdote estaba agotada. Después, se dirigió a la puerta y el vampiro lo interceptó alzando una mano.

—Voy a rezar por Ollie —replicó el sacerdote con frialdad—. No voy a dejarlo solo ahí arriba y no voy a permitir que le suceda nada más. No me sigas, quiero estar a solas con él.

Clove se movió a un lado y le hizo un gesto para que continuara. Si Noah quería arriesgar su vida por un joven muerto era asunto suyo. Clove había pensado que podría mantenerles a todos a salvo pero ahora mismo eso ya no era lo más importante.

—Me temo que tu dios nos ha abandonado. ¿O crees que nos está observando desde la barrera?

Los labios de Noah formaron una línea recta.

—Mi Dios me está poniendo a prueba. Y mi Dios también es tu Dios.

—Debemos tener una discusión teológica un día de estos. A lo mejor soy capaz de hacerte cambiar de parecer.

La sombra de Noah se detuvo por un momento en el pasillo y Clove se quedó aguardando una contestación. Pero parecía que el sacerdote no tenía una respuesta para aquello.

Capítulo sesenta y nueve

Noah había tomado la decisión de acudir junto a Ollie en cuanto se aseguró de que Gabe estaba bien. Sentía una fría presión sobre los hombros porque era obvio que Ollie estaba más allá de cualquier ayuda médica. Todavía no había asimilado del todo el completo horror de lo sucedido y pendía sobre su cabeza como una roca tambaleándose en lo alto de un precipicio. Nadie había reaccionado ante aquello aparte de Gabe. Se preguntó cuánto más podría aguantar y cómo los acontecimientos de aquella noche le cambiarían. Cómo los cambiarían a todos ellos.

Noah subió con dificultad las escaleras que parecían eternas. Ollie seguía tumbado allí donde había caído, en mitad de un oscuro charco de sangre y con un brazo colgando sobre el borde del primer escalón. Noah no quería mirar la herida de la garganta que había infligido el vampiro pero se obligó a hacerlo. La sangre coagulada relucía y el húmedo tejido en carne viva resultaba de un rosa obsceno a la luz de la lámpara. Sus gafas descansaban en la alfombra a su lado, sus ojos abiertos sin vida contemplaban el techo.

Si el demonio quería atacar a Noah en aquel momento, lo cierto es que presentaba un blanco fácil. La marca palpitante de su frente le recordaba con cada movimiento de cabeza el poder que poseía aquel ente. Dios no había acudido a salvarle, tal vez porque sabía que la fe de Noah estaba flaqueando. Mientras cogía una manta de uno de los dormitorios pensó que, aunque fuera un cura terrible, no se permitiría ser un amigo terrible. Ollie sería tratado con la dignidad que merecía.

Se arrodilló junto al cuerpo y la sangre empapó sus vaqueros. Sintió una arcada y tuvo que tomar varias bocanadas de aire para ahogar las náuseas. Cerró los ojos de Ollie por última vez con una mano temblorosa. Recitó el Padrenuestro pero al llegar a la frase «y líbranos del mal», el resentimiento hizo que el resto de la oración se atascara en su garganta.

Ollie no había sido abiertamente religioso pero tampoco era un no creyente, «Mejor cubrirse las espaldas», solía decir con una sonrisa traviesa. ¿Se habría imaginado alguna vez que algo sobrenatural terminaría matándolo? Noah luchó contra su propia ira mientras cubría el cuerpo del chico con la manta. Al demonio le había resultado fácil infiltrarse en la cabeza de Ollie y expulsar todo lo bueno que había en él y la energía que le definía; Noah conocía ese poder. Gabe no tenía ninguna oportunidad. Su única esperanza residía en los vampiros y si aquello no era una patada en las tripas no sabía cómo llamarlo. ¿Tenía Clove la capacidad de lidiar aquella batalla y salir victorioso? Debía creer que así era y la ironía de toda aquella situación no se le escapaba.

Con mucho cuidado, levantó el cuerpo inerte de Ollie y apretándolo contra su pecho, bajó las escaleras. Sería demasiado llevarlo a la habitación donde estaban los demás pero Noah no quería dejarlo solo y darle una oportunidad al demonio de profanar sus restos. Eso solo le dejaba un único lugar seguro, el lugar donde todo había comenzado aquella mañana.

La habitación blanca se había convertido en un escenario de una obra de teatro o, por lo menos, eso pensó Gabe mientras se ponía en pie. Era como si las escenas se estuvieran desarrollando acorde a un libreto y de vez en cuando los personajes tuvieran que abandonar el decorado mientras un aire de surrealismo impregnaba el ambiente.

Carver estaba sentado junto a Teal al fondo de la habitación, ambos absortos en la lectura de un manuscrito. De vez en cuando uno llamaba la atención del otro respecto a un pasaje concreto y el otro reaccionaba asintiendo o denegando con la cabeza. Era casi igual a como habían sido las cosas en la Mansión antes de que nada de esto sucediera, antes de que a él se le ocurriera ir a meter las narices en asuntos que bien hubiera hecho en dejar en paz. Antes del descubrimiento de la caja. Antes de la desaparición de Beth. Antes de la muerte de Ollie.

Clove estaba sentado al lado de la ventana girando la caja entre sus manos con su largo cabello negro oscureciéndole los rasgos. Gabe hizo una mueca al verlo. Se acercó aclarándose la garganta.

—Gabriel —Clove se colocó el pelo detrás de la oreja mientras levantaba la mirada hacia él—. Parece ser que tienes tantas vidas como un gato, lo cual, desde luego, es algo bueno.

Por un momento a Gabriel le pareció ver la sombra de una triste sonrisa, con algo de melancolía.

—No puedo quedarme sentado esperando más tiempo. La gente a la que quiero está muriendo por mi culpa —las palabras salieron a trompicones, como si tuviera rescoldos atorados en la garganta que se negaban a moverse.

—Lo sé. Lo entiendo. Esperaba que ya hubiera vuelto a presentarse, pero me temo que está esperando hasta el amanecer.

Gabe se quedó boquiabierto al comprender el significado de las palabras del vampiro.

—Joder, no había pensado en eso.

—Y sigo creyendo que hay algo en esto que se me está escapando —Clove señaló la caja—. Aquí, en el borde interior de la tapa, ¿ves estas marcas?

Gabe entrecerró los ojos para ver mejor y acercó la caja a la luz de la lámpara. Era la primera vez que inspeccionaba el objeto que había llevado la desgracia a su familia. Sentía como si la madera estuviera putrefacta, como si fuera un ataúd sacado de una sepultura cubierta de gusanos.

—¿Es un idioma? —Gabe pensó en el talento que tenía Ollie para descifrar antiguas lenguas.

—No lo creo, más bien parece una firma —Clove cerró sus dedos alrededor del hombro de Gabe y él no se apartó. Ya no tenía miedo, por lo menos no de Clove. El vampiro estaba resultando ser algo sólido en lo que apoyarse.

Se quedó mirando con fijeza el interior de la caja, incluso ahora le resultaba duro entender cómo era posible que toda su vida hubiera sido definida por algo así. Recorrió con el dedo una oscura mancha en el fondo de la misma.

—¿Es esto lo que creo que es?

Clove asintió y apretó ligeramente la muñeca de Gabe mientras tomaba de nuevo el control y depositaba la caja sobre la mesa. Gabe se frotó la muñeca con la otra mano, todavía podía sentir la presión de los dedos del vampiro.

—¿Dónde está Noah? —preguntó.

—Ha ido a limpiar el desastre de arriba —la voz de Moth interrumpió cortante su conversación. Estaba de pie lo más lejos posible de todo el mundo jugueteando con una baraja de cartas entre los dedos.

Gabe sintió como si le hubieran apuñalado el pecho y su dolor se dejó ver en su rostro. Clove fulminó al joven vampiro con la mirada desafiándole a decir una palabra más. Moth permaneció en silencio pero su inquina chisporroteaba en el aire.

El aterrador sonido comenzó de nuevo, esta vez desde interior de la chimenea. Una nube de hollín cayó en el hogar haciendo que todos se giraran a la vez.

Unas delgadas columnas de humo salieron ondulantes de la chimenea y Clove atrajo a Gabe hacia él.

Capítulo setenta

Olivia abrió los ojos en la oscuridad, sumida en pánico. Palpó su chaqueta con frenesí para asegurarse de que las cruces de palma seguían escondidas ahí y al sentir su aspereza contra el fino algodón de su camiseta dejó escapar un suspiro de alivio.

La fuerza que la había empujado por la rampa del carbón se había ido pero sabía que no tardaría en volver. Estaba claro que algo no quería que regresara a la Mansión, sin embargo, ahora que estaba tan cerca no iba a detenerse tan fácilmente, aunque cada músculo y hueso de su cuerpo le suplicaban que parase. Se puso de rodillas y escupió el polvo que se le había acumulado en la boca. Estaba cubierta por él, le picaban los ojos y las palmas de las manos.

Cenizas a las cenizas, polvo al polvo.

—¡Joder!

Su voz rebotó contra las paredes, riéndose de ella desde las esquinas. Se arrastró hasta la pared que separaba los dos sótanos y la usó como punto de apoyo para ponerse en pie. Miró a través de los agujeros de ventilación y atisbó una débil luz que provenía del hueco de debajo de la puerta, en lo alto de las escaleras del sótano de la mermelada. Gruñó con frustración, tan cerca, tan lejos.

Sentía un dolor sordo en el tobillo derecho, lo tanteó con cuidado y lo notó caliente e hinchado, pero no parecía roto, lo que tenía que ser un pequeño milagro. Más adelante, el teclado de la cámara resplandecía y Olivia se centró en esa luz para avanzar hacia delante a duras penas.

—Sabes que hubiera sido más fácil usar la puerta, ¿verdad? —la familiar voz descendió desde lo alto de las escaleras llenándola de alivio.

—Podrías echarme una mano, imbécil —no le importó que su voz temblara, lo único que quería era subir y alejarse de la opresiva oscuridad. Una parte de ella no quería abandonar la seguridad de la Mansión nunca más.

¡Oh, qué noche más deliciosa! Aka Maga desperdigó fragmentos de sí mismo por la estancia y se relamió con el miedo que supuraban sus moradores. Es verdad que había planeado esperar hasta el amanecer, pero su recién nacido corazón y la vitalidad que este desprendía habían aumentado su sensación de poder y su arrogancia. Para qué esperar más. Los vampiros también se encogerían ante su magnificencia y ni siquiera el más viejo podría competir con él.

Clove tenía sus brazos alrededor de Gabe de manera protectora y el chico estaba casi tan pálido como el vampiro, con oscuras manchas bajo los ojos además de los moratones de su cuello, que empezaban a ser visibles. En realidad, se alegraba de que el ataque de Ollie no hubiera funcionado, porque le daba la oportunidad de hacer a todos partícipes del momento en que sofocaría la vida del muchacho y la sustituiría con su propio espíritu superior. Y Moth sería su primera víctima porque al fin y al cabo su intromisión debía ser castigada. El amanecer estaba cerca y lo vería arder.

Flotó por la habitación y se erigió en la densa columna de humo ante la que tantos antes que ellos se habían acobardado. Su corazón latía exultante, inconquistable y la bola negra de energía de su núcleo cobró vida como la cuchilla de una motosierra, todo su dolor y humillación concentrados en una masa de odio y triunfo. Rebuscó un lenguaje en su memoria que todos pudieran entender:

—Ha sido una partida interesante, pero estoy cansado de jugar. Podría haberme hecho con él en cualquier instante —una risa hueca brotó de sus profundidades al ver a Gabe encogerse y retroceder—. Podría haberos destruido a todos con un simple movimiento. Incluso a ti, merodeador de la noche. Y hubiera sido tan sencillo para todos si tú no hubieras intervenido hace tantos años, Noah Isaacs. Si solo entonces tu fe hubiera sido tan débil como lo es ahora. Gabriel es mío, siempre ha sido mío. Le regalaré una inmortalidad ante la que la misma Historia se doblegará.

—Creo que tienes una opinión demasiado elevada de ti mismo, demonio —la voz de Clove no tenía rastros de miedo y el ente tuvo que admirarle a regañadientes.

—¿Tal vez debería matar a uno de tus hijos primero? Para demostrar de lo que soy capaz. Ese de ahí resultaría un exquisito primer plato. —Moth estaba al lado de Clove y Aka Maga podía oler su miedo a pesar de su calmada expresión—. Veo que tu otra criatura ha huido de la habitación, pero no importa, le haré pedazos antes incluso de que salga el sol.

Aka Maga buscó algún signo de emoción en el rostro de Clove pero no encontró nada. Esto le irritó; todos deberían temerle. Su núcleo empezó a hervir con indignación haciendo brotar ampollas en las paredes que se pelaban como la piel sobre una herida. Estaba a punto de alcanzar la locura absoluta. Finalmente, la arena en el reloj de Gabriel Davenport se había agotado. El helado centro de su núcleo se convirtió en una masa de afiladas esquirlas y las columnas de humo se enroscaron alrededor de los miembros del muchacho. Gabriel chilló, un encantador y lastimero gemido lleno de horror y angustia. Era el sonido más dulce que Aka Maga había oído jamás.

Capítulo setenta y uno

Así que este era el momento en el que iba a morir.

Gabe recordó todas las películas de su infancia en las que, en el último momento, el héroe descubría sus superpoderes ocultos para luchar contra las fuerzas del mal y triunfar. A él nadie le había escrito ese guion. Los brazos de Clove lo abrazaban con fuerza y hasta se sentía reconfortado por la presencia de Moth a su lado.

Solo le quedaba un as en la manga.

—Hazlo —le susurró entrecortadamente a Clove—. Por favor. Acaba conmigo. Para que no me lleve.

Al instante, Clove inclinó la cabeza y una cortina de pelo cayó sobre el rostro de Gabriel. Se oyó el grito de un hombre; Gabriel no sabía si se trataba de Noah o de Carver, no podía apartar los ojos de la bola de energía negra que casi estaba sobre ellos. Le recorrió un escalofrío cuando sintió el frío tacto de los labios de Clove en su cuello.

El cristal de las puertas francesas estalló haciéndose añicos y a través de los mechones de cabello de Clove vio a Noah agacharse. Una pálida figura apareció en el umbral, tan delgada y grácil como un retoño de abedul. Esquirlas de vidrio brillaban como diamantes enredadas en su pelo y un hilo de sangre le corría desde la comisura de los labios. Sus oscuros ojos relucían con apenas disimulada locura. Gabe se dio cuenta de quién era justo antes de que ella se interpusiera en medio del pequeño espacio que lo separaba a él de la bola de energía. Clove lo apartó a un lado y las manos de Moth lo aferraron para llevárselo hacia la puerta. Se resistió sin poder apartar los ojos del lugar donde él había estado hacía un segundo.

La bola negra impactó en el centro del pecho de Beth. Ella se tambaleó y la absorbió con un alarido que le heló a Gabriel la sangre en las venas. La maldad que era Aka Maga desgarró el corazón de Beth volviendo su sangre negra bajo la piel traslúcida.

—¡Haz algo! —escupió Gabe al caos de la habitación.

—Déjala, no durará mucho, es una renegada —Moth continuó tirando de él aunque vaciló, ambos atraídos hacia lo que estaba sucediendo.

Teal apareció en la puerta con Olivia a su lado, quien llevaba algo apretado entre las manos como un ramo de flores. Todo era una frenética y borrosa mancha de movimiento y gritos. Noah cogió lo que Olivia le ofrecía, pero Gabe no podía apartar los ojos del horror que estaba teniendo lugar en el centro de la estancia. Un lamento se elevó desde la garganta de Beth, un sonido inhumano acompañado de espirales de humo que salieron de su boca cuando la mujer echó la cabeza hacia atrás intentando desgarrarse su propia garganta. La atención de Clove estaba centrada en la caja que reposaba encima de la mesa, la lucha de Beth solo era una distracción menor. Gabe quería lanzarse contra Clove, obligarle a hacer algo, lo que fuera, pero Moth lo tenía agarrado con fuerza.

Algo trepó por la zapatilla de Gabe y al mirar hacia abajo vio que eran cucarachas, miles de cucarachas que se retorcían desde el patio formando una alfombra negra. Moth titubeó ante la visión de los insectos y Gabe aprovechó la oportunidad y le torció el brazo. La sujeción de Moth perdió fuerza por un momento y Gabe se soltó girándose para correr hacia la entrada, con el crujido de los cuerpos de los insectos bajo sus pies mientras Carver le gritaba que se detuviera.

—¡Noah, di una oración! —gritó Gabe—. ¡La oración al pie de la Cruz! —Clove tenía la caja abierta entre las manos.

Una blanca luz cegadora manó de la boca de Beth obliterando el humo por unos segundos. Gabe cruzó los brazos sobre su cara, sin ser capaz de ver por un momento y de repente, sintió cómo algo le golpeaba en el pecho. Atravesó su carne y sus huesos como si estuviera hecho de papel, la sangre se le acumuló en la boca, se dobló sobre sí mismo, sintiendo dolor en cada terminación nerviosa de su cuerpo. Necesitaba respirar, pero parecía que se había olvidado cómo hacerlo.

Alguien le sujetó por debajo de los brazos antes de que cayera al suelo. La habitación se desdibujó y giró a su alrededor, movió los brazos con desesperación mientras la sangre se le derramaba por la barbilla, estaba ahogándose en ella. Todo se volvió negro aunque aún podía oír las agudas y asustadas voces rodeándole. Suaves dedos le tocaron la piel y sintió que le acunaban la cabeza con dulzura pero el dolor en su interior retorcía toda la realidad en un apretado y duro nudo que se elevaba como si estuviera siendo llevado por agua, o sangre.

Sintió que él mismo se elevaba y olió a tierra húmeda. Clove.

Gabe sabía que se estaba muriendo porque, al final, la vida no es como en los libros y el chico no consigue salvar al mundo. Él no había conseguido ni siquiera salvar a su familia y amigos. Sus miembros estaban fríos y no podía sentir los dedos de las manos ni de los pies; y estaba cansado, tan cansado. Intentó abrir los ojos y solo distinguió el pálido rostro de Clove perfilado contra un cielo negro como la tinta. Intentó sonreír. «Lo intentamos, por lo menos lo intentamos».

Clove se agachó y besó la frente de Gabriel. Él cerró los ojos de nuevo mientras una nueva puñalada de dolor estremecía su cuerpo. A lo mejor la muerte era un precio pequeño a pagar.

Capítulo setenta y dos

La furia y la ira cegaban a Aka Maga en la cripta sobre la colina. El hedor de los hijos de la noche le sofocaba las fosas nasales.

Había estado tan cerca de conseguirlo, tan cerca. Se fustigó a sí mismo por sus errores, lamentándose por su excesiva autoconfianza. No había previsto la aparición de Beth. Había dado por sentado que moriría cuando la abandonó en la colina, débil y patética. ¿Cómo iba a pensar que se convertiría en una renegada? Sabía de la existencia de aquellas criaturas mestizas, pero nunca aguantaban más de un par de horas y siempre morían al amanecer. Había subestimado el amor por su hijo que, de alguna forma, había aflorado a la superficie desde los más profundos recovecos de su cerebro.

Así que había ansiado hacerla sufrir y lo había conseguido, arrasando cualquier rastro de bondad en su interior, desgarrando su alma delante del cura. El chico hubiera sido el siguiente, había lanzado una astilla de sí mismo dentro de su tierna carne para derribarlo. Pero entonces había visto al vampiro con la caja abierta y comprendido que tenía que escapar. En su interior descansaba la única cosa que podía contenerlo. Las oraciones del sacerdote comenzaron a drenar su energía y eso le hizo recordar al general y a su desquiciado hechicero, le hizo recordar al hombre al que llamaban Hijo de Dios. La religión colgaba de aquella cruz y la religión no le había mostrado piedad alguna en el árbol de la muerte.

En ese momento comprendió que no podría reclamar a Gabe en su estado debilitado e hizo lo único que podía hacer. Se quedó dentro de Beth. Mientras la saliva de los vampiros todavía corría por sus venas, él insufló su propia fuerza vital a su columna vertebral y destruyó sus recuerdos uno a uno, masticando todas las células que la habían hecho ser humana. Fue una rendición brutal, pero tan dulce.

Y ahora, por primera vez, Aka Maga vivía en la forma de una mujer, frustrado pero resistente. Dentro de su nuevo cuerpo se formaron nuevas células nacidas de la unión de vampiro y demonio, y Aka Maga se sintió renovado. Se lamió mentalmente sus heridas y rumió sobre cuales serían sus próximos movimientos. El chico podía estar muerto, pero ella no había terminado con ellos. Los vampiros habían comenzado una guerra con su intromisión. Ella descansaría y se acomodaría a su nueva forma y a su nuevo poder, y aprendería a dominarlo. Y entonces, los buscaría de nuevo, y los destruiría uno por uno, sin errores esta vez.

Esto no era el final, sino el principio.

Capítulo setenta y tres

El amanecer llegó por fin, envuelto en rosados matices de oro. Anunciaba la llegada de un día que nadie en la Mansión estaba preparado para vivir. Todos estaban exhaustos pero nadie había dormido. La luz y la calma sustituyeron a la oscuridad y el caos. El reloj de pie continuó dando las horas como si de un amanecer ordinario se tratase. Las pérdidas que habían sufrido en la última noche eran demasiado grandes para asimilarlas. Beth, Gabe, Ollie. Habían sido despojados de su familia y se sentían demasiado destrozados como para intentar reunir los pedazos restantes.

Olivia estaba sentada en uno de los altos taburetes de la cocina llevando una de las sudaderas de Ollie con las mangas remangadas por los codos. Sus brazos estaban cubiertos de moratones.

—Le vi, Noah, le vi en lo alto de la escalera. Él me ayudó a subir. ¿Crees que no conozco a mi propio hermano? —Olivia revolvió su té con la cucharilla como si pudiera encontrar las respuestas a sus preguntas en el fondo de la taza.

Carver estaba sentado enfrente, junto a Noah, y la luz que entraba a raudales por las cristaleras calentaba sus espaldas. El sacerdote extendió el brazo y apretó la mano de Olivia, la piel alrededor de su muñeca estaba llena de arañazos y en carne viva. Se preguntó cuánto consuelo podía ofrecer cuando él mismo se encontraba devastado.

—Estaba ayudándote, por última vez.

Carver asintió lentamente.

—Tú ves fantasmas, Olivia. Ollie no hubiera seguido adelante sin asegurarse de que estabas bien. Estaba muy preocupado por ti.

Olivia apretó sus pelados nudillos alrededor de la taza y preguntó con voz entrecortada:

—¿Por qué dejaste que se llevaran a Gabe?

—No pude hacer nada para detenerles —la voz de Carver tembló—. Y no quería que el último aliento de Gabe fuera en esta maldita casa, quería que fuera libre. Le obligué a quedarse aquí porque pensaba que estaría seguro entre estas cuatro paredes y me equivoqué. Todo es culpa mía.

—Por si sirve de algo, no creo que haber huido de aquí hubiera servido de mucho tampoco —Noah deslizó la botella de brandi en dirección a Carver pero este denegó con la cabeza.

Ninguno mencionó lo que todos estaban pensando: ¿Qué había hecho Clove con el cuerpo de Gabe?

—¿El demonio mató a Beth? —dijo Olivia limpiándose los ojos con la manga de la sudadera.

—No estoy seguro. Aquella luz blanca me cegó, nos cegó a todos —Noah no mencionó que tenía la horrible sensación de que en realidad se había apoderado de su alma—. Para cuando recuperé la vista ya no había rastro de ella y Gabe estaba tirado en el suelo…

La caja descansaba sobre la encimera conteniendo las cruces de palma y Olivia deslizó un dedo por el borde de uno de los juncos.

—Todavía no entiendo cómo esto funcionó.

Noah casi no podía soportar mirarlas.

—Simbolizan la bondad y la victoria —se encogió de hombros. Dios no había salvado a ninguno de ellos. Sentía su fe hecha añicos.

Carver se aclaró la garganta.

—Creo que convendréis conmigo en que es mejor que esto quede entre nosotros. Tendremos que pensar en una forma de encubrirlo, porque, ¿cómo lo explicaríamos si no?

Era demasiado pronto para pensar en la realidad pero Noah sabía que el profesor tenía razón.

—Mi familia tiene un terreno en una esquina del cementerio de St. Jude. Los restos de Ollie pueden reposar allí. —Palabras, meras palabras.

Por primera vez, Noah entendió cómo debían sentirse sus parroquianos cuando él les ofrecía su compasión. «Si mi fe hubiera sido más fuerte, ¿hubiera podido salvarles?», la culpa le acosaba desde los más recónditos rincones de su mente.

Olivia cruzó los brazos sobre la encimera y apoyó la cabeza en ellos. Sus hombros temblaron con los sollozos.

Nada volvería ser igual.

Al anochecer de ese mismo día, Clove y sus protegidos se despertaron de su sueño de muerte bajo las vigas de la vicaría de St. Jude. Habían encontrado refugio detrás de un montón de baúles en el ático, junto a otro millón de cosas que alguna vez, sus ahora fallecidos dueños, habían considerado útiles.

Casi no habían conseguido llegar a tiempo mientras la luz de la mañana inundaba los campos, Clove llevando el cuerpo inerte de Gabe y Moth casi arrastrando a Teal por la cintura. Regresar a la cripta no era una opción, estaba demasiado cerca de la casa y había sido comprometida, y Clove sabía que las cosas no habían terminado. Lo que supuso que sería una pequeña lucha para destruir a un demonio despreciable se había convertido en los inicios de una batalla mucho más cruenta, y sus errores habían sido numerosos. Cuando Gabriel le suplicó la muerte, sentimientos que ya creía extintos se removieron en su interior. Y él le había prometido que no dejaría que el demonio lo reclamara; el vampiro siempre cumplía sus promesas.

Ni Moth ni Teal habían hablado mucho, las primeras luces del amanecer afectaban a su capacidad de movimiento y Clove se dio cuenta que los había sobreprotegido demasiado, siempre asegurándose de que estuvieran escondidos y en la oscuridad al llegar el día. Eso tendría que cambiar. Moth estaría bien, se rebelaría y discutiría pero saldría adelante. Teal era otra cuestión, su sangre era débil, y Moth sin Teal podría convertirse en un elemento inestable.

Moth miró por la ventana hacia la negra masa de tumbas en el cementerio. La única luz encendida dentro de la iglesia arrojaba un haz rectangular amarillento a través de una ventana sobre una vieja tumba cubierta de líquenes. Estaba colocada en una pendiente y sobresalía ligeramente al lado de un tejo. Parecía como si los muertos estuvieran intentando levantarse.

—Deberíamos haberlos matado —dijo Moth con su cara parcialmente iluminada por la luz de la luna—. Saben que existimos. No es seguro.

Clove recordó un tiempo en el que él hubiera dicho lo mismo.

—Ellos son científicos de lo oculto. Destruirnos a nosotros sería destruir todo en lo que creen. Tienen otras cosas en mente ahora mismo que no incluyen salir a buscarnos. Las pérdidas sufridas pesarán sobre ellos largo tiempo.

Moth se encogió de hombros y Teal apareció detrás de su espalda y apoyó la cabeza en el hombro de su hermano.

—¿Vas a salir a cazar para nosotros esta noche? Teal lo necesita. —Siempre pendiente de las necesidades de su hermano más débil, era parte de la humanidad todavía presente en Moth.

—Saldré pronto —respondió Clove descansando una mano en el bulto que reposaba en el suelo—. Y tú vendrás conmigo, tenéis que aprender a sobrevivir por vosotros mismos.

Los ojos verdeazulados de Teal se ensancharon con sorpresa.

—Va a ser diferente a partir de ahora —musitó Moth—, sabía que lo sería.

El bulto se removió y se estiró lentamente.

Clove esperó hasta que la luz de la luna iluminara el desnudo suelo de madera y extendió su muñeca desnuda en un ofrecimiento.

Gabriel Davenport abrió los ojos y sonrió.

Agradecimientos

Hay un número de personas sin quienes este libro nunca hubiera visto la luz del día. Mi más sincero agradecimiento a mi maravillosa editora, Kate Angelella, que fue más allá de su obligación y contuvo mi entuasiasmo a la hora de dar demasiadas explicaciones. A Mia Maxwell, la talentosa ilustradora de la cubierta [de la edición inglesa] y a Lorraine Richer por el precioso diseño de la misma. Mis lectores «beta», los cuales recibieron un borrador de esta novela y me proporcionaron comentarios y apoyo —Matt Rydeen, Holly Clark, Martin McConnell, Mia Maxwell, Chiquandra Cross. A Adam Lee, que me resolvió mis dudas referentes a todas las cosas con motor y tecnológicas.

Gracias a mis amigos y seguidores en Twitter y la comunidad *#bookstagram* en Instagram por mostrarme el lado humano de las redes sociales. Sabéis quienes sois.

Y a ti, gracias por elegir este libro.

Beverley Lee

AGRADECIMIENTOS

«No hay vínculo igual entre dos personas como el de haber leído y disfrutado los mismos libros».

Edith Nesbit
El jardín de las maravillas

Esta edición de *La creación de Gabriel Davenport* se terminó
de imprimir en Madrid en septiembre de 2017

Impreso en
Cofás Artes Gráficas S. A.
c/ Juan de la Cierva, 58
28936 Móstoles (Madrid)